# 诗琐记

张洪波 ◎ 著

长春出版社

全国百佳图书出版单位

图书在版编目（CIP）数据

诗琐记 / 张洪波著. -- 长春：长春出版社, 2025.

1. -- ISBN 978-7-5445-7588-1

Ⅰ. I217.2

中国国家版本馆CIP数据核字第20243E46K3号

## 诗琐记

著　　者　张洪波

责任编辑　贺　宁

封面设计　宁荣刚

出版发行　长春出版社

总 编 室　0431-88563443

市场营销　0431-88561180

网络营销　0431-88587345

地　　址　吉林省长春市南关区长春大街309号

邮　　编　130041

网　　址　www.cccbs.net

制　　版　长春出版社美术设计制作中心

印　　刷　长春天行健印刷有限公司

开　　本　880mm×1230mm　1/32

字　　数　249千字

印　　张　12.5

版　　次　2025年1月第1版

印　　次　2025年1月第1次印刷

定　　价　69.80元

# 目　录

第一辑

诗歌练习册上的手记

## 大海的石头

1988 年 10 月 4 日，在山东蓬莱的大海边，远远地就看见一块非常夺目的洁白洁白的石头。我奔跑到它的面前，就像拾到了一块宝贝一样，把它捧在了手里。

也就是那天，我发现蓬莱的海格外的干净。虽然那天的风很大，我还是跳进大海尽兴地游了一遭，附近养殖场的渔民还以为我疯了呢（那天渔民们都因风大而不下海了）。在风和海水的推动中，我游回岸上，可是一离开了海水，就浑身发冷，甚至冷得直打哆嗦。不知怎么，我当时满脑子都是那白色的石头。我把那块石头从蓬莱带回家，放在了书架上。可没有多久，它就变得发黄了，再也不那么耀眼了。看到它那凄楚的样子，我很伤心。我甚至想到有一天再去蓬莱，把它送还给那蓝得透亮的洁净大海。这个时候，又不知怎么，我满脑子都是那天在蓬莱游回到岸上时，自己感到了冷的那个形象。

一直想把这块石头这种心境写进诗里。

## 一首童谣

女儿四岁时，一天晚上我骑着自行车带她去姑姥姥家，十字路口中间的空中有几根线牵挂着一个口朝下的半圆形红灯，那是警示夜间来往车辆与行人的。

没想到，女儿竟用她在幼儿园学到的童谣惊呼："鸡蛋壳，有病了！"

我一看，果然是一个破碎了的鸡蛋壳的形象，心里很佩服孩子的联想。我问："什么病？"女儿答："大脑炎。"我哈哈大笑，连声说："好一首童谣！"

后来才知道，我问的"什么病"那三个字就是人家童谣中的原句。孩子对事物的反应是迅速的，且是诗化的，是能够把自己已有的知识动用起来的。相对来说，大人们有时却是很迟钝的。


## 羡慕麻雀

下乡当知青的时候，白天参加劳动，晚上参加会议，那个年代的会议多是批判个什么。

社员们大多不太爱发言，只有部分回乡知青发言热烈。我们下乡的知青们也只有个别人喜爱发言，大多数都还没有忘记自己是"接受再教育"的，不敢造次。

偶有一天未出工，坐在土炕上，隔着被风吹破的窗纸，看院子里的一群麻雀跳来跳去。

它们叽叽喳喳地大声喧哗着，又好像是为了一个什么问题争吵着。它们那自由的样子非常可爱，还有那叽叽喳喳的声音听起来也叫人感到格外的亲切。这是长时间沉默寡言的人才能体会到的，是渴望着倾吐心里真实话语的人才能感受到的。

后来，我把这种感受写成了诗，但一直没有公开发表，诗中有这样一节诗句："真羡慕你们，小麻雀／牢骚话也敢随便讲。"这无疑是在那个动乱的岁月里的一种内心的呼求。


## 见到了真山


那年应诗人伊蕾的邀请，参加了天津和平区作协组织的一次诗歌活动，到野三坡旅游了一次。

那天钻到大山里，在峡谷中，左膀右臂的山石滴着清凉的水珠儿，还有深绿色的野草挂在上面，脚下的石头滑得叫人小心翼翼。偶尔喊一嗓子，以为会有一串串不绝的回声，结果是声音尽被那些山石吃了去，显得很无力，很苍白。

山西作家张石山兄对我说："这里的山水养得太好了，不失真实啊！老弟可有诗兴？"

我说："见到了真山，诗也就一下子无从吟起了。"

我知道，我不是那种即兴诗人。面对这么真实可感的山石，我需要找到那石头下面的根；那根吮吸的水，那水穿过的路，那路探入的谷，那谷隐藏的情，方可在思考之后写出诗来。既然不会即兴，也就难以信手拈来或随口而成了。

## 《爬行的蚂蚁》

有一次，我蹲在地上观察一队蚂蚁的活动，足足用了一个多小时的时间。

那些小小蚂蚁的行为实在叫我感慨万分，我看到了这个世界上生命极为顽强、生存极为艰难的一个族类。想不到它们有那么强的欲望，有那么坚忍的毅力，有那么大的耐心，默默地劳作着，生存着。它们在我的眼中越来越高大强健，我仿佛听见了它们不屈不挠的脚步声。

后来，我写了一首题为《爬行的蚂蚁》的诗，发表在四川省成都市的《青年作家》杂志上。

诗中有这样的句子：

你们留下了一行行
看上去那么渺小又曲折的路痕
你们是不会标榜自己
只会默默实践的一群

我不能不俯下身来
朝拜你们——爬行的蚂蚁

## 经不起摔打的一腔热情

"经不起摔打的一腔热情"，这是刚开始学习写诗的时候我写的一首只有一行诗句的诗，诗题是《暖瓶》。

后来，有许多人问过我创作这首诗时的真实想法。其实，每个人都会有这样的感受，那就是，有许多热情不过是一时的冲动，热完了也就完了，就像盛满了热水的暖瓶，是经不住摔打的。

其实，这不是一首严格意义上的诗，我一直觉得它像格言，甚至像谜语，它更偏重于理趣。


## 一颗露珠

有一年秋天，我们知青集体户的同学们都回城探亲去了，留下我一个人"看家"。

早晨，我在门前的树枝上看到了一颗露珠在缓缓地向下滑动，只有一颗。这颗露珠立刻在我的眼前变成了一个寂寞的孤独者。

后来我有一首题为《孤独者》的四行小诗，就是写了当时看到的和想到的。

诗的情绪是与作者的生活环境及其心情脱离不开的，如果我当时是在一种愉悦的心境中看到了那样一颗露珠，也许就不会把它认作是一个"孤独者"了，很可能会把它视为美丽晶莹的小精灵呢。

# 怪鸟

在胜利油田孤东会战前线，在大海退让出的土地上，一大片一大片的抽油机（俗称磕头机）扇动着臂膀，艰难地从地层深处抽取着原油。

黄昏，站在远处，透过风，看暮霭中那些上下摆动着的抽油机，忽然就有了诗的想法：

那些抽油机多像从远方飞来的一群怪鸟啊！它们被这块土地强烈地吸引着，它们把这土地啄了一个窟窿又一个窟窿，吮吸着地层深处珍藏的血液（石油），它们像是忽而在艰辛地劳作，忽而又在幸福地舞蹈，在翩翩的翅膀下，还发出一种奇异的啼叫相互交谈。

这种形象是联想出来的，是站在一个高处或远处才能感觉出来的。如果走近任何一座抽油机，都不会有怪鸟的形象诞生，它们只是一块钢铁而已。

把抽油机的钢铁描绘得再闪光，那也只是钢铁，把它们想象成飞来的怪鸟，就有了诗的意味了。

# 读《蜕》

诗人宫玺从上海寄来了一部《宫玺自选集》（贵州人民出版社 1993 年 10 月版），收到之后就细细地读了下来，有一首题为

《蜕》的短诗，我反复读了几遍：

草地上那么一闪就不见了
遗留下一条空空的皮囊
轻，白，皱缩，有如逝去的日子
那是蛇
那是冬眠后的
生命的锋芒
烂漫年华也许只觉有趣
我却感到周身如剥如烫
自我扬弃，大大小小的火圈
没有新生的强烈欲望
怎能
义无反顾地穿过死亡

蛇蜕引起了诗人对人生命运的深刻思考。蛇的生命在于它勇于自我扬弃，在于它有着强烈的新生的欲望，不然就不会"义无反顾地穿过死亡"，而穿过死亡之后，才有可能显现出"生命的锋芒"。

这是宫玺先生50多岁的时候写下的诗。如果没有两个命运（诗人与蛇）精神深处的相遇，就不可能有这样厚重，这样通体发光的诗。也只有这样精神深处的贯通，"我"才能"感到周身如剥如烫"。

这是一首潜隐着血肉声音的诗。

# 《在野火烧过的草地》

在乡下当知青的时候，我曾多次站立在被野火烧过的山林或草地上，想象着火焰中林木和小草痛苦痉挛的形象。有一次，在刚刚被烧过的草地上，在一片灰烬和沉寂之中，竟然发现了一棵绿色的小草，那种欣喜和惊奇的心情是可想而知的。

这种惊喜和随之而来的对于生命、对于命运的深入思考，在我的脑海里翻腾了许多年，直到1987年9月的一个静静的夜晚，才把它们铸成了诗句。我在诗的结尾这样写道：

忽然我发现
脚下竟然还有一棵幸存的小草
我惊奇——
它如一面飘扬的旗帜
仿佛在呼唤生命的回归

哦　既然死亡无法抗拒
那么生存也必然会信心百倍
面对草的遗族
我终于相信了
活着的意义

这首题为《在野火烧过的草地》的诗，后来发表在《人民日报》大地副刊上。

这首诗的孕育过程使我感到，思想感情一旦经过发酵，便会更加醇香，诗一旦经过人生经历的不断铸造，才会更加苍劲有力。


## 要有自己的血色和气色

有些诗，你一下就能够读得出来，是坐在房间里翻阅着一大堆诗刊，仿着别人的墨迹，仿着别人的感情写的，没有自己独到的东西，不是真正发自心灵的语言。因此，这类诗无法打动人，其内容、语感、节奏、语言的构制等，都不是自己的，使人感到似曾相见，虽然也发表出来了，却不会有读者的。

诗，应该有作者自己的血色和气色，相互仿制感情的诗都是贫血、气虚的，是没有生命力的。诗不能没有创造力，活的艺术生命必须在创造中诞生。

有时候，我一下子可以写出一大组诗来；有时候，我却几个月也写不出一首诗来。但是我并不会因此而苦恼，因为我知道，并不是我的艺术的创造力枯竭了，而是那些诗，那些生命还正在孕育之中，还没有达到可以分娩的成熟境界，如果早产，就会扼杀了它，那才是最大的苦恼和痛苦。我不急于写出来，是因为我希望我的诗能在成熟之后做更强烈的喷发。

因一种发表欲而去硬写、硬挤，无病呻吟，无感而发，是那些"诗混混儿"们的所为。

　　真正的诗，应是地底珍储多年的原浆，而不是浮在地表的尘土。


# 读《吹号者》

　　《吹号者》是艾青 1939 年 3 月写下的诗作，它曾鼓舞着多少人去拼搏，去战斗。

　　历史掀过了一页又一页。今天，我们这一代年轻人，恐怕是很难想象出那个"一面奔跑，一面吹出了那 / 短促的，急迫的，激昂的，/ 在死亡之前决不终止的冲锋号"的吹号者的真实形象。但艾青的诗给我们描绘出了吹号者的形象，不但描绘出了一个战斗者的英姿，也描绘出了生命最真实的血丝。

　　当我读到吹号者被击中倒了下去，却不曾有人看见"他寂然地倒下去"的时候，内心里就不由得翻江倒海。在诗的结尾，诗人"在那号角滑溜溜的铜皮上"为我们画出了一幅幅难忘的历史场景："映出了死者的血 / 和他的惨白的面容；/ 也映出了永远奔跑不完的 / 带着射击前进的人群，/ 和嘶鸣的马匹，/ 和隆隆的车辆……"

　　几十年过去了，我们读起这首诗的时候仍能动情。那朴素自然的描述，那令人感到亲切的口语，那无法遗忘的声音与情境，都是活的艺术生命的血色。

"听啊 / 那号角好像依然在响……"生命的声音不会气绝，真正的诗的声音也会永远地响彻于人们心中。

## 《重逢诗人曲有源》

近年读了台湾诗人洛夫的一些诗，感到他从最初的繁杂艰涩转变到现今的简洁静观，其艺术追求的韧性实在是惊人的。洛夫晚年的诗作，注重在语言文字上的锤炼，如《家书》《鹰的独白》《重荷喧哗》等，如《葬我于雪》诗集（中国友谊出版公司1992年2月版），都让人感到了汉语言文字的实实在在的魅力。

1993年6月，吉林长春的一个夜晚，在诗人曲有源的写作间里，我们二人久别重逢，心里的话就一捧一捧地往外跳着，谈人生，谈友情，谈所有能谈起的话题，自然也就渐渐地谈进了诗人的天地。其间，用了很长的时间谈洛夫的诗。没想到，我与有源对洛夫的诗的看法竟然是相当的一致。有源还用他那男中音朗诵了几首洛夫的诗，特别是读到《暮色》中"灯下，一只空了的酒瓶迎风而歌"一句时，可品味的就越来越多，越来越浓了。时至午夜，有源端出一大托盘冷菜，用西部诗人林染送与他的夜光杯盛酒，我们就坐在地毯上一杯杯地喝了下去。60度的"老烧"醇香浓烈，浸泡得每一个话题都可思可品，不知不觉一夜过去。

次日，余兴未衰，便提笔写下了《重逢诗人曲有源》（后来发表在《郑州晚报》的副刊上）：

> 又看到你的时候
> 才想起
> 光阴难以挽回
>
> 在一盏吊灯温和的覆盖下
> 深深的夜就不再是别人的了
> 把往事一件件摊开
> 我们就坐在那往事上面交谈
>
> 酒瓶
> 已如洛夫先生暮色中那空空的一瓶了
> 它默默地站在我们的中间
> 仰视
>
> 举起似醉非醉的夜光杯
> 抚摩着那石头
> 便一大口一大口地
> 把 60 度的离悲
> 咽进肚里……

这首诗竟然有了些许洛夫的味道，只是那内容是独特的，那情绪是我心灵内部的动态。

记得牛汉先生说过，"用汉语写诗"。这是针对某些诗虽是汉字排列，却不能给人以汉语的独特感觉和欣赏愉悦而言的。

虽然我们在用汉语写诗，但如果真正做到像艾青、牛汉、洛夫等诗人那样精熟地使用，那样在明朗、简洁中体现出汉语言文字的博大精深是不容易的。

所以，回头再看《重逢诗人曲有源》这首诗，仍属于学之皮毛、未得根本之列。

## 《贝奥武甫》

《贝奥武甫》是中世纪欧洲第一篇民族史诗，英国文学的开山巨著。全诗3180多行，从开篇的海葬、丹麦兴起，到结尾的火葬、高特将亡，其结构宏大，情节复杂生动，人物性格鲜明。通篇读下来，叫人感到了真正史诗的规模和崇高庄严的氛围。这部长诗通过主人公贝奥武甫这个英雄人物的一生，讲述了英雄和民族之死这个古代日耳曼人最为关切的主题。

史诗的第一部分的故事情节是叙述贝奥武甫年轻时屡建奇功，地点：瑞典南部。贝奥武甫一生英勇无畏，正直无私，是人民的护主，正如长诗结尾时高特人的歌颂："世上所有的国王当中，他 / 最和蔼可亲，彬彬有礼，/ 待人最善，最渴求荣誉。"

英雄史诗常常成为后世文学的创作素材，对后世诗歌创作有着其他古代文学无法取代的滋补作用。今天，当我们进行以重大事件为题材的长诗创作的时候，特别是以表现人物为主，风格崇高、庄严的巨制的时候，就更会感到有古代英雄史诗的营养和没有这种营养的差异了。冯向翻译的《贝奥武甫》（生活·读书·新知三联书店1992年6月版），是第一次从原文（古英语）完整地译移过来的，它是翻译界的成果，也是中国诗人们所盼望的一份欣喜。书中附有"注评""附录"，还有"《贝》学小辞典"，正如译者在前言中所说的那样："力争一本书顶好几本书读。"

我用了很长时间读完了这部大书（也只能说是一次粗粗的通读而已），感到是一部好读、值得一读的好书。

## 析《争吵的停止》

《争吵的停止》一诗被收录《现代哲理诗》（花城出版社1988年1月版）后，收到过一些诗人以及读者的来信。大家在来信中给予了很多的鼓励，觉得这首小诗还是写出了一些哲理的。也有人说，叶橹的解析也是十分准确的。

这本《现代哲理诗》是叶橹先生选析的，我事先并不知道我的诗入选，叶先生可能是从《星星》诗刊上选的，因为这首诗曾发表于该刊。叶先生是扬州师范学院中文系的教授，著名诗歌评论家，他曾在《河北日报》发表过对我的诗集《独旅》的评论文章，所以，我相信他的眼力和文笔。

后来，我找来了这本诗选，看到了叶先生的"简析"，他说："以如此简练的笔墨勾勒一副人生世态相，倒是颇有点嘲弄的锋芒的。"这是对我的肯定。其实我的诗还远没有达到他说的那样，"锋芒"也不是很锐利的。我倒是很同意叶先生的另一段话："生活中总有那么一些人，'喜欢以我为核心'，见利忘义，如蝇逐臭。在这种'争吵'中所演出的一幕幕喜剧和闹剧，不禁使人看到了'人心恶'的一面。鞭笞这类精神现象，引起疗救的注意，仍然是一切有责任感的诗人的天职。"这首小诗写于 20 世纪 80 年代初，我记得，最初有十几行，后来几经删改，只剩下了五行：

蝉儿们争吵过了
都说，那朵小花
是为自己开放的

可是如今花儿凋残了
却没谁争吵了

诗写好了，我当时不由自主地笑了。笑什么呢？笑自己？笑诗中的蝉儿们？笑那些小花？或者是笑……还是叶先生说得好："诗写的是'争吵的停止'，可是如果小花重开呢？恐怕又得写一首'争吵的开始'了。"是啊，我笑的就是——如果小花又开了，我还要再写"争吵的开始"了。看来，人生世态总有变化，诗也不会停止，总不能面对一些丑相而做视而不见之状吧，我还没长出那样的媚骨。

## 致某些读者

有这样一些读者，他们从不阅读新诗，但是评价起新诗来滔滔不绝："新诗我一首都不看，新诗写得不如旧体诗……"这就怪了，你一首新诗都没有看，怎么就知道新诗不如旧体诗呢？且不说新诗旧体诗也不能这么比。有趣的是，我还曾遇到这样的人，他自称是从唐诗宋词中走出来的，我请他背诵一首大家都熟悉也是他自己喜欢的唐诗，他竟然背诵了一首"赤日炎炎似火烧，野田禾稻半枯焦……"这是元末明初施耐庵撰写的《水浒传》中的一首民歌，与唐诗还相距甚远，足见其对诗的了解是怎样的水平了。可见，还有那么一些知识水平是"小儿科"的尚须补课的人，这是一种悲哀。

当然，新诗尚在探索之中，也许还要有几代诗人去做不断的探索和艰难的努力。学术上、艺术上的一些问题还不是一般的读者可以理解的。

我想，现在不是用古汉语说话的年代了，还是读点新诗，得到一些新的艺术熏陶为好。当然，萝卜白菜各有所爱，你可以只爱萝卜不爱白菜，也可以只爱白菜不爱萝卜，甚至也可以萝卜白菜都不爱，但你不可以用萝卜贬低白菜或用白菜贬低萝卜。

# 想起《世界的花》

> 世界的花
>
> 我怎能采撷你?
>
> 世界的花
>
> 我又忍不住要采得你!
>
> 想想我怎能舍得你
>
> 我不如一片灵魂化作你!

这是著名诗人、美学家、翻译家宗白华教授的"流云小诗"之一——《世界的花》,这首脍炙人口的小诗写于宗先生早年留学德国期间。

我读到这首诗,还是在《宗白华美学文学译文选》一书的书名页的背面,时间是 1983 年初。这部书的"编后附记"中,对这首小诗有一大段的文字,其中写道,可以把这首小诗"看作是他(宗先生)自己翻译宗旨和甘苦的告白"。

但是,事实上,这首诗在读者心中扎下根来恐怕还不仅仅因为它是宗先生"翻译宗旨和甘苦的告白",读者是尽可以根据自己的人生经验和审美角度去领会这首诗的。我一开始好像就是从爱情的角度切入的,完全忽略了那两次写到的"世界的花",心境里是总也抹不掉的"我不如一片灵魂化作你!"由此可见,一首优秀的诗,是可以从多个入口进入的。

前不久,电视里播放一首歌曲,那歌词中就有"我不如一片灵魂化作你"这样的句型和节奏。于是我就想到了《世界的花》，就想到了这首小诗的生命力，它已经深深地潜隐在我的胸腔里了。

# 田间的诗

现在，一提到田间的诗，有的人就会显现出不屑一顾的样子，好像田间的诗早已过时了，好像那个时代已过去，那个时代的诗人也就消失了。其实，只要你是一个有民族自尊心的赤诚的诗人或是读者，投入地去读一下田间的诗，你的心灵就会被震颤的。同时你也会感到，作为中国新诗的前辈诗人，田间自有他独特的魅力。

我曾多次背诵田间的《假使我们不去打仗》，每背诵一次都有一次惊叹。我敢说，那是几行留住真实鲜血的诗：

假使我们不去打仗，
敌人用刺刀
杀死了我们，
还要用手指着我们骨头说：
"看，
这是奴隶！"

这是写在民族危难时期的街头诗，它激愤的文字，我们什么时候看到了都会感到惊心动魄的；它铿锵的声音，仿佛在对整个中华民族说：你永远也不要对侵略者奴颜媚骨，不然，你就是让人家杀死了，也会被指着骨头斥为奴隶。

这是一首不朽的力作，它的大境界、大哲理，它永恒的警示性，是我们这些晚辈诗人可望而不可即的。

## 《天问》

屈原的《天问》可谓问答诗之最，一气呵成的 170 多个问，使所有的问答诗逊色。

读《天问》使人想到那个在雷电闪动、风雨大作之中，往庙墙上涂抹诗句的屈原的诗人形象。忧心愁悴的屈原，仰天叹息，嗟号昊旻，提出一大串的疑问，表现了一个伟大的爱国主义诗人，无论受到怎样的挫折，追求真理之心不变的旨趣。这样，《天问》就不再是一般意义上的泄愤抒愁之作了。

这是一首气势恢宏瑰丽无比的大诗，虽然我们今天读起来相当艰难，但还是值得每一个赤诚的诗人用心去研读的。

## 海滩断想

黄昏，在北戴河海滨。

　　我和几个朋友专心地拾捡着被波浪推到岸边上来的小贝壳。

　　浪一叠又一叠地涌动，海水一涨，掩住了沙岸，海水一收，露出留下来的一片光彩闪闪的小贝壳。这些贝壳个体都是很小很小的，也并不十分耀目，但集体确是十分美丽诱人的了。你几乎无法分辨出它们掩藏着的是什么？那的确是一片美妙的境界，是一首动人的诗，是一首无技巧、无法摘出个别句子来品味的诗，是一个难以解析的梦。

　　可是，把那些小贝壳拾在手中，立刻就会感到它失去了光彩，一放回海滩和它的伙伴们融在一起，就又恢复了魔力，又有了光彩有了活力。这个时候，你要体会的不能是它——某一个具体的贝壳，而应是它们——集体的贝壳。

　　这是一种集体的美丽，它在告诉我们，有一种美丽是不能拆卸的。

## 在入海口

　　在冀东石油会战前线，朋友们约我去海边看看。我以为这个海边与北戴河的那个海边是一个样的呢，其实，这里的所谓海边离真正的大海还远着呢（简直就是遥远的海边）。

　　尽管已经品味到了咸味的海风，仿佛潮水也已经开始在体内翻腾，但毕竟还没有真实地体会到海浪的冲撞。

这是接触的艰难。

在这里看海要等到大潮的到来，此前，只能去想象海的汹涌和壮阔。


找到了入海口

才知道

离海还远


这几行字很有可能会成为一首有关大海的诗的结尾。


## 形式（谈话片断）


"好吃的包子不在褶儿"，这话的确不错。关键当然是内容，没有好吃的馅儿，那褶儿再好，捏得再美妙也失去了意义。但话又说回来，再好的馅儿如果没有外面那一层美丽的褶儿，也不能称其为包子。可见，形式还是必要的。

诗是凝聚语言的一种文体，它不能没有自己的形式，甚至是相当独特，别一文体的形式无法渗入的。当然，诗人不能为形式而构置形式，形式是为内容服务的。内容是诞生形式的母体，形式一旦出现，便运载着内容，所谓"内容与形式的统一"嘛。

## 伸展

摄影家找到了感觉的时候，就会在一瞬间按动快门儿实施捕捉。而诗人在感觉有了抵达的时候，却不能急于凝定，还须有更投入的感觉伸展，即便形成了文字，读者也会感到语言、情境、审美的继续伸延。所以说，诗是永远无法停止的艺术。

诗人的头脑中，应该有不断的奇妙变幻着的景象，而不能仅仅依赖肉眼所看到的世界。

里尔克说："我学会观看。"这个"观看"，我想一定不是那种表层的接触，而是"洞观"，是具有穿透力的。只有眼光（心灵深处的目光）深远，思想才不至于停留。

伸展是一种欲望，是一种不肯休止的探索和追求，是诗人必须掌握的一个动作。

## 夕照

黄昏，在郊外，我把所看到的情境构想成了一个情节：

夕照就像一条金色的蛇静卧在水面上，它的尾部碰着不动声色的岸。这时候，一只蝴蝶翩翩飞来，那美丽迷人的翅膀，也不知被谁追逐成了一个悲剧，有如一个色彩斑斓的青春破损。那金蛇实在不忍看这一幕，就在自己温热了的波纹里，扭转身游向了深水。不，那不是游，简直就是痛苦地萎缩。

阳光是多情的，在它沉落，在它离去的一瞬间留下了这样善良的表情。

我知道，明天早晨，它还会熠熠再生。

# 春雨过后

春雨过后，到树林里去，就有一种复苏的冲动。绿色正在春天复活，叶脉里好像开始有了流动的血，虽然那叶子还不是很宽大。叶片上一粒粒地滴落的，很像晶莹的泪水，像一种点到为止的表述。

我几乎感觉到了树木在渐渐地丰满起来，不再是紧束腰肢的模样了。我在这样的情境里，知道了春天并不是腼腆的。在这样的季节里，一切都将无法抑制。

# 心境

只有进入一种心境，才有可能写出真正属于自己的诗来；只有进入一种心境，才可能读到真正属于自己的诗来。这仅仅是对感觉的依赖吗？

找不到自己腔体的人，不知道自己的腔体是什么颜色、是怎样的一个领域的人，能写出有血色的诗来吗？而心境，就在自己的腔体里面。

我所理解的心境，就是诗人对生命的真实感应，心境是来自更加深远的召唤，是一个宇宙。

# 大地艺术

著名的大地艺术家克利斯托用合成织物包裹起整个建筑物，或隔离原野，或包裹岩石，给我们带来了陌生而又新鲜的艺术感受。在《艺术世界》杂志上看到他的一些杰作的图片，我的确感觉到了一种艺术的诱惑。

对一般的读者来说，更多认识到的是克利斯托的包裹（或说包装）水平。对于有着强烈心灵感受的人来说，看到的就不仅仅只是一种包裹了。

克利斯托对大场面的大胆想象与设计，充分显示了他自有的奇特的艺术匠心。虽然，他所包裹的物体有些是已经有了艺术形体的东西，比如建筑物，等等。

当克利斯托的织物穿越大地的时候，当他的织物覆盖海岛的时候，我们视野中习惯的形象或色彩被改变了，原来清晰的物体变成了一个轮廓。尤其是那样大面积的遮掩，实在是惊人又令人向往的构想。

克利斯托的每一部作品都是一首大诗，它们会使你平静的心灵一下子跃动起来，它们会把你带入梦中，之后又使你苏醒，你在一种诗情中,在一种境界里,找到了你积于心中的许多诗句。哦,原来那些司空见惯的物体,竟是这样的四溢着魅力。

克利斯托的作品不是挂在墙壁上悬在半空中的画意,而是取之于大地刻写于大地上,有实在的着落点的诗。

# 春天来了

黄昏,到郊外去走一走,在野地里,我看到了一小片小草芽儿,它们的头顶上还挂着些许泥土,探头探脑的样子,可爱极了。

哦,春天来了,来得如此秘密。

我是来与这些小草约会的吗?

我这时应该俯下身来与它们一一握手,并致以亲切的问候。

小草啊,你们去年冬天过得好吗?你们在见到我之前还见到过谁?你们不想对我说些什么吗?

# 倒木

在长白山林区的老林子里,我看到过一棵有了许多年岁的倒木,它大概是很多年前被伐倒或因为别的什么而倒下来的。

当我走近它,一看到那卧着的粗大的身躯,就能想到它

雄健的当年，想到它披着绿叶，强壮地挺立在林子里的骄傲的
形象。

岁月已经夺走了树皮，现在的倒木，更像一根静卧在那里
的坚硬的骨骼。它再也爬不起来了，它仿佛在指着前方要告诉
我什么。

我顺着倒木的一端向前走了很远，又顺着另一端的走向也
走了很远，但我什么也没有找到，什么也没能够发现。

这棵倒木要告诉我什么呢？

在我就要离开它的时候，我看见了不远的前方，有一棵刚
刚被伐倒的树，枝杈已被砍净，躺在一个树桩的前面……望着
那树桩，我突然想到，倒木要告诉我的难道是："前面有我的
根！"对，它一定是在给我这样的暗示，我是大森林的儿子，
我应该懂得树木的语言。


# 里程碑


多次在国道上看到里程碑，每一次看到里程碑，心中都似
乎想到了什么。

这一次在黄昏的光照中又看到一块里程碑，距离很近，我
像一个跋涉而来的旅人，站在它的面前，读它面容上显现出的
更远的里程。

走远些，再走远些，再回头看那里程碑，这时候就有些悲壮色彩了。那里程碑在我的视野里立刻活了起来，立刻有了血肉有了生命。它默默不语地站在远远的路旁，像一个忍受着巨大别离苦痛的送行者……

我突然看清了，它是一个没有流泪的，相当会作别的硬汉子。


# 野地里的石头

在野地里，风中的蒿草正在窃窃私语地交谈着什么，在蒿草中藏着一块寂寞的石头，它寂寞得近乎神秘。

看到了风中的蒿草，看到了蒿草中的石头。那么能看到石头中的什么吗？

这一块没有同伴的石头，好像在长久地苦苦思索着什么。它也会哭也会笑吗？也会舞蹈也会歌唱吗？它是睡着的还是醒着的？

我深情地凝视着这块石头，虽然它只是一块极普通的石头。我甚至坚信，它坚硬的躯体里一定有一个真实的灵魂，否则，我就不会被它打动。我想，现在它能够诱惑我的，不再是它的形象，也不再是它躲在蒿草中的神秘的状态，而是它的心灵。

## 奔跑

诗是人生的一种奔跑,这种奔跑应该是自由的,痛快的,是无法被指点的,是来自诗人灵魂深处的一种爆发行为。

诗人的这种行为应该使人惊愕,但同时也能使人醒悟,这便是奔跑者本身的感染力。这种奔跑绝不是那种让人看着都喘不上来气的奔跑,它应该是艰难当中含有无穷意味和魅力的,它给予读者的刺激和感触应是独特的。

一种百感交集的奔跑,一种激动人心的奔跑,一种难以忘怀的奔跑。

## 燃烧

来自北京、天津、山西等地的诗人们,在野三坡的夜晚里搞起了篝火晚会。一大堆的干柴一燃起来,就发出了"噼噼啪啪"的脆响。我首先感到的是一种无法说出的愉悦,仿佛沉寂的生活,一下子就在这爆裂声中跳动了起来。火苗越来越大,声音也越来越响亮,人们仿佛不是被火光照耀得兴奋了起来,而是被那一声声的脆响挑逗得开始了狂欢和歌舞。

我守在篝火旁,专心地听(严格说是在看)那干柴在火焰里发出的声响,内心深处感到了痛快。

大家跳啊,唱啊,迟迟不肯散去。哪一位诗人的心中都有一捆灵感的干柴，这些干柴只要碰到一个燃点，就会不可抑制地燃烧并发出美妙的声音。

火真是个奇妙的东西，它饱含着力量和血性，它昂扬的精神使人激动。我忽然想到，诗，不也是一种真实的燃烧吗？离开了燃烧，到哪里去寻找灼热的诗呢？


## 小蝴蝶死去了吗？

在旷野上，在石油工人居住的铁皮野营房里，我和钻工们一起喝酒，菜是用几种餐具盛着的，碗，小盆儿，饭盒，甚至饭盒盖和大茶杯都用上了。酒不用倒出瓶，每人都攥着一瓶，就那么对着瓶喝，工人们把这种喝法称之为"吹"。

喝着，谈着，是那么投入，渐渐地进入了一种朦胧。在我朦胧的视野里，突然出现了一个小红点，像一片飘零的枫叶。仔细看，才发现是对面铁皮野营房上有一只红蝴蝶，那么宁静地落在了那里。

第二天早晨，我发现那只红红的小蝴蝶还在那里，色彩夺目，像一滴鲜红鲜红的血，一动也不动。钻工们告诉我，那是一只死蝴蝶，好多天以前就死在那里了，不知为什么，风没有把它刮走。

在这缺少生命的荒原上，我不能相信它的死亡。我一遍又一遍地在心里面问自己："小蝴蝶在干什么呢？小蝴蝶在干什么呢？"我想象着它重新飞起，渴盼着那一滴红色再跃动起来。

小蝴蝶死去了吗？

# 写一个真我

南宋著名词人刘克庄的词作气概豪迈，雄健疏宕。这位"后村居士"做官时不怕权贵，敢说直话，曾屡进屡退，饱受打击和迫害。他的词笔调锋利，绝少饰掩。虽有时用词粗疏，但更能表现出他的个人性格。

"应笑书生心胆怯，向车中、闭置如新妇。"

（《贺新郎·送陈真州子华》）

"天下英雄，使君与操，余子谁堪共酒杯？"

（《沁园春·梦孚若》）

"男儿西北有神州，莫滴水西桥畔泪。"

（《玉楼春·戏林推》）

词句写得真是雄力十足，却又如入无人之境，其大气难得。

一次，中国作家协会创研部张同吾先生在我书房里挥毫书写了刘克庄一首"一剪梅"词的下阕："酒酣耳热说文章／惊倒邻墙／推倒胡床／旁观拍手笑疏狂／疏又何妨／狂又何妨"。同吾先生不但是著名文学评论家，其书法也是相当有功力的，让我赞叹不已。同吾先生书写完毕，我说："好一个狂傲的后村居士！"词作得这样，已是相当的"意气风发"了。

看来，若想诗不死板，语言、内容都富有活力，那就要求诗人自身是活的。写诗的时候不要老想着自己是诗人，不要摆好了诗人的架子才写作。把自己摆放得平常了，不平常的诗句就会无所顾忌地流淌出来了。

写一个真我，这对一个诗人是多么的重要啊，然而，这是需要勇气的。


## 善良的诗人

朝鲜族著名诗人李相珏先生寄来了他的新著《人生三昧》（辽宁民族出版社出版），我高兴地读李先生的新著，也高兴地把这部诗集作为我永久的藏品珍藏。对我来说，李先生不仅是一位著作甚丰的朝鲜族诗人，他还是为培养延边朝汉青年作家做出了贡献的编辑家。就我来说，从1979年至今（虽然1983年调出了延边），不断地得到李先生的热情帮助，他曾多次把我的诗译成朝文，介绍给广大的朝文读者。我一直认为，李先生是一个善良、认真、有着高尚人格的人。今天读他的这部《人生三昧》，就更加深了对他的认识。

"作为一个人／总得有良心／撕咬拼杀，嗜血成瘾／那是眼镜蛇的本分"(《人》)。

是啊，人不应该总是相互撕咬，如果你的身后总有一个算计着你，或给你记着"小账"并随时寻找机会向你吐出毒芯子的人，那是多么可怕的事情啊。诗人是善良的，是直率的，他直言不讳地告诉你，相互咬杀，"那是眼镜蛇的本分"。李先生做编辑的生涯已30多年了，他坎坷的经历中一定遇到过"眼镜蛇"般的人，所以他才能找到如此恰当的形容。

"因为你直道 / 所以受到嘲笑 / 因为你坦诚 / 所以受到愚弄 / 因为你总是有啥说啥 / 所以使人厌恶频生 / 你最大的缺点 / 是处世不油滑 / 因为你总是保持人的良知 / 所以人们视你为长不大的儿童"(《因为》)。李先生他为人坦诚，从不油滑，所以才能呼唤着人们"保持人的良知"。

我想，李先生这样的诗是会有许多的共鸣者的，因为这个世界上善良的人还是多的，保持着良知的人还是多的。每个直道、坦诚、有啥说啥、不会油滑的人读到李先生的诗的时候，都会感到诗是一种离心灵最近的东西，诗人是善良的，而善良的诗人的诗，"是一种神奇的力量 / 无形中把人紧紧系住"(《魅力》)。


# 读《丁文江年谱》

王仰之先生赠给我他的新著《丁文江年谱》(江苏教育出版社1989年8月版)，这部书对于研究我国早期卓越的地质学家、中国地质事业创始人之一的丁文江先生有着很重要的资料价值。同时，这也是一部研究中国近代史的重要参考文献。

我在这部《丁文江年谱》中意外地读到了丁文江先生在1933年46岁时写作的一首五言律诗：

竹是伪君子，外坚中实空。
成群能蔽日，独立不禁风。
根细善钻穴，腰柔惯鞠躬。
文人都爱此，臭味想相同。

书中注释说，"此诗见于《叶景葵杂著》（上海古籍出版社出版）。据说这年丁文江在莫干山避暑，一天与实业家、藏书家叶景葵谈竹，叶赞竹之佳处，丁则不以为然，因作此诗以诋之"。

丁文江勤奋的一生虽很短促（1887—1936），但他给后人留下了丰富的学术遗产。丁文江博学多才，敢想敢干，精于科学又善于办事，且是一个公而无私、直言不讳的正人君子。所以，才有蔡元培对他"实为我国现代稀有的人物"的评价。

也只有这样的人，才有可能写出上面这首诗来。这首诗选材虽平常，立意却不凡。诗中没有历代士大夫们唱竹咏物的一般化描写，没有那种以赏竹为雅的文人气，而是写出了一个"成群能蔽日，独立不禁风。根细善钻穴，腰柔惯鞠躬"的伪君子的丑恶形象，正如王仰之所言："阐述了他自己的处世之道和人生哲学。"这样看来，诗如果是从作者人生命运中走出来的性格，是从芸芸众生之中提升出来的人格，那么，它的生命力就强健，无论放置多久，都会闪闪发光。

《丁文江年谱》中还记载了丁氏的一些其他诗文，如1930年12月为胡适40岁生日写的贺联，1929年为梁启超去世写的挽联，以及同年为悼念青年地质学家赵亚曾而作的诗，还有他早年写的《黔民谣》等，都足见一个科学家忧国忧民的真情。

就丁文江写"竹"的这首诗来看，其文笔潇洒，鞭辟入里，如刀似剑，淋漓尽致，这不是一般文人所能做得到的。我想，一个真正的诗人是应该正气在身的，不然就成了"根细""腰柔"的"竹子"了。这是我们读丁文江的诗应该想到的。

感谢王仰之先生的《丁文江年谱》，它不但给我展开了一段历史，同时也给了我一段文学与人生、做事与做人的思考。

# 斜刺针灸与诗的写作

第二次手术，取出了一年前放置于体内的内固定物。出院后，仍觉得肌肉松弛不下来，很不适。于是，请来了北京体育大学运动生理教研室教授、博士生导师卢鼎厚先生。

卢先生早年是国家男子篮球队队员，国家女子篮球队助理教练，参加过奥运会。近20年来，致力于骨骼肌损伤的机制以及针灸斜刺治疗骨骼肌损伤的临床和作用机制的实验研究，为我国高等教育事业作出了突出贡献，1992年10月获国务院政府特殊津贴。

卢先生这次来我家中对我的肌肉进行针灸治疗，他"以痛为输"取阿是穴进行斜刺，并辅以按摩。第一天晚上做一次，次日上午再做一次，疗效很好。卢先生十分健谈，古往今来，国内国外，话题丰富，知识渊博，令人耳目一新，我们很快就成了朋友。

卢先生回京后，捎来了他签名赠送的著作《骨骼肌损伤的病因和治疗》（北京体育学院出版社出版）。这是一部斜刺对骨骼肌损伤治疗作用的临床和实验研究的成果著作，虽然是一部专业著作，但外行人也是可以读进去的。

我读卢先生的书，不知怎么竟想到了诗。我感到，他的这部书中的有些内容，对于写诗的人也是有启迪作用的。比如准确的针刺一节里的"在准确的诊断之后，针刺的效果则取决于是否准确地刺入'病患'的肌肉。因此，保持进针后的走向是很重要的"。诗的创作不也是这样的吗？思维就是一根无形的针，这根针如果不能准确地刺中主题，诗之肌肉就不会放松，就不会轻易地让潜藏的内容汇入你的感觉。

持针者必须要有针感才能手到病除。一个诗人就是一个持针者，对于人生，对于时代，对于生活，如果没有敏锐的感觉，就无法找到肌肉中的诗。在诗歌创作中，有如斜刺进针的过程：发现—敏捷进针—找到"针感"—留针（诗在构成）—"针感"消失（诗的灵感显现完毕）—退针。

卢先生肯定不会想到，他的这部学术著作竟被我联系给了诗，也许牵强，但我读书时的确是这样想的。待有机会讲给卢教授听，他定会又一次发出他那富有诗意的笑声的。

# 一封信的摘要（致军旅诗人李松涛）

你好，惠寄大著《无倦沧桑》已收到，十分感谢。

我又进医院做了一次手术，现正在恢复当中。

我这几年读到的与水浒有关的文艺作品，能刻骨铭心的有二，一是画家、杂文作家韩羽先生的《漫话水浒》，一幅漫画，一段文字，品位相当高。如《宋江打宋江》的文字："宋江身上有'匪气'，也有'官气'。由于'匪气'上了梁山；由于'官气'下了梁山。"颇耐人寻味。再就是你的这部长诗《无倦沧桑》了。

接到这部大著时，恰好我每天要在床上躺一些时间。于是就躺着读，读着读着就躺不住了，于是就翻来覆去地读，读着读着就又想要记上几笔想法，于是又起来站着读、坐着读，直至几天之后全部读完。本想谈谈自己的想法的，但王鸣久的文章《天殇不至 悲剧不已》已说出了我心里的东西，至少说出了相当主要的一大部分——社会批判精神和历史悲剧意识。

如今诗人们"说大话"的太多了，"写大诗"的却极少。……当然，写大诗须有大气，并非所有诗人都能为之。我读合省（黑龙江诗人马合省）的长诗《老墙》时就激动不已，就觉得这种大气的养成不是三天两早晨读上几本书就可以的。……有一点我坚信，关东人持有这种大气仿佛更容易些，这恐怕是因为民族风骨在那里锤炼得更真切些。

你这种（指《无倦沧桑》）灵智、丰满、独到的语言也是别一诗人所没有的，我极喜欢。现在有的诗的语言模仿的痕迹太重，还有一类就是酸味儿太浓……

真希望有机会在一起聊聊，虽然我们没有见过面，但我感到我们已是很近的朋友了！

我明年一定争取去一次沈阳。

……

胡扯了这么多却还没有进入正题，又坐不住了，这个腰已不是那个腰了，且听下回分解吧……

## 诗人应得的酬劳

1945 年 7 月 20 日，74 岁高龄的法国诗人保尔·瓦雷里在巴黎逝世，戴高乐将军坚持主张为他举行国葬。27 日诗人被安葬在他的家乡赛特的海滨墓园里，墓碑上刻写了他的不朽诗作《海滨墓园》一诗第一节的最后两行诗句："多好的酬劳啊，经过一番深思 / 终得以放眼远眺神明的宁静。"

一个诗人的一生中可以得到各种各样的赞赏，可以得到一个读者或众多的读者的钦佩和赞叹，可以得到政府或文学团体给予的荣誉，甚至可以得到国家乃至世界性的奖励。但是，有什么能与把自己的诗句刻在自己的墓碑上相比呢？

一个诗人需要人们记住的不是他获得的那些荣誉，也不是他的地位，而应该是他的诗句，这才是诗人应得的酬劳。

# 自家了得

宋代，禅风进入诗坛，以禅喻诗，甚至禅语入诗。很多人还以禅论诗，如苏轼就有"暂借好诗消永夜，每逢佳处辄参禅"。再如曾几也说："学诗如参禅，甚勿参死句。"北宋末年的吴可也有论诗绝句："学诗浑似学参禅，竹榻蒲团不计年。直待自家都了得，等闲拈出便超然。"描写了顿悟的境界，讲出了修炼的过程。

看来，诗中三昧，还是要"自家都了得"。也只有修炼得"自家都了得"了，才可能出现超逸的境界。

# 读《黄宾虹画语录》

卓越的山水画家黄宾虹先生有过这样一段话："作画落笔，起要有锋，转要有波，放要留得住，收要提得起。一笔如此，千笔万笔，无不如此。"

虽是谈作画之法，对诗的写作亦有启迪。

好的诗，不是也很注意起转，也要有锋有波吗？但这个锋与波不是起转于文字的表面，而是潜藏在诗意深处的东西，是诗人自己暗藏的武器，等待读者的心进入射程。

黄宾虹先生还有一言："作画如下棋，需善于做活眼，活眼多，棋即取胜。所谓活眼，即画中之虚也。"此为画理，也可为诗道。毫不给读者思考余地的诗，便让人感到密不透气，读来无味。诗之活眼，无非造一思维空间，与画之活眼、棋之活眼相同。

# 麦子诗

写麦子的诗人多了起来，渐渐地，麦地里大片大片站着的全是诗人，而麦子则被诗人给覆盖了。

诗人们蝗虫般从麦地里过了一遭，连麦穗都拾走了，只剩下了金黄金黄的麦茬儿。麦子就这样被收割在了诗里，诗人们就这样在麦子丛中，在麦秸垛上，在麦芒上，在麦粒堆里表达着自己。

可是麦子还是麦子，诗人还是诗人。正如一位诗人写的："读了很多麦子诗／让人感动的／依然是麦子。"这位诗人无意写麦子，但他还是写了麦子，且写得很好，说了实话。

看来站在麦地里可以写麦子，站在麦地以外也可以写麦子，站在写麦子的诗人以外仍可以写麦子，中国的麦子真的是一种很优秀的植物了。

# 与一位诗友的谈话片断

怎么能说没有什么可写的了呢？人生这么大的课题，难道是盛包子的笼屉，掏一阵子就空了吗？

讲一个禅门公案：

有一次，百丈禅师让他的学生沩山拨一拨炉子，看里面有没有火。沩山拨了一下便说："没有火。"百丈就亲自去拨，拨得很认真，拨得很深，直至最后用火箸在灰烬中夹出了一点小火星。百丈说："这不是火吗？"沩山立刻悟入。

我们是不是也应该拨得深一些呢？为什么经常提到挖掘呢？我以为，能被挖掘的就不是浅层次的火星，还没有挖掘到的就是更深层的火星。面对人生，诗人应是一个不懈的挖掘者。

# 一些仿制的诗

读一些诗，总觉得似曾相识，但又说不出在哪里见过。偶尔翻阅一些杂志，发现大部分诗都是近似的，看不出什么创造力。我怀疑这样的诗并非取自心灵，倒很像作者铺开一本本杂志在仿制，你仿制我，我仿制你，直至最后大家不知道谁是谁了。这种仿制品的特点是情绪、语态、节奏相同，诗行排列、词语组合略有一些调整。读过几个人的几首诗之后，就能够感觉到都是一个味儿。

艾青说过："你如果不是懒汉，就要找出新一点的比喻。陈词滥调，像路边的草已经被人踩得挺不起腰了。"这是在要求诗人去创造，去寻找属于自己的独到的有特色的东西。

其实，如今一些诗的相互仿制，是比完整抄袭更可悲的事情。一首优秀的诗如果被完整地抄袭了，并不影响诗作自身的独特光彩（我绝不是在这里提倡抄袭）。而一首一般化的诗被仿制，那对读者则是一点好处都没有的。说穿了，这种仿制，其实也就是情绪上形式上的剽窃。

# 硬写

作家斯妤在一篇题目为《糊涂乱抹》的短文中说："我知道鲁迅先生说过，写不出来不要硬写。可是我常常写不出来就硬写，而居然常常奏效，很少枯坐半天一无所得的。"这是一个成熟作家的写作状态，这种"硬写"实际上不是一般人可学得来的。一个成熟的作家就像一个电脑，他丰富的生活积累和艺术积累就存在磁盘里，只要坐在那里调动一下，许多思想、灵感就会跟着程序显示出来。而初学者不同，往往头脑里还是一片空白，还是一个没有"文件名"的东西。所以很难一下子调出来，如果"硬写"，往往还会"死机"的。

斯妤在文中还写道："想写而不知道写什么时，我就坐下来等待。等待心灵的闸门打开，等待思路的骏马奔腾。"什么是"心灵的闸门打开？"什么是"思想的骏马奔腾？"这是最重要不过的了。由此便知，斯妤最终还是没有"硬写"，因为她还是要等到心灵的闸门打开、思想的骏马奔腾起来的时候才进入写作的。

一次，一位写诗的朋友说，坐在那里一整天也没有写出几行来。我说，那你就只有再继续坐下去了，就是斯奸说的那种等待。啥时候你也闸门开了，也骏马奔腾了，你也就等着了。如果你肚子里什么"存货"都没有，那你永远坐着也没有什么用。

## 《我是大炮》

这是西部军旅诗人王久辛发表在 1995 年第 2 期《绿风》诗刊上《兵器家族》之一首，虽然大标题下有一行很小的字注明了这是一组"摇滚歌词"，但我还是把它们当作诗来读的，因为我觉得它们是诗。

《我是大炮》是这组诗中最使我震动的一首。

"窝了火我才知道，/ 我是装了药的炮。/ 横了心我才知道，/ 我是一门轰隆的炮。"这是一种极其直率的态度，不藏不躲，真正的"兵器"风格！有个性的诗人才能写出这样有个性的诗来。诗的结尾更显出凛凛侠气："轰轰！轰轰！我要打炮。我要打炮。轰轰！轰轰！"读来让人顿生勇气。读这样的诗，就好像一下子把塞在喉咙里的东西吐了出来，真是痛快。

我也是在"窝了火"的时候读到这首诗的，难免一下子就产生了共鸣。可是我"窝了火"的时候却没有想到自己是"装了药的炮"，更不用说想到要轰轰地"打炮"了。我更多的是在忍耐，是在窝更大的火。这是弱者的态度，是一种招架之功，无法与具有英雄气色的王久辛相比。

# 白洋淀的苇

白洋淀的苇已被文学大家们写得别人都不敢碰了。可是，乘船进入大淀，靠近那些朴素的苇子，或进入它们的中间，我就有了要写写白洋淀的苇子的冲动。

在过去的战争年代里，白洋淀的芦苇荡曾是游击健儿们杀敌的好战场，是依赖它生存的人们的护卫屏障，是进犯它的侵略者的恢恢大网，它是真实的，又是陌生的。

而今天，我以我平静的心情，以和平的目光端详大淀里的芦苇的时候，我发现，这个秋天的白洋淀真是格外的温柔、可亲、富有诗意。你看，秋风鼓着嘴儿把少女般绿色的苇子头上的白花儿一片片吹去，它们便要一个个的成熟为金黄金黄的秋了。它们又好像知道该怎样把自己编织成席子，一片连着一片地铺展开，许多话就该在那编织的经纬里钻来钻去。

这些多情的苇呀，绿着的时候总是那样深情地站在水面，摇着瘦弱的小手，向远方望着，召唤着……如今累了，在清凉的月光中躺下来，就像一行行爱情诗，均匀地一句句展开。

这简直就是一个女人默默展示的心灵，只要你是一个有一点点诗意的人，就不能不被打动。

我想，我该在我的诗里写写白洋淀的苇，从春天到夏天，再写到秋天直至冬天。冬天的苇又会是一番怎样的景象呢？或是一个怎样的心情呢？大概会是这样：

> 冬天一来就有更多的时间编排了
> 先是烧热了炕从头暖到尾
> 再隔着窗子听雪花裹着的大脚
> 从结冰的淀上一步步走向自己

## 那些树

我曾工作过的一个单位，深深的院子里有郁郁的一群树。每天从那树下的小路走进走出，享受着离我最近的那些叶片的抚摩，这是怎样才能得到的一种心情啊。

我离开那个单位很长时间了，忽一日，朋友告诉我，那些树在一声令下之后，都被伐掉了，连根须都被人挖了去，原地覆盖了一大片水泥。领导要宽阔院子，树自然就成了伐戮的对象。

我一直没有再回那个单位去，但我的心里却一直惦念着那些树。在我的思想里，那些树一直没有倒下，我常常可以听见它们的小合唱以及叶片们轻轻地耳语。然而，高大的树木的确已经被矮小的人们伐倒了，我该用怎样的诗句怀念它们呢？

> 再也看不见那些高大的身影了
> 但它们的目光却永远照耀高处

# 中国西部传来的声音

我的朋友田向前到塔里木石油会战前线去工作，很久没有信息传来。一天晚上，他突然从那个神奇的地方打来了电话，声音明显与以前不大一样了：一种风和沙子的声音，一种火和烈日的声音。

我没有去过中国西部那片神奇的沙海，那片被称为"死亡之海"的沙漠，我不知道人们为了一桶桶被称为石油的物质，在那里是如何拼搏如何奋斗的。

但我听到了朋友的声音，我几乎说不出话来，我确实是不知道该说些什么。我感到了沙子和风在打过来，那么粗糙地打了过来，还有无法躲避的火和烈日。我以往诗意的想象都没有了，只有一种远远而又很近的，熟悉而又陌生的声音。

当你听到了真实的声音，你就再也没有了猜想。

# 小草

那年，在荒原，在一个石油钻井队住下来，和那些钻井工人们滚在一起，大碗酒，大块肉，大大地开怀尽情。之后听他们乘酒兴讲述真实的自己，几乎是一掏而空，无所掩藏，无所保留。我说："你们实在是太坦率太真诚了！"一位工人说："在我们这里，谁不真诚谁是孙子！我们这些人啊，就是这荒原上的草，一看就知道有多厚有多薄。"

离开这个钻井队的时候，我在荒原上采了几片草叶夹在本子里。我想，我回想着小草，想着为那些默默无闻的小草般的劳动者们写点什么的。

季节一个个地过去了。这个冬天的夜晚，我在灯下打开从未写过字的日记本，我惊奇地看到，那些小草叶儿竟然还那么新鲜地在白纸的怀抱里。这无名的生命，这平凡的色彩，绿在我的每一个日子里。感谢生活，让我看清了小草的面容，让我听到了小草的声音。听到了小草的声音，这是一个诗化了的奇妙的感觉。

我知道
不真正把自己融入小草之中
就无法真实地听到小草的话语

## 关于《鹅卵石》一诗

儿童诗怎么写？我对这个问题并没有什么研究。但我有一个感受，那就是，当你诗的触角碰到了童心的时候，千万不要错过，就随那童心说点童话。

我在北戴河海滨的沙滩上看到了一块孤独的鹅卵石，没有同伴，圆滑滑亮闪闪的，独处在那里。我仔细地观察了好长时间，也思考了很长时间。我觉得这是一个顽皮的儿童形象，一个什么也不在乎的小家伙的形象。无疑，这是一块可以表达一种心态的石头。于是，我写了一首小诗。后来我把这首诗收进了我的儿童诗集《野果》，老诗人圣野先生在为我这本诗集作序的时候，还专门提到了这首诗。他说："我特别喜欢他的《鹅卵石》，这首诗把一个海边少年的心态写得活生生的——

一个小滑头
被潮水扔到了海滩上
它却不介意这种遗弃
竟满不在乎地
仰面于沙滩上
晒开了太阳

瞧，这个少年的'自主'意识该有多么的强啊！这是一个充满自信心的少年，这是一个充满了活力的当代少年。"

其实，这正是当时作者的心态。那一天，看到海滩上那么多快乐的孩子们那样什么也不在乎地玩耍着，我的心一下子就回到了童年时代。我当时想好了诗句之后，也和那石头一样，仰面于沙滩晒开了太阳，什么也不再去想了。


## 有时候想呼喊

说实话，有的时候特别想在诗里面大声地不顾一切地喊叫一番，有一种心情是无法控制的，这时候几乎是顾不得技巧的。

一次大风过后，我乘坐的车在冀中平原上行驶。车窗外，路边有很多树木被大风给掀倒了，有的头朝下歪歪扭扭地躺在路下边的水沟里，有的被撕裂了身躯，那劈裂出来的木刺痛苦而又坚硬地指向空中，有的枝丫被树干压得断成了一节一节，有的干脆就连根须也完全地掀出了地面……

这时候，我猛然有一种要呼喊要大声呼吼的欲望。这种感觉非常强烈。我是多么希望这些树木能猛然地一下子站起来呀！与此同时，有几行句子便在心里面反复着——

你是谁的身影？
你是谁的身影？
站起来啊！
站起来啊！
迎风写你的英名
你到底是谁的身影？


# 四月的槐花

很多诗人在写到花儿开放的时候，常用"悄悄地开放"。在四月槐花开放的平原，我真正理解了"悄悄地开放"的意义。

槐花为什么要悄悄地开放？你看，槐树下，有人举着长杆子，长杆子的顶端绑着一把锋利的小刀。人们就是利用这个工具，把槐花割下来，然后去换钱。

难怪四月的槐花总是躲躲闪闪。

四月的槐花实在是艰难的花儿。

我可怜的槐花，它只能悄悄地或说偷偷地开放了。我仿佛已经看到了躲在叶子里面的槐花的心情。它们恐惧地躲在叶子里面，却仍免不了要遭到毒手。哦，小小的槐花，你是多么想不被伤害而好好地开放一次啊。

# 牛角号

多次听到牛角号的声音，阔远、雄壮、深厚，是一种坚硬的声音，能撞动任何一个心灵。听着它，我首先想到的是这声音后面的那头牛，那个巨大的终生艰辛历经磨难的生命，或说灵魂。这声音里面有血的奔流的律动，如生命复活的歌号，极为悲壮。

听着听着，你就会感到，当一个巨大的生命凝成了一个小小的号角的时候，他喷吐的力量，又怎么可以阻挡得了呢？真正的生命是无法屈服的，总是能发出强健的声音来的。

## 故乡的小草屋

几年前回东北探亲，看到农村雨中沉静的小草房，不禁思绪万千。一个个小草房就像一个个戴着草帽在泥水里雨水里跋涉的农民，那么原始，那么陈旧，那么叫人内心不安。故乡的小草屋啊，久没有摘下那草帽了，也许总会有雨，可你什么时候能摘下草帽亮出你蓬勃的形象呢？

我后来把这个想法写成了一首只有四行的小诗，出版《沉剑》诗集的时候收了进去。著名诗人邹荻帆先生生前接到我寄赠的《沉剑》后，曾写来一信，信中提到了这首小诗，他说："我先读了第三辑'望乡'，这大概是因为我时常也思乡的原因吧。我以为这辑有好几篇诗都打动了我，其中有《乡途》《乡夜》《乡音》等，而最后一首四行诗《故乡小草屋》，引起我无限感慨，这种小草屋在我家乡也有，真令人发一声浩叹：什么时候它们能摘下那草帽呢？但愿哪天青白云飞！而且是砖瓦房。"

我对故乡小草屋的感受可谓"真情实感"，尽管诗很短，但道出了我内心深处的真实想法，以及其他家乡有小草屋的人的想法，包括邹荻帆先生这样多年远离家乡的人。

## 在碑林

1995 年 11 月底，在辽宁盘锦，我和郭小林兄在当地文友李茂良、郭全等人的陪同下，参观了正在兴建中的当代书法碑林。这个碑林不同于国内的任何一个碑林，因为它不收古代书法，而立足当代。它只收当代书法名人的作品，而不收当代名人的字。也就是说，你必须是书法家，而且是书法名家才有资格入林。这个原则我很赞同。时下各界名人到处题词，有些人的字实在无法恭维，却又被一些人奉若至宝，都因为那个写字的人的名气或职位。

看了碑林已完成的部分当代书法家的作品，的确不错。忽然想起了20世纪80年代参观西安碑林时我写下的诗句，便吟给小林兄：

中国是文人多还是石匠多
是文人写得好还是石匠刻得好……

## 捕捉最具特色的形象

非琴译的《普里什文随笔选》由天津百花文艺出版社出版。米哈依尔·米哈伊洛维奇·普里什文，伟大的大自然的歌者，一个有自己独特目光、独特喉咙的歌者。

我读普里什文这些日记体的随笔，打开的是无限伸展的视野，收不尽的却是诗思。他的每一篇随笔，即使是三言两语，也都显示着作者对大自然美好的关怀及其迷人的诗的境界。正如译者在《译后记》中写的："诚然，他留给这个世界的不是诗，而是独具一格的散文，但可以毫不夸张地说，他的散文也许比某些徒有诗的形式的诗更富有诗意……"

的确，普里什文对大自然诗意的描写，并不是一般的诗人所能达到的境界。而他对形象的把握，更是独具特色。比如，诗人写蘑菇，一般都离不开"打着小伞"这样一些司空见惯的普通形象。而普里什文在他的《蘑菇的建筑学》里却是这样描写的："大自然中的蘑菇——这就是建筑学的创作。不能吃的毒菌中有一些这样的蘑菇，它们的样子完全像一座清真寺……"这是目光之内捕捉到的蘑菇的形象，还有目光之外，需读者去想象的形象。再如，在《蘑菇也会走路》一文中，普里什文记载了他与护林员小女儿的一段对话。普里什文问护林员的小女儿，森林里有没有白蘑菇，回答说，天冷了，白蘑菇都搬到枞树底下去了。有谁见过能搬家、会走路的蘑菇？难道护林员的小女儿亲眼看到过？小姑娘说："它们是在夜里走路啊，我怎么能在夜里看得到它们呢？这是谁也看不见的。"真是一首充满童话味道的诗。这走动的蘑菇的形象到底是个什么样子，并无交代，而会走路的蘑菇的形象，已经在读者的心中了。

普里什文一下子就能捕捉到最具特色的形象，这难道不是每一个诗人都应该具有的能力吗？

## 默写在心中的诗

1976 年，牛汉先生写了一首题为《改不掉的习惯》的诗。诗是这样写的："聂鲁达伤心地讲过 / 有一个多年遭难的诗人 / 改不了许多悲伤的习惯——/ 出门时 / 常常忘记带钥匙 / 多少年 / 他没有自己的门 / 睡觉时 / 常常忘记关灯 / 多少年他没有摸过开关 / 夜里总睡在燥热的灯光下 / 遇到朋友 / 常常想不到伸出自己的手 / 多少年 / 他没有握过别人的手 / 他想写的诗 / 总忘记写在稿纸上 / 多少年来 / 他没有笔没有纸 / 每一行诗 / 只默默地 / 刻记在心里。"透过这些"习惯"，读者不难看到，在被剥夺写作权利的岁月里，一个多年遭难的诗人的境遇。

读到最后的几行诗，我想起了梅志在《往事如烟》中写到她探望狱中的胡风的一段话："我在这里写了不少诗——啊，不是写，是在心里默吟了不少诗。有写给你的，写给孩子们的……"楼适夷在《胡风诗全编》的序文中也写道："一个人在整个十年中，隔离社会，暌别亲人，举目皆是冷眼与威严，没有纸也没有笔……但当梅志同志第一次争取到探狱的机会与他（胡风）见面的时候，也就是他十年来第一次见到亲人的时候，他仍然向亲人琅琅地背诵自己写在脑子里的大段大段怀念世界、怀念家人的诗篇。"

啊，在众所周知的年代里，我们的文学大师，竟是以如此方式写作！

1996 年 9 月 12 日上午，我拨通牛汉先生家的电话，问先生："《改不掉的习惯》写的是胡风吧？"

牛汉先生说："是写我自己，也不完全是写我自己。"

这个回答很重要。

在那个文人无笔无纸的岁月里，在那场史无前例的文坛悲剧中，中国的作家、诗人，谁不是把文章把诗篇默写在心中呢？


## 动的太阳

读过那么多写太阳的诗，诗人们站在太阳下面，大声地歌唱着，让歌声奔向太阳的身边，融入那金色之中。

也读过一些与众不同的描写太阳的诗。昌耀1982年创作的《日出》是这样写的：

听见日出的声息蝉鸣般沙沙作响

沙沙作响、沙沙作响、沙沙作响……

这微妙的声息沙沙作响。

这真是一种奇特的感觉。我想，如果诗人没有奇特的遭遇，怎么会有如此感受？太阳就在这种奇特的描绘中继续沙沙地走来：

但我只听得沙沙的潮红

从东方的渊底沙沙地迫近。

同样是写太阳，同样是让太阳动起来，让太阳走到近前。艾青 1937 年创作的《太阳》却是这样写的：

震惊沉睡的山脉
若火轮飞旋于沙丘之上
太阳向我滚来……

巨大的光芒是被诗人这样描绘出来的，那滚滚而来的气势，仿佛一下子就可以覆盖了所有。如果诗人没有一个博大的胸怀，太阳还会在他的笔下这样动起来吗？

艾青与昌耀，因不同的生存背景，不同的生活感受，写出了不同的动的太阳。

据说，闻一多先生曾建议把"太阳向我滚来"改为"我"向太阳奔去那样的句子。窃以为，"滚来"与"奔去"虽然都是动，但气力气色却大不相同。如果真的那么一改，诗也就"水"了。


## 领悟火

无论如何，我们不能忽略火。无论如何，我们也无法抛弃火、远离火。火被我们追求，火陪伴着我们所有的精神生活与物质生活。从文学创作来讲，尤其是诗歌创作，更是离不开火这一基本主题和形象。

郭沫若的著名诗作《凤凰涅槃》是最能体现火的情结的，那"火便是你。/火便是我。/火便是他。/火便是火"的诗句，深刻地体现了诗人对火这一精神形象的领悟。艾青的著名诗作《光的赞歌》《野火》也都对火这一精神形象有着独到的描绘："我们在这运转中燃烧/我们的生命就是燃烧。"火在这样的诗句中升华为一种经久不衰的生命。

近读法国 20 世纪著名科学哲学家、法国新认识论创始人、史学理论家和诗人加斯东·巴什拉的《火的精神分析》，使我对火这一使人幻想、遐思与激动的物质及其带给诗歌灵魂深处的意识有了更坚定的信念。

巴什拉通过对火的精神分析，为我们找到了诗歌创作与火的缘分，找到了人对于火的情感认识与精神追求。巴什拉认为，"在形象的各种因素中，火是最具有辩证性的""火升华到一个新的高度：深藏的热迸发为挚诚的爱，刻骨的恨，在火的运动中产生无与伦比的强大创造力"。应该说，巴什拉给予我们的诗学启迪是很深入很贴近的，他的理论对于我们的诗歌创作是一种提升性的引导。

在诗歌中，火不再是一般的形象，亦不再是令人仰望的神话。它的确是深刻的精神运动，一种升华，一种不灭的智慧，它是诗人自身，也是读者自身。

# 春天是什么

　　谁不渴望春天？就因为夏天太酷热，就因为秋天太凄愁，就因为冬天太寒冷。太多的疲惫，太多的磨难，都注定你期待着春天的到来，期待着在春天复苏自己，向往着从灵魂深处长出愉快的绿色。

　　春天是什么？是生命冲动的季节还是大地铺展的梦境？是嫩枝挑起的天真还是花朵珍藏的谜语？是少年，是青春……总之，每个人都会有自己的答案。

　　1983年买到一本《陈敬容选集》之后，我曾在很长一段时间里沉浸在她"老去的是时间，不是我们！"的诗句中。10年后的今天，当我重读这部著作，诗人关于春天的诗句，牢牢地牵住了我的心。这句诗是《逻辑病者的春天》中的："春天是医生，阳光是药。"春天是什么？诗人的回答是极为贴切的。

　　看来，越是饱经风霜的人，对于春天就越有独到的认识。

# 小说就在诗里面

　　诗人刘小放的《村之魂》《海之魂》《大地之子》等组诗不止一次地打动我，那一组组悲壮的故事，在他的笔下都以诗的面貌出现了。他写《村之魂》那年，我正在河北省文联帮忙，就在诗人的办公室里支一张床住着。那时我学诗还没有几年，听诗人讲构想中的《村之魂》，就像在听诗体小说。后来读到那组诗的时候，一下子就被那悲凉、苍硬的诗魂给勾住了。小说，就在那诗里。

其实，如果仔细研读小放的诗，会发现他的许多诗都藏着小说，比如《血灯笼》，就是一首故事情节很强的诗。这首诗以前没有引起我的重视，近日重读小放的诗集《大地之子》，我的目光才久久地停在了诗中的那一片血色里。一个为了摆脱贫苦的人落草为寇了，那一天，他在苍茫的夜色里击倒了一个手举灯笼负重而来的行人，可他却倏地扑在那行人的身上恸哭起来，原来那是他久离未归的父亲。后来，他用镰刀剖出了自己的心，倒在了父亲的身旁。多么沉重的悲剧！诗最后写道："村民们潮水似地赶来 / 都铜雕似的垂下了头 / 那一盏血燃的灯笼（注意，是'血燃'，不是'血染'）/ 灼痛所有的眼睛。"读完这首诗，我觉得心里面很疼很疼，我知道是那血灯笼烧的。

这仅是一例。

刘小放有许多诗是值得小说家们去借鉴的，且有些意识在时间上是相当超前的，诸如"寻根"之类的。这一点，诗人边国政有过未成文的论说。有些作家小说里的诗是引用的，而小放诗里的小说却是自己的，读者读过了，诗和小说也就一块儿得到了。不知研究刘小放诗作的人是否有同感？

# 大诗人的小序

1985 年，前辈诗人李瑛为我的微型诗集《微观抒情诗》写了一篇很短很短的序文，正文只有 89 个字，三个自然段。第一段介绍了诗集的内容，第二段是对我的诗的评论，第三段是对读者说的话。文章短得可以，且十分精到。

一般来说，序是写给作者和读者的。如今，作为著作者，我倒想为别人给我这本小书作的序说上几句话。

我当年把诗集的原稿寄给李瑛先生请他作序时，曾附信说明诗集是微型的，请先生作一短序。信发出后我就有些后悔，我想，李瑛是位大诗人，肯为我写一个小序吗？然而，我的担心是多余的，序文如期寄来了，且写得十分精彩，使我欣喜不已。

这么多年过去了，我仍能把这篇题为《在我们和世界之间》的序文默写下来：

站在我们和世界之间的是这样一本有生命的书——书里有新月、有风、有寻找回来的童心……

诗是小的，而世界是大的，作者的情思是真的。

从其中的每一行诗来感受生活的脉搏，从跳动的生活里来认识它存在的意义和价值吧。

这就是大诗人作的小序文，我这里说序文的小只是指它的形状。写文章的人都知道，短文不好写，短到像李瑛这样不失大家手笔的就更难了。

# 大诗人的小诗

1979 年 5 月 18 日 5 时，中国的著名诗人艾青在汉堡写下了一首题为《汉堡的早晨》的短诗：

前天晚上
我在北京院子里看见月亮
笑眯眯，默不作声

今天早上
想不到在汉堡又看见月亮
在窗外，笑眯眯，默不作声

不知道她是怎么来的
她却瘦了

这首短诗后来被收录在花城出版社 1984 年版的《艾青短诗选》中。这是一首我百读不厌的短诗，诗的语言极为朴素，看不出一点儿所谓的技巧。诗写完前两节，就已经大致道出了作者的心情。那个北京院子里的月亮跟到汉堡来了，还是那样"笑眯眯，默不作声"地在窗外。相互依恋，相互思念之情跃然纸上。但是，作者又写出了仿佛是娓娓道来的两句结尾，这两句诗实在是惊人之笔，全诗的境界、力度，作者的深层情绪，一下子就通过那个瘦了的月亮表达出来了，提升起来了。"不知道她是怎么来的"，写出了一种默默的追随，深化了感情。而"她却瘦了"则是灵魂深处的关照，有情怀，有灵性，有意味，有形象，有思想。

这首诗看似信手拈来，其实是经过深思熟虑的。读过这首诗，使我们更加理解了一个站在异国他乡的窗前凝视着早晨的月亮的诗人是怎样的心情。大诗人果然出手不凡。是的，只有炉火纯青的诗人，才能把诗写得这样亲切动人，这样朴实无华干净利落。这是大诗人写的小诗，但却是大手笔。

多年来，我一直喜欢着这首短诗，经常把它背诵给身边的诗友们，我觉得这是一首值得我们长久学习的短诗。


# 读《爱》

小时候
妈妈抱着我，
问我：
给你娶个媳妇，
你要咱村哪个好姑娘？

我说：
我要妈妈这个模样儿的，

妈妈摇着我

幸福地笑了……

这是牛汉先生的诗《爱》的前两节，后几节是写妈妈怀揣一把菜刀，没有向家人告别，坐着拉炭的马车，悄悄地到40里外的河边村，闯进一座花园，去谋杀一个罪大恶极的省长的情节。

牛汉先生曾在1985年撰文谈到过这首诗："40年代，我写过一首《爱》，记述我母亲的事。小时候，阎锡山开渠占了我家的农田，分文不给，我母亲生性火暴，怀里揣着菜刀，悄悄闯到阎的家里想杀死他。诗的情节全是真实的……"

这首诗我不知读过多少遍了，每次读来，我都被一个伟大的母亲的性情所打动，甚至是激动不已，坐卧不安。每次读这首诗，又都会被作者对母亲那深深的爱所感动。"我要妈妈这个模样儿的"，一语道出了——妈妈就是楷模，最美、最优秀的女人就是妈妈，最值得敬爱的就是妈妈。

牛汉先生给予我们的常常是历史的思考和文学的营养，那些看上去平平淡淡的句子，常常使我们凝视许久，思考许久。什么是诗的深刻？不是那种只有一己心灵的所谓的诗，不是坐在屋子里堆砌出来的所谓的诗。我之所以喜爱牛汉先生的诗，就是因为他不装饰自己的心灵，也不装饰自己的诗，他的真实他的纯朴让人肃然起敬。

# 文体的峻洁

有这样一种诗，虽然也是分行排列，可诗句之间毫无空隙，阅读时，根本品不出分行的意味。节与节之间亦无跨跳，一顺水地写将下来，仿佛诗只是把句子分行排列一下，并不看重其内容是否有真正的诗意。诗写到这个份儿上，已让散文家们很看不起了。有人评说这类诗为"分行散文"。

一提到诗，人们就会想到"炼句"，这是中国传统诗学里的东西。可是今天的诗就无须"炼句"了吗？在现代化、高效率、快节奏的时代中，不更需要我们的诗"炼句"吗？

其实，不仅是诗，其他文体也都要"将可有可无的字句删去"的。

汪曾祺先生讲到他自己的一则故事[①]——

我写《徙》，原来是这样开头的：

世界上曾经有过很多歌，都已经消失了。

我出去散了一会步，改成了：

很多歌消失了。

我牺牲了一些文字，赢得的是文体的峻洁。

这个"文体的峻洁"可实在应该是一种追求呀！汪先生谈的

---

[①]《汪曾祺小品》中国人民大学出版社 1992 年版。

是小说写作，而对其他文体的写作不无启迪。

胜利油田的诗人刘国体曾对朋友们开玩笑说，诗就好在它"省字"，这虽是个玩笑，可仔细想想，如果不"省字"，对于读者来说，诗人和往猪肉里注水的黑了心的商贩们有什么区别？

我们常常挥霍了许多文字，却没有获得满意的效果，我们往往忘记了"文体的峻洁"，铺排了自己。


## 飞行与着陆


站在地面的人希望能有一次飞行，仰望辽远的天空，甚至看到飞翔的鸟儿都羡慕。飞一次，飞行在无垠的空中，当自己熟悉的城市和农村，熟悉的山野和色彩尽收眼底的时候，才真的知道，什么是高瞻远瞩，什么是俯瞰。但是，你不可能停留在空中。你有自己的家园，无论你飞翔得多么高，都还得降落，降落在实实在在的大地上。


俯瞰大地
谁的心都是一只云燕
渴望过飞行的
就同样会渴望着陆

## 一滴泪

斯坦·格罗斯菲尔德把他的摄影镜头对准了眼睛里流出的一滴泪，只有一滴。我在20世纪90年代一本杂志的封面上看到这一滴眼泪的时候，几乎无法躲避它！仅仅一滴，足可以打动所有人的心。让你感到，真正的哭是没有声音的，一种状态凝聚在一处，一种很深很深的想法沉默在那里，一种力量在闪光。就那样细细地看着，你自己就会渐渐地走进那一滴眼泪之中，在那渐入的过程里，你很自然地成为知情者。

## 花朵

一大朵一大朵的花，一层层的花瓣，就像一片片笑出了色彩的唇，就像一行行盛开的诗歌，就像一簇簇燃烧的火焰。可是，你很快就会感觉到，无论多么灿烂，无论多么热烈，最终都要结尾于飘零。热烈的花朵，却原来是一盏又一盏走向末日的灯啊。

## 读张大千《墨荷》

张大千的荷，是风雨过后在宁静的空间里和你对话的荷。

张大千的荷是端庄的生命，无须过于复杂的描写，但是你不可能一下子就道出它的心灵，心灵是需要长久的时间才能感受得到的。张大千的荷是有着浓重诗歌意味的荷，看进去，你甚至会感到连那落款处的一个红红印章，都是生命的鲜血从荷的胸腔里流出来凝结而成的。

# 读法布尔的《昆虫记》

作家出版社出版了王光翻译的法布尔的《昆虫记》，是从十卷本的原著选译的。写诗的人不可不读这部书，因为在法布尔笔下的昆虫世界，完完全全是一个诗的世界，一个童话的世界。你瞧："一只蜗牛刚刚被萤火虫施行了麻醉。"(《萤火虫备餐》)"时候不早了，蝉鸣停下来。饱享着光明和热量，它们把整个白天都花在了交响乐上。"(《绿螽斯》)再看《丁香小教堂》里的一段描写："……这边是管蚜蝇，它们喜欢拼了命地嗡鸣，其翅膀像云母片一般折映着阳光。它们一口一口地已经喝醉了，于是推出筵席，找一片叶子，躲在阴凉下醒酒。"多有意思，这样的描写随手可拾，它会给你带来许许多多有趣的联想。

但是，当我们了解了法布尔这个人，知道了他一生的艰难和不停歇的努力，知道了一个从小就热爱着大自然，迷恋着花草虫鸟的人，是怎样成为一个大学者，成为被达尔文称之为"难以效法的观察家"的，才可能知道，我们不仅仅是读到了好文章，更多的是从法布尔的人生经历中找到了巨大的精神力量。这位"昆虫世界的维吉尔"，这位歌颂昆虫的诗歌大师，他告诉了我们该如何去真诚地热爱生命，特别是热爱那些弱小的生命，如何坚持不懈地一点一滴地用一生去追求真理，这可能是他留给我们最为珍贵的东西了。

# 出发

人生有无数次出发，每一次出发都是一个崭新的开始。诗歌写作也是一样，每写一首诗，都是一次新的创造。还记得在80年代的时候，牛汉先生曾说，"每写一首诗，都应该像写第一首那样，重新开始。只有这样，才能够把你全部的想法、智慧和力量都投入到这一首诗里面来"。是的，无论你曾经把诗写得多么精熟，甚至写过多么好的诗作，在下一首诗的面前，你必须像第一次写第一首诗那样，虔诚而又认真地开始，这个开始必须是崭新的。这个开始就是出发。

我们必须出发，无论我们曾经有过怎样辉煌的到达。我们必须出发，无论前面还会有多少艰难困苦。就像舒婷在一首诗中写的："即使冰雪封住了／每一条道路／仍有向远方出发的人。"

## 永远活着

我一直想给我敬爱的父亲写一首诗，他老人家已经在前几年离开了人世。我还想给我亲爱的弟弟写一首诗，他也在前几年因一次车祸英年早逝。不知怎么，我写不好，每一次拿起笔来都写不下去。这些年，我也有几位好朋友、诗友、同学、亲属相继离开了人世，我一直怀念着他们，总想写些文字，也是写不下去，我总觉得他们没有死。我不知道别人是不是也这样，从来就不相信自己的亲人和好友已经离开了自己。有一种说法，说死去的人永远活在活着的人的心间，这是不是不愿意承认死亡，它仅仅是活着的人对死去的人的一种怀念吗？

1998 年 6 月的一天，牛汉先生曾这样对我说："我这些年，特别是近几年，有的老朋友虽然已经去世了，可我从未感到他们死了，他们永远活着。在我的心里，他们只是生活在远处，不能经常见面罢了。"

哦，我们怀念的人，他们生活在远处，永远活着。

## 大海是鱼的母亲

"大海是鱼的母亲，大海是又一个世界，只不过是人类闯进去了，人类想主宰一切，以为一切都是自己统治的。"这是牛汉先生在一次谈起把什么比作母亲的时候对我说的。牛汉先生还说，母亲是最纯净的，可以把整个大自然比作母亲，这是很真实也是很亲切的。

1998年6月中旬，在北戴河相对的南戴河海滨参加"全国煤炭诗歌研讨会"期间，我和《人民文学》杂志社的陈永春等人一起跳到大海里游泳，永春兄曾在海军服役，他对大海的感受肯定和我们不一样，看到他在海水中自由自在的样子，谁都羡慕。只要你把自己泡在海水里，那种美好的感觉，是没有到过大海的人所无法想象的。

大海是鱼的母亲，如果没有人类，大家都是鱼该有多好。不知为什么，从那天开始，我就常常这么想。

## 飞跑的蚂蚁

很多人都以为蚂蚁一直是在爬行，蚂蚁的爬行是顽强生命的象征。那天，我在阳光下观察到的蚂蚁，却完全不是沉重而又艰难的爬行。我看到蚂蚁在飞跑，不停地飞跑。它们的飞跑极其生动，阳光在它们飞跑的腿脚间，变化出一个又一个迷人的光环，而那坚硬的脊背上，没有一滴汗水。可以想到，它们的体力是多么的充沛！蚂蚁的一生都在飞跑，它们活得总是那样匆匆忙忙，好像在和时间争夺着什么。

无论荣辱，蚂蚁们都不会停下来歇息。它们在飞跑。面对它们，你的心也会随之飞跑，也会随之闪烁出充满力量的光芒来。

## 老虎

牛汉先生写过一首赫赫有名的《华南虎》。在别人的笔下，老虎是一个用其他动物的鲜血来滋养自己毛色的动物。而在牛汉先生的笔下，那只老虎被关在动物园的笼子里，它孤独地趴在角落里，破碎的爪子凝着鲜血……他试图用自己的鲜血换取真正的自由，可那血印染出来的却是观赏者手中的门票，对老虎来说，还有什么比这更为悲哀！老虎，难道除了伤害和被伤害，就再也没有别的选择？

## 蝎子

蝎子举着自己的利剑向前奔走的时候，多么英雄而富有诗意！几乎想象不出它失败的样子，蝎子的英雄气色，仿佛不可怀疑。

# 白鲣鸟

在《中国海洋石油报》上看到，西沙东岛有10万余只白鲣鸟。这是一个令我吃惊的数目，因为我知道，在一个繁殖期里，一只雌鸟只生产一枚珍贵的鸟蛋。可以想象，要壮大起一个10万数目的强大家族，该有多么不易！我一直在想，10万只白鲣鸟集结在一个地方，那个场面该有多么壮观。10万只白鲣鸟飞翔在同一个海面上，那情景又该多么的迷人。10万只白鲣鸟一同自由地歌唱起来，10万只白鲣鸟一同自由地舞蹈起来，10万只鸟的身姿，10万只鸟的声音，那该是如何的庞大而诱人啊。

据说，白鲣鸟还被渔民们称为"导航鸟"，因为它们可以把航船引领到海岛，它们从来不会找错自己的家门，无论飞出去多远，它们都会熟练地飞回自己的巢。是啊，连自己的家园都记不住的生命，还怎么可能会为别的生命导航。

10万只白鲣鸟是一个很大很大的集体，而一只白鲣鸟在这个集体里该是多么微小多么默默无闻啊。

# 非洲的鸵鸟

我要写一首诗，为非洲的鸵鸟发言。因为我知道，非洲的鸵鸟正在遭受厄运，它们高大优美的身躯正一个个地中弹倒下。

我仿佛看见
鸵鸟正用颀长的腿奔跑
生命逃亡的脚印
布满了干燥无奈的大地
遇难的鸵鸟
当枪声穿过心脏
被血浆染红的家园
该有多么泥泞

鸵鸟被杀害，它们的皮被制成实用的皮包以及皮带，它们的羽毛被制成漂亮的扇子，它们的肉被制成馨香的食品，甚至连它们的蛋都不放过，也要被制成灯具，也许会去照亮加工鸵鸟骨骼的车间……弱者就这样被施以极刑！鸵鸟被屠杀，连同它们魅力的歌声和舞蹈，连同自由。

我要写一首诗，我知道我的诗歌现在还无力挽救那些可怜的鸵鸟，更无力挽救人类的感情，但我相信——

我梦中的非洲
迟早连小草都会举起盾牌
护卫无辜的生灵
连石头都会在鲜血中觉醒
拯救人类的感情……

# 都市企鹅

　　不知是哪个设计者想出来的主意，把垃圾桶设计成企鹅的形象。于是，美丽的企鹅就大张着嘴站在那里，等待人们走过来，把垃圾掼入它的嘴里。我每次看到这样的企鹅的时候，心里都会生出许多的不自在。那企鹅痛苦地大张着嘴，却无法诉说自己的不满。尤其是那大睁着的双眼，瞪得圆圆的，仿佛是在求救。尽管那不是有血有肉的真实的企鹅，可那生命的形象，谁看了都会心中震颤。

　　我走过去
　　抚摩它冰凉板结的羽毛
　　不知怎么
　　一下子就想到了自己
　　在干燥的平原
　　向往着故乡大雪的冬天

　　都市企鹅，它本不是这个城市的公民，放它走吧！它需要雪海冰川清净的空气，不需要都市的垃圾来喂养。我还想，如果这垃圾桶不是设计成企鹅的形象，而是人类的样子，让一个个人站在城市的角落里，将一堆堆的垃圾都掼到人的嘴里，这设计会被接受吗？

## 春天的青蛙

在乡下当知青的时候，每到春天的夜晚，我都要在窗下倾听青蛙的叫声。一片又一片的蛙鸣，很近地飘来，又远远地传走。不要以为那只是一种喧嚷，我一直不以为那是喧嚷。我知道，在那极为古典的春天里，特别是在那细雨蒙蒙的春夜里，是一只只求爱的青蛙埋伏在四面，用它们温和的男中音，描绘着自己心中的情人。求爱的青蛙彻夜不眠，一遍又一遍地歌唱着，不厌其烦，不知疲倦，叫人钦佩。

在那个夜夜都有呼唤的春天里，心灵被蛙鸣一遍遍地清理，很累也很幸福。

后来我几次想把这种感受写成诗，可几次拿起笔来，都觉得纸上出现的不是当年乡下那个春天的夜晚，蛙鸣已经离我们越来越远了。

## 爱情诗不好写

前几天，有一个诗歌爱好者寄来了一大堆习作，并一定要我看过写点意见。诗大多是爱情题材的，我总的感觉是，"爱"得没味儿，不新鲜，太模式化。你看："你的眼睛是我的星星 / 你的眉毛是我的月亮"，"我爱你圆润的脸盘 / 那是这世界上最美的太阳"（我不知道这世界上还有没有另一个糟糕的太阳？）

在给这位作者回信的时候，我想起了一本书，一本只有 80 多个页码的小书，它就是冯至先生 1931 年翻译的一代诗歌大师莱内·马利亚·里尔克《给一个青年诗人的十封信》。

爱情诗不好写，特别是你还没有真正地走向内心，还徘徊在对方的眉毛和脸蛋上的时候，你的一切赞美和描述，都是苍白无力的。因为诗歌不是谈情工具，它是你精神世界的翻版，是心灵的真实呈现。里尔克在这本书中说得更好："不要写爱情诗，先要回避那些太流行、太普通的格式，它们是最难的，因为那里聚有大量好的或是一部分精美的流传下来的作品，从中再表现出自己的特点则需要一种巨大而熟练的力量。"

里尔克这十封信，是他约 30 岁时写给一个青年诗人的，里面谈到了诗歌艺术，谈到了生活、职业，也谈到了爱情。我相信，它对今天的读者，仍会有渗透到心灵的帮助。里尔克说："爱，很好，因为爱是艰难的。"爱情诗也很好，但写起来也是艰难的，是不可以信手拈来的。

## 锤炼汉语

台湾诗人洛夫，因为早年诗歌表现手法近乎魔幻，被誉为"诗魔"。《魔歌》之后，风格渐渐由艰涩返归明朗，由繁复转为简洁，这一个自我否定和在信心中再度成活的过程，实在叫人钦佩。

　　几年前，诗人曲有源送我一本洛夫的诗集，是中国友谊出版公司出版的《葬我于雪》。

　　我曾多次阅读这本诗集，洛夫的诗歌语言让人惊羡，正如吴三连文艺奖评语中所说的："他的诗直探万物之本质，穷究生命之意义，且对中国文字锤炼有功。"的确，即便是一首小诗，也能看得出他的老到和汉语使用的精熟程度。

　　随便读他一首诗，《发》："捧起你的发 / 从指缝间漏下来的 / 竟然是长江的水 / 我在上游 / 你在下游 / 我们相会于一个好深好深的旋涡。"这种简洁，有些古典，但又很现代，难道不是"传统"与"现代"的融会贯通吗？我在一家杂志上还曾读到洛夫的一首小诗《清明四句》："清明时节雨落无心 / 烟从碑后升起而名字都似曾相识 / 一只白鸟澹澹掠过空山 / 母亲的脸在雾中一闪而逝。"前面是情景和心境，后面是幻境吗？怀人诗写到这个份儿上，不能不说是大手笔了。而锤炼过的汉语，在这里显示出了魅力。

　　中国诗歌写到今天，难道还找不到自己的感觉吗？我们当然需要现代手法和西方风格的插入，但那应该是在锤炼了自己的语言前提下的事情。洛夫先迈了一步。

## 面对树木的伤口

　　河北摄影家协会主席李英杰先生寄来了他的两本摄影作品

集，我翻阅一遍，心情久久不能平静，尤其是拍摄于天子山的《惊回首》，实在是太叫我心动。

画面上，在朦胧远山的衬托中，近前是一个铁硬的大树桩，不知这棵大树是什么时候被伐掉的？树桩顶着一层洁白洁白的雪，那雪就像一张纱布，覆盖着大树痛苦的伤疤。我一下子想到了牙齿般的钢锯，想到了哗哗的伐木声，想到了那些纸钱般飘飞着的锯末，甚至想到了鲜血，想到了生命的呻吟和控诉。

在这个树桩的身旁，一棵弱小的树枝探出，它弯弯曲曲的身躯向上伸延着，然后扭转身来，回头看着那静默的树桩，那姿态完全是一种心情的表达，它伤痛的样子太让人感动。他惊讶的是什么？是大树顽强不屈的造型吗？是白雪覆盖下那仍然转动着的年轮吗？也许这样的分析都不是摄影家完全的本意。

我知道，李英杰先生出生在珲春，那是一个林区。可以想象，李先生对树木的热爱是怎样的深入。那么，他的这幅《惊回首》所要表达的恐怕还有更深远的意义。我想，摄影家的"惊回首"，不正是在提醒和警示我们这些正在砍伐树木的人类吗？如果整个人类都能够"惊回首"，我们赖以生存的大自然，与我们共呼吸的树木，还会用雪白的纱布覆盖自己的伤口吗？面对这个树桩，我们难道不应该像那回首的树枝一样，也"惊回首"吗？

这一棵被雪白的纱布覆盖着的树桩，在我的心中凝结成了一个巨大的疼痛的根块，我就像它身旁柔弱的枝条一样，不能不凝视着那默默无语的伤口，久久地思考着。

# 生命之光

去年，西安的诗人远村来信并附寄郑文华先生的摄影作品，嘱我为其配诗，并说是为一本摄影集准备的。画面是一面斑驳的老墙，老墙的缝隙里爬出一簇绿叶，生命的顽强，一下子就打动了我。虽然未曾与文华先生谋面，但他的摄影作品却让我感到了心灵的相通。

今年一月，收到了《生命之光》摄影诗画册，一打开，我就被吸引住了！一页页翻下去，全书88幅摄影作品，每幅都有诗人配诗，计有70余位各地诗人的诗作。这本书，别致。在为一幅"老树"的题诗中，当年以《我是青年》一诗名世的杨牧写道："承认老也是种勇敢／赢得孤独是最高的自信。"诗，毫不逊色于当年。从青春到苍老，这是不可抗拒的规律，面对这个现实，承认和不承认是两个档次的心境，刨除"不服老"精神支撑的一面，承认老的确不是那么简单的事情。如何对待呢？杨牧写得好："在路上走累了在心里休息／在心里走累了在路边休息"，甚至"老树不作顽童的风骚"。杨牧把"老"的问题体悟明白了，生命之光已散射出魅力。

舒婷为一幅摄影的题诗是："一个美丽的弱音／在千百次演奏之中永生。"画面上，茫茫沙漠只有一棵草芽，那草芽在演奏着什么？难道不正是经过风沙打磨的生命之光吗？郑文华先生集画家、摄影家、作家于一身，他对生命的理解，层次当然更多一些，这本画册已经告诉了我们。

## 《母亲的灯》

刘向东是著名诗人刘章之子，但他诗歌表现手法与刘章有着明显的不同，而他诗作中所张扬的精神是与其父一脉相通的。读刘向东的诗，你会在不知不觉中被他的情绪所感染。乡土气息，不追时髦的朴素语言，细腻感人的情节，这是我们在刘向东的诗歌中可以经常找得到的。

今年三月，向东寄来了他的新著《母亲的灯》，整整一个周末的下午，我是躺在沙发里读他的书度过的。我感到了燕赵大地血脉的涌动，我曾在冀中有过十几年的生活经历，那是我的又一个故乡，它让我牵肠挂肚。由于工作的原因，我曾有机会把冀中的大部分地方走过了，有些地方不止一次地走访过。20世纪80年代初，还曾在河北省作家协会和省林业厅的组织下，与几位文友徒步走访过太行山区。向东的诗集《母亲的灯》一下子就勾起了我许许多多难以忘记的往事。那天下午，我的身边仿佛一下子又长出了大片大片的麦子，仿佛又响起了一阵阵的经久不息的蝉鸣。我知道，那麦子的色彩和蝉的歌声，就是一种难以逝去的乡情。过去我在那块土地上生活的时候，没有很好地留意那些普通的麦子和蝉鸣，现在，是向东的诗，使我的认识有了提升。

不知不觉中，一个下午过去了，天色渐暗，我仍在向东的诗里面寻找着我熟悉又从未仔细揣摩过的那块土地。唢呐队，"炊烟落地生根"的村庄，滦河水、白洋淀、老槐树、老墙、汉子们……

母亲轻轻地为我打开了灯，屋子里豁然亮了，我一下子坐起来，望着母亲，心里面默诵着向东的那首《母亲的灯》，那诗句就像刚刚写出来的："我看见母亲纤巧的手 / 小心地护着她的灯苗儿 / 像是怕有谁再吹一口 / 她要为她写诗的儿子照亮儿……"


## 关于麦子


编辑 2000 年 5 月号《诗刊》的儿童诗，在众多的稿子中读到了小学四年级学生陈心心写的《组词》<sup>①</sup>，诗是这样写的——

老师叫我们用"麦"字组词

她说麦田呀麦穗呀麦苗呀都可以

可这些东西我从来都没有见过

我组的是：麦片

因为每天早上我喝它


看了这首诗，我突然想起许多久居城市的诗人，不停地大量地写着麦子，有的人甚至从小到大就一直躲在城市里，根本不知道真正的麦子是怎么一回事。可他们却能要死要活地写着麦子，这不能不说是诗人天才的发挥。于是，麦子铺天盖地，

---

① 陈心心的《组词》一诗，发表在 2000 年 5 月号《诗刊》上，获得了"方圆杯"校园儿童诗大赛二等奖。

麦子在诗歌刊物里大丰收。但你总会感到这些麦子不那么诚实，不那么可靠，有点生拉硬扯。而陈心心小朋友在这一点上没有丝毫含糊，不知道就是不知道，没见过就是没见过，不知道没见过就没法写，所以这个组词只能是麦片。这个诚实的孩子写了一首诚实的诗，也写出了自己健康的心态。我敢说这是一首较劲的诗，和老师僵硬的思想较劲，和一切不真实的东西较劲，和被现代化垄断的城市较劲，同时也和所有写麦子的诗人们较劲。

陈心心小朋友的这首诗，还有一个信息：今天城市里的孩子们，他们渴望了解麦子以及其他农作物，如果真的就只知道麦片，那他们的幸福也就太单调了。让没有见过麦子的孩子们以及那些没有见过麦子的诗人们去真实地见一见麦子吧。


## 打水漂


打水漂这种儿童游戏，现在的农村应该还有，城市里已经不大见得到了。随着人类对环境的破坏，像样的、清澈的、趣味的水已难得见，更何况，孩子们终日里为课业所累，也是没有闲暇玩那么清闲自在的水漂了。

在周作人、丰子恺的儿童杂事诗图里，可以读到早先的儿童们打水漂的快乐，如周作人《陈授衣》一首里写到的"抛墥"就是打水漂的游戏。而丰子恺那趣味横生的漫画，更是画出了天真和快乐。墥，就是小砖瓦块儿，重量适中，抛到水面上，可穿出一连串的水圈圈，非常奇妙。我小时候和伙伴们打水漂用的是鹅卵石，分量比较重，要掌握相当的技巧才能打好。特别是在湖面稳水中，打出的水漂远而且水圈儿大、水串儿长，就像丰子恺画的那样，水圈儿如由近及远排开的眼睛，水串儿箭一样射向远方，那叫开心。陈授衣当年诗中写的"儿童下学恼比邻，抛塎池塘日几巡"。看来也是在稳水中打的水漂。可惜，如钟叔河先生为周作人、丰子恺的《儿童杂事诗图》所做笺释中写的："……不过这幅描写的场景，在现代化的城市里已不复可见，往公园水面投掷瓦石早被禁止，适于'打水漂'的小青瓦片亦恐已绝迹，所以更加难得了。"是啊，对于今天的孩子们来说，打水漂已经是一个很奢侈的游戏了。他们只能到诗歌中、文章中去羡慕了。

那天读周作人、丰子恺的诗与画，整整一个晚上都在梦中打水漂，那水漂一串又一串，是我欢蹦乱跳的儿童诗的童年。

以上整理于 2002 年 1 月

# 编辑的话[①]

## 有趣的豆芽

2000 年 7 月，我到大庆去会文友，诗人庞壮国带着他的女

---

[①] 为 2002 年 6 月号《诗刊》而写的编后语。

儿豆芽（庞悠扬）来了，谁也没有想到，就是这个九岁的小豆芽，给大家带来了许多欢乐。

豆芽喜欢给大人们出难题，比如，有一次在车上，豆芽突然向满车的大人发问："天上掉下来一张脸，你要还是不要？"大家不知该怎样回答。我请教豆芽："要了怎么样？不要又怎么样？"豆芽很蔑视地告诉我："很简单嘛，要了，你就是二皮脸；不要，就是不要脸。哈哈哈……"她很高兴，因为她能让大人们下不来台……

豆芽还告诫她的爸爸："你可要好自为之啊。"

豆芽还作诗："小风轻轻吹，嗖嗖地……"

《岁月》杂志的周启军说："我嗖地上了天了。"

豆芽马上说："你还得回来。"

我问："你怎么知道他还得回来呀？"

豆芽说："他的钱包在这呢。"

豆芽的敏捷，真像水中的豆芽，滑滑的，不好捕捉。她那诗意思维，好玩有趣。


## 玩诗的孩子


陈可嘉是一个爱读书的小女孩，她两岁背诵唐诗，三岁看图识字，从诗歌角度来讲，她入学可是够早的了。但是我想，对她的诗有帮助的恐怕更多的是后来她接触的安徒生、伊索等。

这是一个联想的时代，甚至是大幻想的时代。我们为什么要急于把孩子们都培养成呆板的"小老头"呢？难道孩子们快乐的想象不是我们大人们所期望的吗？此时，诗歌在孩子们的心里，还不是什么神圣的东西，也许他们只是觉得诗歌很好玩儿，诗歌也能给他们带来快乐，能给他们解闷儿。我希望陈可嘉就是这么看诗的。玩诗的孩子该有多么幸福呀！

## 自然生成，比什么都好

那天，和素不相识的程远的妈妈戴文娟通了电话，请她寄来程远的照片。小戴并没有因《诗刊》要发表她女儿的诗而有什么异常的兴奋，她只是平静地告诉我，孩子学习挺紧张，言外之意，写诗是业余的事情。我很赞同她的这种态度。写诗只是程远若干兴趣中的一小部分，而这部分兴趣恰好能发挥和展示她的一些联想，所以她愿意去做，这就足够了。天趣比什么都重要，没有必要去硬性地"培养"一个未来的诗人，自然生成，比什么都好。

让孩子们自由地讲述自己的故事吧，别强迫他们去听或强迫他们去讲。邹静之在他《小儿无赖》一文的前面写过这样一段："今天是六一儿童节，记起小时候的一些事想讲给女儿听。她不听。她说她现在正是小时候……"

## 小动物的双休日

看得出来，张诗筠特喜欢小动物，这个善良的小女孩，她能把镶嵌在手表里的猫和老鼠写活了，还让它们拥抱；她给小狗穿上白礼服，还说那是咬吕洞宾的那条狗……这童话意味十足的写法，让人读起来好开心。

在小诗筠纯净的心里，一定有好多好多的动物朋友。她和那些动物们相处得非常好，还给它们写诗，替它们说话，这是多有意思的生活呀。爱动物的孩子，一定是非常有感情的孩子，有感情的孩子，才能做一个写诗的孩子。

当然，她也能写写爸爸的剃须刀，让那剃须刀在爸爸的嘴巴上漫游；也能写写和爸爸数星星的故事，幽爸爸一默，搞定爸爸一次……这些细心的观察和俏皮的行为，只有孩子才能做得好，做得有趣味。

小诗筠还给小动物们放假，让它们也过双休日。当然，这个双休日可不能忘了朗诵小诗筠的诗歌。你想，不懂诗的小动物，那多没劲啊。


## 《诗选刊·青年诗人栏》主持人语

1. 说一句老话，诗不能没有创造力。语言一下子就有了那么大的诱惑力，靠的是什么？这种诱惑力又是什么？难道不是因为创造吗？九叶诗人陈敬容先生说过，诗容不得虚假，也拒绝因袭。她认为虚假和因袭会妨碍创造。我们每个诗人（包括已经被大家认为或自己一直认为自己是真诚而拒绝因袭的诗人）都应该经常反观自己，你的诗中有没有虚假和因袭的东西？你的创造力是否已被这些东西所妨碍？

2.《飞天》杂志经营多年的品牌栏目"大学生诗苑"，在诗歌界特别是在校园诗坛上有很大的影响。这个栏目设立以来，发表了许多好诗，为中国新诗的发展作出了巨大的贡献。它是校园诗人的集结地，是一块肥沃的诗歌园田，它的经久不衰已说明了这些。收到老乡先生寄来的 2001 年 9 月号《飞天》杂志的时候，面对"大学生诗苑"，我首先想到了一个栏目坚持这么多年是多么的不易，一个永远年轻的栏目，那些校园诗人及其作品是中国诗坛上一道多么富有朝气的风景线啊。我们把这一期"大学生诗苑"的诗作展示在这里，愿它能勾起前大学生诗人的美好回忆，愿它能引出现在大学生诗人的崭新向往。同时，也以这种集中选发诗作的方式，向"大学生诗苑"的历届编辑致以诗的敬意。

3. 支持青年诗人，不应只是做个姿态，重要的是认真地阅读他们的作品，那种平起平坐的阅读，不是居高临下的俯瞰。当然，这里所指的青年诗人，应该是那种严格意义上的诗人，而不是喜欢诗的人群里普遍的年纪轻的人。本期青年诗人，各有追求，各有特色，相信读者也会各有所得。在编选这些诗的同时，读到了张执浩的一段话："诗歌不是写出来的，而是生活出来的；不是寻找到的，而是等待到的；不是外面的，而是里面的。"我尤其喜欢"不是外面的，而是里面的"这种说法，如果我们的诗歌不是里面的，那它在我们复杂的命运中还有什么存活的意义？

4. 一个诗人的机敏、幽默和纯赤，会给读者带来阅读的愉悦。好的诗，不能总是自己"倒带子"，应该常有新的东西奉献出来。编选这辑诗作的时候，我读到了甘肃诗人高凯的一句话："和其他文学体裁一样，诗歌也首先要有看头。"这话说得虽不太时髦，但说得不错。

5. 谭延桐在他的诗里说："一个词染上了疾病 / 一笔一画都在疼痛。"的确，在我们的诗中，染了疾病的词还真不少。我们要让那些词健康起来，首先要把生长词的土壤找到。荷兰画家伦勃朗认为："我们从我们国家的熟悉事物中获得灵感，而不是从千里之外，去找到一些东西。"中国诗人该从哪里获得灵感或找到"东西"？

6. 好的诗未必都是雄强之作，正如我们可以听到雷声也可以品味细雨。只要我们能在诗的体内读到诗人的品格、气质及修养就足够了。我们希望有大声说话的诗人，也希望有低声细语的诗人，只要他的诗不是假大空的，不是伪饰品。

# 寄语"小脚丫文学社"

"小脚丫文学社"的小文友们，知道你们是油田的孩子，我的心就和你们特近！我曾经在油田生活、工作了 17 年，我的女儿就是在油田长大的，因此，我大致能想象出你们生活和学习的环境，甚至都应该想象出你们天真可爱的样子。

看了你们文学社的简介，知道你们在学校领导和老师的带领下，搞了那么多形式各异的活动，我也和你们一样，十分开心；看了你们写的文章，知道你们的小脚丫在文学创作的道路上走得很坚实，你们的创造力有了很好的发挥，写出了那么多充满才气的文章，真叫我羡慕；还看到了几位小同学的照片，真带劲儿，一个个都那么有生气，文学的未来一定是你们的。

如果你们喜爱文学创作，那就要有为之奋斗的长远设想，这里面有你们一生都探讨不完的话题，路还很长，用你们的小脚丫一步一个脚印地走下去。可能还会遇到许多艰难，但我相信，你们的才华会战胜一切的。

河南油田不仅生产石油，也养育着有影响的作家，比如我熟识的一位叫盛丹隽的作家，就生活、工作在河南油田，你们可以请他当面指导写作，一个小学生的文学社和一位作家链接在一起，那该是多么有意思的事情啊！

## 寄语"金豆苗文学社"

读了"金豆苗文学社"小作者们的文章，我感受到了他们诚实善良的心地，作为小学生，他们能大胆地探究自己的内心世界，敞开自己的心灵，这很不容易，《想起这件事，我就后悔》就是这样的一篇文章；我还感受到了他们想象的快乐，想象是最能呈现一个人的创造力的，而文学创作也是离不开想象的，《龟兔赛跑续集》就是一篇充满想象力的小童话；我还感受到了他们生活的趣味，《第一次放烟花》《第一次洗手帕》都取材于自己的生活，没有夸张过分的描写，却把生活中一点一滴的情趣恰到好处地描绘了出来，表达了他们对生活天真纯净的热爱。

一个小学文学社团，它未必要把每一个成员都培养成未来的作家，但它却有责任通过写作，通过文学训练，把它的成员们的艺术感觉、创造力和想象力真正激活，这些，对他们今后用文字承载自己的心灵，无疑是一个很好的奠基。我祝愿"金豆苗"茁壮成长，祝愿在它的园地里，能涌现出更新一代的年轻作家来。

# 诗集《小诗 60 首》韩文版自序

这 60 首小诗，是我 60 岁生日那年由好朋友宗仁发在我几十年的创作中选出来的。中文版已经由中国的时代文艺出版社出版。现在由洪君植先生把它们译成韩文在韩国出版，我很高兴。这是一种交流，也是对诗人及其诗歌的一种考验。我愿意经受这种跨国度的考验。

诗歌是一种长跑，诗人也不是一下子就能完成的。诗歌及诗人都要经过时间和人生命运的检验，才有可能真实地站在这个世上。我一直为此而努力。

感谢仁发和君植，感谢喜欢诗的人们。

## 储吉旺文学奖获奖感言

我是一个有 40 多年写诗工龄的人，我知道，自己还没有真正找到诗的秘境。也许一生都要去努力寻找和探究。

文学创作特别是诗歌，是长跑，是远航。在这个长途中，能被《文学港》鼓励和加油，我感到荣幸。谢谢《文学港》！ 感谢各位评委。感谢储吉旺先生。感谢诗歌。

谢谢。

# 近看诗人孔繁森

人民的好公仆孔繁森的英名，全国人民谁不晓得？既以为人，既以与人，孔繁森善良的一生打动了许许多多的人。我读他的事迹，学习他的精神，被他感动得泪流满面。

但是，我对他的了解和认识还远远不够。且不说思想深处精神内部的，至少我不曾知道孔繁森写诗、发表诗。孔繁森的家乡聊城编印的一部诗集里，收录了孔繁森30余首遗作。聊城的朋友说，这只是整理出的一部分，还有。

在聊城人的心里，孔繁森不仅是忠孝两全的好干部、好儿子，他还是一位诗人。他是追求人生最高境界，用生命写了一首大诗的人。他又是在自己的生命中注满了诗意，不断地拿起笔来抒发情怀的人。有位青年诗人记下了孔繁森这样一个细节："一个大雨滂沱的下午／你突然撞开了编辑部的门／像刚从河里爬上岸／唯一没有淋湿的／是你紧抱在胸前的诗稿……"对于诗，孔繁森该有多么虔诚。

那天，众多的诗人去看望了孔繁森90多岁的老母亲。走进唐邑镇五里墩村191号那座简陋冰凉的农舍，看到白发苍苍卧在床上不能言语的老人，我首先想到的就是孔繁森在西藏写下的诗句:"我怕太阳下山之后,/ 大野里传来母亲的呼唤,/ 唤我,唤我,归家……"那一刻,我的心一下子就疼透了!老诗人塞风后来哽咽着说:"看望了孔繁森的老母亲,回来的路上我一直在流泪,几乎把大半辈子的眼泪都流完了!"要知道,一个饱经磨难的老诗人,他的眼泪可是从不轻弹的。

参观"孔繁森同志纪念馆"时,我的目光被一个展柜里的遗物强烈地吸引住了。那是一本本《诗刊》。普通的诗歌刊物,被庄重地陈列在那里,有 20 世纪 70 年代大 32 开本的,也有 80 年代以后 16 开本的。聊城的诗人说,孔繁森生前长期坚持订阅《诗刊》。我没有想到,一个日理万机为人民做着许多事情的人,一个数次化名卖血用所得的补养费救助群众的人,一个抚养两个藏族孤儿,自己的女儿出嫁却拿不出分文的人,一个殉职后遗物总价值不超过五百元人民币的人,一个生前衣袋里只有 8 元 6 角钱和一万多元借款单的人……他竟然是《诗刊》的老订户,一个忠实的诗歌读者。他订阅《诗刊》,恐怕不是为了显示自己也有高雅兴趣而摆摆样子吧。即便这只是一个小小的爱好,它与那种声色犬马之好也是截然不同格格不入的。订阅《诗刊》的孔繁森,他一定是想到了,在完成自己人生追求的长程中,不能没有诗。为了真善美,为了保持一个共产党人的崇高操守,他愿意得到诗的滋补。

常有人问"读诗能管什么?""写诗有什么用?""诗人算什么?"等等,我相信,如果孔繁森还活着,他的回答一定会很精彩。

聊城并不富庶,可这里爱诗的人却很多。孔繁森爱诗,他生前的同事、好友，聊城的新老地、市领导，各行各业的人都有爱诗的。在聊城，诗被爱着，诗人也被爱着。所以这里才有真实纯朴的诗情，才有诗人协会，才有大量的诗歌出版物，才有以诗会友，才有以诗的形式纪念自己所敬仰的人……

在"孔繁森同志纪念馆"，我长时间地凝视着展柜里那两大摞《诗刊》。我想说，孔繁森，我更近一些地看到了你。

# 谈谈《雄牛》[①]

　　"文革"后期，我仍在乡下。我们知青集体户与公社兽医站只有一路之隔。于是，经常看到猪被抬进去，牛和马被牵进去，一帮人再围上去狠狠地折腾一阵子，牲口们便发出了疼痛的撕裂之声。然后，人们散去。那些牲口从此失去了生命最根本的东西，永远地没有了生育的能力，它们被阉割了。

　　在整个阉割的操作过程中，猪的叫喊声是最尖利的，那声音从一开始就充满了绝望。马的声音也算尖利，但很短促，最后以无奈告终。只有雄牛的声音让人感到沉重。如果说猪和马的声音出自喉咙，那么雄牛的声音则是从胸腔的深处喷发出来的。在雄牛沉闷的声音里，有与猪和马同样的绝望和无奈，但更多的是反抗的呼喊。雄牛充血的眼睛瞪得圆圆的，仿佛随时都会鼓出来，浑浊的泪水在眼眶里转动着。雄牛大口大口地喘息一阵子，再猛地吼叫一嗓子，那长长的吼叫，似乎一下子喊出了生命的全部委屈和永远无法驯服的心灵。

　　在后来的日子里，一想起雄牛被阉割的场面，一想起那浓

---

　　① 原载诗集《独旅》，百花文艺出版社 1989 年版。

重的血浆，一想起从血泊中捞出的睾丸被放进托盘端走，一想起胸牛沉闷悠长的吼声，我的心就被强烈地震颤着，这是一桩充满悲剧内涵的事件，它很难从我的记忆中抹掉。多年以后，当我把这一客观现象写成诗的时候，才感到，生命的苦难是诗人无法回避的一个主题。这种经验的材料，迟早是要以诗的名义得到提升的。雄牛被阉割了，这个灾难现实无法挽回。但是，我仿佛从这一事件当中，找到了多年未曾找到的诗歌触点，这个触点来自这种事件所含有的象征性意象。我深知，这幅悲怆的图景，是意味深长的。

在写作当中，我坚持了语言上的自然清白。尊师牛汉先生谈到这首诗的时候说："《雄牛》可激起现实联想的悲剧感是强烈的，它是一个不需要用词藻渲染的意象，它的本身就是活的生命，语句节奏都是它自身应有的有声有色的形态。"我很珍重牛汉先生所说的"自身应有"，这些年来，我在写作当中一直不敢忽视"自身应有"。我知道，诗一旦做了伪装，不是"自身应有"的，也就没有资格去打动人心了。

《雄牛》的内容决定了这首诗是不可以玩弄技巧的，它需要本能的自然契合，如果有加工的痕迹，就很可能会破坏了吻合于悲壮生命原态的诗歌格局，但是这个追求是很危险的，功力稍有不足，就会蹈入散文化，我不知道自己是否达到了应该到达的那个境界。我愿意这样去努力，不去顾及什么所谓的"力度""强度"之类。我重视血液的原色，重视暗含在平凡意象之中的生命写真。

附《雄牛》：
雄牛绝望地吼了两声长调
为被割除的一对睾丸
放喉痛哭

血浆浓重
一滴滴点穿了悲壮夕阳
黄昏挣扎……

人们灵巧地躲开去
他们还不敢相信它已被驯服
他们看见它的泪水在眼睛里
并未轻易流出
那是一头真正的
雄牛

午夜　远远的牛栏里又传来一声声放号
我猜想一定是它
只有它的声音才能够震颤这夜
使之难眠

明天
它还会顽强地
在鲜血润过的土地上
阔步走来吗

# 答《诗选刊》21 问

1. 请问您是什么时候开始诗创作的？是什么触动了您的创作灵感，您对您的处女作是否满意？

1978 年下半年，我的两首短诗发表在地区报纸《延边日报》的"海兰江"文艺副刊上，这是我第一次发表诗歌作品。当时，我已有了三年知青生活的体验。在发表作品之前，中国古典诗词一直伴随着我的乡下生活，也读了很少的外国诗，如雪莱的《云雀》等。现在已回忆不出当时的"灵感"了，因为那两首小诗实在是不足挂齿的。1980 年回城后，我才开始大量发表诗。但我不是那种一夜之间就可以成名的诗人，就像军人，我必须从普通一兵开始。写了 20 多年诗，没有写出过"轰动"的作品，也没有让人一听就敬畏的理论，充其量只能算作一个三流草莽诗人。

2. 您喜欢读哪些书？这些书对您的创作影响是不是很大？

我没有上过大学，自学的东西也不系统，所以读书比较杂乱。单就诗歌来讲，1982 年我读到 20 人合集《白色花》以及后来读到《温泉》的时候，心灵受到了很大的震动，从此大量地阅读牛汉先生的诗和文章，并接受先生的指导。可以说，牛汉先生的人和诗对我的创作和做人都有着巨大的影响。

3. 最近几年的中国新诗，您对哪一首（或哪几首）印象最深？

这几年我在《诗刊》编过"中国新诗选刊"，为《诗选刊》主持着栏目，要选诗就要有大量的阅读，我阅读过许多公办的和民办的诗歌报刊以及其他文学期刊，也读了许多诗人寄来的新面世的诗集。我觉得，有好诗，每年都会读到一些让人心动的好诗，具体诗作不必一一列举。但也有很多的一般化的诗，甚至有伪感情、伪深沉、伪思想的所谓的诗，也有复制成分太明显的所谓的诗，这会给以后的选家们带来许多麻烦。

4. 您对中国当今诗坛现状满意吗？

不太满意。

5. 您是否关注近年来有关诗的论争？您是否关注"知识分子写作""民间写作""个人写作""反讽意识""互文性写作"等等"新新词语"的出现？您对他们的评价如何？

我一直关注着近年来有关诗的论争，也注意到了如"民间写作"等一些词语的出现以及文论。作为一个写诗的人，我应该知道我的同行们在干什么，但是我从来不参与，因为我只是一个"独旅"着的平庸的诗人，这样的事情应该由那些对中国乃至世界诗歌负有责任感的诗人甚至将来可以成为大师的诗人们去做。

6. 您工作之余以什么方式消遣？您有什么业余爱好？水平如何？

打开电视看里面的足球节目，铺开宣纸找中国书法的情趣。

7. 您的朋友多吗？他们一般是从事什么职业？他们理解您的诗吗？您的家人读您的诗吗？

我喜欢交朋友，在交朋友的过程中，可以把自己的一份真诚献出来。我的文朋诗友不少，没有这些好朋友，我会非常寂寞。其他各界朋友也不少，当中也有许多人要我的诗集去读。我的家人不读我的诗，他们认为"隔行如隔山"。

8. 您怎么看中国百年新诗？

这个题目太大，不是几句话能回答的。有一句要说的话是：百年来中国的磨难实在不少，诗歌又怎么能够避开。

9. 您对物质享受的最高梦想是什么？

既然是"梦想"，就可以大胆地去往最高处想。想来想去，觉得对物质享受的最高梦想就是再也不用对物质享受去做最高的梦想了。

10. 您最满意的是自己的哪首诗？请告诉我们您认为它好在哪里。

长诗《穿越新生界》（见《作家》1994 年 12 月号）。用批评家孟繁华的话说，它是我尝试重建意义世界，维护人类基本价值准则，重返"深度"的一次有成效的努力……抒发了诗人善良和人性的企盼。

11. 您认为当代中国诗坛能够出现诗歌大师吗？

能。或者说已经出现了，而我们视而不见。我看有些诗人说话的口气已经是大师级的了，这不简单，不是所有的诗人都能做得到的。我们应该鼓励所有想成为大师的诗人早日成为大师，大师一多了，剩下的少部分人就可以很心静地写作了。

12. 一种观点认为：生活在谎言的掩饰下开始了真实的变革，市场偶像已经取代了别的一切，诗的声音会越来越微弱。您是否认同这种观点？您如何调整自己的创作心态？

我不知道为什么非得让诗歌的声音强起来，也不明白为什么许多人都说诗歌的声音越来越弱了。小靳庄赛诗时人人都可以写诗，那时诗歌的声音可够强的了，可那正常吗？诗歌应该宠辱不惊，诗歌声音的强弱不是市场能够决定的。如果也要跟着市场调整，那就该出卖心灵了，那样的诗歌声音才是最弱的，最苍白无力的。

13. 您认为好诗有没有标准？什么标准？

有标准。没有标准那就不用提"好诗"这个词语了。我以为，好的诗歌应该是最独特的人生经历、情感历程、艺术表达，深度的人类声音、生命感觉以及文本贡献。

14. 您喜欢音乐吗？您对其他艺术形式感兴趣吗？

我喜欢音乐，但不是那种一般意义的"唱歌"，音乐和美术对任何一个诗人来说都是十分重要的。我对任何一种艺术门类都有极大的兴趣，因为我知道或者说我理解它们都是诗化了的。

15. 您最讨厌什么样的诗人？为什么？

我最讨厌自己无感觉，靠"克隆"别人的思想和命运过日子的诗人，因为这一类诗人没有真实的东西。

16. 您觉得您会写一辈子诗吗？假如不写诗，您去干什么？

写诗对我来说一直是业余的，但我会一辈子写下去的，不存在"假如不写诗"的问题。我认为，年纪越老越能写出好诗的人，是真正的诗人，诗歌不应该仅仅是青春期的事情。我一直很反感"诗歌是年轻人的事情"的说法，这种说法很肤浅。

17. 给您印象最深的小说、散文是哪一部？

贾平凹的中篇小说自选集《黑氏》（作家出版社 1993 年 6 月版）、吴祖光主编的一本关于酒的散文集《解忧集》（中外文化出版公司 1988 年 9 月版）。

18. 您是属于交际广泛的那一类呢？还是深居简出、木讷内秀的那一类呢？您是否是个特立独行的人？别人如何评价您的性格？您的性格对您写诗有多大的影响？

前面说了，我是一个朋友很多的人。这几年，我总是生活在行踪不定的日子里。没有朋友的支持，我在哪儿也不会干好。由于有众多的朋友给我做后盾，所以这么多年我无论在哪里都敢于放开嗓门说话，我与所有的朋友长期保持联系，朋友是我永远的财宝。《诗林》最近有林莽一篇文章，对我的性格有个评价，我的性格是我诗歌的一部分。

19. 您用笔还是用电脑写诗？

我用电脑写作，用毛笔或钢笔给朋友写信。

20. 您认为中国传统文化和西方文化对您的创作哪个影响更大？这是个老问题了。或者说，在东西方文化的互补上，您有什么成功的实践？

当然还是中国传统文化对我的创作影响更大，我也很愿意从西方文化中汲取一些养分，但我毕竟是在用汉文写作，我应该有所创新，又要遵守汉文的纪律。

21. 对于诗或者其他，您还想说些什么？

诗人应该得到尊重，但诗人自己别太把自己当回事。

# 关于《记忆》的电话交谈

2001年5月初，我和郁葱就林莽的新作《记忆》做了一次暂短的电话交谈，这个交谈后来作为按语和《记忆》一诗同时发表在《诗选刊》杂志上——

**郁葱**：这几天一直在读林莽的《记忆》，心中的感觉沉甸甸的。你读到这首诗了吗？你和林莽是多年的好朋友，能谈谈你对这首诗的看法吗？

**张洪波**：林莽的长诗《记忆》我已经读完，放下它心情久久无法平静。我只想说两句话：一、这首长诗对林莽、对诗界、对林莽的新老朋友们都是十分重要的；二、这是一首需要用更长时间去品味的长诗，它绝不是那种简单的诗。

**郁葱**：我觉得这首诗完全是命运的记录，或者说是一个时代的艺术再现，林莽在写这首诗的时候，心情一定是十分复杂的。

**张洪波**：林莽是1969年到冀中水乡白洋淀插队的，他是早期朦胧诗群——"白洋淀诗群"的重要成员。这首《记忆》的确不是轻松之作，从纯阅读的角度来讲，它并不难读；但从深度理解的角度看，恐怕读者还得承载得起太多的沉重。

**郁葱**：林莽不是那种技术性的诗人，他的诗源于命运给予的种种课题，源于生命中的种种艰难。林莽属于那种真正意义上的"实力诗人"，这首《记忆》更能证明这一点。

**张洪波**：更重要的是林莽对于时代的认识和感受，尤其是那个已渐渐逝去的时代。我称这首长诗为"记忆三部曲"，可以想象，它的整个孕育、写作的过程会是多么的酸楚。据我所知，这部作品是林莽用三年时间完成的，这是一部心血之作。我相信，它能打动更多人的心。

# 紫竹花园手记

## 1

1992 年以来，我陆续写了一些与生命状态有关的诗，后来就把他们集中到一本诗集，甚至干脆就把这本诗集命名为《生命状态》。其实，诗集由北方文艺出版社出版后，我仍在生命状态这个选题上转悠着，直至今天，仍然觉得还有写下去的必要。我在对生命的认识和理解过程中，找到了一种独特的感觉，我几乎是陷入了这种感觉。（人家都"先锋""实验""民间""知识分子""文本"甚至已经到了"大师"写作啦，我还在找感觉，这是不是挺小儿科呢？）我在写这些诗的时候，从没有糊弄过自己，每写一首诗，都经历了一次"重新开始"。在这个过程中，人生经历中的许多酸楚也常常涌进来，我无法排除，任它们渗透。无法排除的东西，也就是无法舍弃的东西吧。

## 2

多年来，总是要挤时间读一些诗歌批评，还有一些诗歌论争，读着读着就把自己读孤独了，就把自己读渺小了，就把自己读得不是诗人了。你看，这个世界进步得有多快，一个不懂理论的诗人，一夜间就可以变成"诗歌国际"以外的人啦。站在理论之外读理论，你也就只有跟着看热闹的份儿了。不过现在的诗歌批评，是不是大而言之的东西多了些，小而言之的东西少了些？我更愿意看一些具体的从小处着眼（比如具体到一行诗句、一个小小的技巧）的文章，当然这纯属个人的阅读喜好。现在是一个突飞猛进的建设年代，大的理论都鼓捣不过来，哪还有工夫去弄那些细微的东西呀。再者说，有的文章是着眼于未来，着眼于历史的，着眼于世界乃至是准备着给后人看的，先设定一个括号也就行了，括号里面的内容，让后人去填也没有什么不可以的。那天晚上，我的一位赫赫有名的批评家朋友，专程来给我上课（或者叫补课），课讲得滔滔不绝，属于口才相当好的那种，虽然我在聆听的过程中多次打瞌睡，但还是坚持到了凌晨。第二天和以后的好些天，我写不出诗来，犯困。

## 3

我常被一些自然事物所打动，有感而发也没什么不好，面对一些生命的状态，我总是觉得自己有话要说。比如一只大白鹅活了35年还健康地在这个世界上吃着青菜，而且与一个农村孤寡老太太相依为命，很不简单；比如看到流泪的大象或黄牛、阳光下的素食主义者河马；比如看到被俘的麻雀在笼子里东撞西撞地不肯吃食直至死去、小穿山甲骑在母亲的背上从森林里走过；比如一颗枣被人狠狠地从树上打掉；等等。这时候就会动情，没有理由不动情，只要我们在这个世界上走过，就无法对此冷漠。

## 4

更多的时候，我的写作是在"独旅"（这是我 20 世纪 80 年代末出版的一本诗集的名字）的状态下，我认为诗歌创作没必要扎堆儿，自己写自己的；也不要管别人会说什么，如果为别人说什么而写作，就更没劲了。因此，我更敬佩昌耀、曲有源、王小妮、张烨、李琦等诗人，他们独特地各自发出各自的光芒。

## 5

我固执地认为，今天的诗，大多是不太适合朗诵的，大多是视觉上的东西，要用眼睛和心去读，只有读着那些文字才好体悟，文字有它自己独特的力量，尤其是汉字。诗也没有必要非得能够朗诵。当然，也有那种文字让人心动，朗诵起来也叫人有许多感悟的诗。我听过邹静之和西川朗诵他们自己的诗，普通话，听得清，很自然，不是舞台上演员们那种做作的朗诵，但我还是宁可去读他们的文字而不愿意听朗诵。诗能入目入心就可以了，干吗还非要它入耳？

## 6

最近北京有一位诗人（我印象当中是一位专为中学生抒情的诗人）要搞朗诵会，由某公司投资进行包装，还要打造什么什么（如今"包装""打造"的使用频率可是够高的了）。我不反对诗歌与商业碰撞，但我反对包装诗人，"诗人"前面加上"包装"，怎么看都别扭。诗人靠自己的真相打动相知，所以不能包装。诗人是亮出心灵和智慧的人，没必要粉墨登场。

## 7

诗人并不是不食人间烟火的人，诗人更需要正常的生活。诗人和所有的人民一样，都需要健康、愉快地生存，我相信不会有专门为痛苦和灾难而生存的人。但是，不是所有的诗人都能得到正常的生活，都能享有健康和愉快，所以就要允许诗歌表达苦难和悲伤，表达非正常和不愉快。诗人的追求、思想和表达是无法被束缚的，除非他是一个伪诗人。我是一个走在路上的人，这几年几乎是飘忽不定，我思念绿色的家乡、想念亲人，我希望有一个安宁的生活现状，希望身边所有的人包括动物植物都能和睦相处友好往来；我也曾在心灵和肉体上都遭受过猛烈打击，我尽可能地坚强着，不让自己的心灵和肉体有一点残疾。那么，我的诗歌就不可能不表达这些，如果不表达这些，我就是一个伪感情的诗人，只不过惭愧的是我表达不好，我还不是一个很到位的诗人。

2001 年 7 月 25 日整理于北京紫竹花园

# 大壮

写下"大壮"这两个字的时候，我不能不掐指算一下，我和诗人庞壮国的交往从 20 世纪 70 年代末期至今，已经 20 多年了。20 多年来，"大壮"，这个朋友之间使用的称呼，我到底叫了多少遍，无法回忆和计算了。但大壮的为诗、为文、为人，却是我无法忘怀的。我一直在想，朋友们为什么愿意称呼庞壮国为大壮？是因为他长得高大吗（其实他走任何房门都不用低头，门框与他的头之间闲着一大块呢）？是因为他岁数偏大吗（那时候他还没有"一把子年纪"）？都不是。我想，应该是因为他为诗、为文、为人的大气吧。

当年大壮的一首《关东第 12 月》炸响了多少人的心窝，那首诗至今还有权威的选本在选用，仿佛一提到庞壮国的名字就不能不联想到《关东第 12 月》。而在大壮那里，《关东第 12 月》已经成为过去的辉煌，连他自己都很少提起。多少个 12 月已经过去，自从岁月把大壮打磨成一个成熟的诗人之后，就不停地用更难的课题考验他，就不停地用更粗粝的砂石击打他，而他也恰恰是在苦难中一步一步地前行，这成就了他的诗歌，成就了他的随笔、散文，当然也成就了他的只有大壮才有的性格和人生追求。《关东第 12 月》本不是他的终极目标，他自然应该有《走向白桦林》那样的长歌，也应该有《大熊的红手镯》《猿愁的山》那样的短章，他应该有《雪原安魂曲》那样的行板，也应该有《沐风而号歌》那样的叙述。与其说这是一种诗歌艺术训练，不如说这是一种人生课题的选择。今天，在这个人们没有心思去进行细致阅读的时候，在这个人们只注意同宗作品而忽视圈外作品的时候，在这个到处都可以看见没有创造力没有骨气和血色的作品的时候，在这个随时都可以翻阅出抄袭的伪感情的时候，也许大壮会被太多的平庸而湮没。但是，我仍然喜欢着他的诗，喜欢他那苍硬而涌溢着野性的诗歌文本，喜欢着他对诗歌本质上的把握和语言上的深度实验。

前几年，我曾把大壮拉出来，到陕西、河南、河北等地走了一圈儿，去为一个后来搞影视的原诗人写一部有关皇帝的专题片。一路几乎是踏着史书走下来的，大壮没有白走，他记录下来的东西近于一本书。后来看到了他发表的系列组诗《活人读史》、系列散文《秦汉以及我的行走》等，使我不能不佩服他的粗中有细和勤奋。难以想象一个三天就要写出一集剧本，还不耽误下围棋，不耽误在各地会见朋友大口灌酒，不耽误拍摄现场他提出各种建设性意见，滔滔不绝，即便外行穿帮也不住口反思还甘愿扛摄影三脚架充当力工，甚至现场出镜充当主持人即兴采访、组织谈话，把虚妄历史与实在民俗融于他指指点点山水之间的人，他是什么时候扎扎实实地埋下了诗歌和散文的种子的？在创作上，他的确是一个勤劳的工作者。打开他的诗集《望月的狐》《庞壮国诗选》，我们可以清晰地看到，20 世纪 80 年代，庞壮国为中国诗歌所做出的贡献。他的主攻方向是创作具有东北地域历史文化内涵的史诗型系列抒情诗，北方土语进入文学书面语言的实践与尝试，人与自然的和谐以及北方土著民族"天人合一"传统文化心理的扬弃与再塑。再翻阅 20 世纪 90 年代的各种报刊，我们又可以看到一个诗人在散文领域里的独特行程。我策划并负责组稿的"青橄榄文丛"收录了大壮的一本名为《听猎人说》的散文随笔集，据出版社的朋友讲，这本书曾几次再版，深受读者的喜爱。

大壮是我真诚坦率的好朋友，绵绵 20 多年，我们多次为诗歌以及鸡毛蒜皮而争执，有时见面吵，有时也会在电话里吵。谁也吵不过对方的时候就哈哈一笑，等待下一回分解。虽然我们都知道诗歌可不是哈哈一笑的东西。一次在黄河边上大坝下的小酒馆里，众多诗友喝点小酒，我建议坚决取消肉食，那是故意气气大壮。大壮果然沉不住气，因为桌面没有动物而把肝火红通通地涨上脸面。他比孩子还过于认真，尽管那时他已经过了不惑之年。而我深深知道，这种认真已经是我们诗界越来越缺少的东西了。

这几年我东走西颠，很少坐下来读大壮的作品，感觉上似乎他写的诗少了。不知是他对诗坛有看法，还是诗坛对他有看法。也许都不是。一个优秀的诗人，不应该是机器般的生产能手，不可能一刻不停地流泻诗歌，那就和得了肠炎没有什么区别了。他需要一段时间的沉淀，需要一段时间的修养，之后，拿出自己真正找到的心灵深处的储藏。我相信，大壮是这种类型的诗人。

这一段时间我一直在忙着搬家、整理书斋，昨天无意间翻出了一张大壮的照片，有大壮的签名，玩的还是繁体字呢。时间地点是 1986 年 6 月 7 日于"石油神诗会"。照片上的大壮，背靠青山和湖水，小脸儿消瘦，有几簇头发在风中傲然而立，胳膊上搭着一件风衣，一副行者的劲头。那之前，他在朋友朱东利（朱东利曾是黑龙江青年诗人，后调河北保定工作）的陪同下，走了清西陵，走了紫荆关，还看了荆轲塔，这是五年后我在他的散文《风水墙内外》中读到的。那时我正在华北油田鼓捣石油题材的诗歌，而大壮创作的石油题材的诗歌《我走进松辽盆地的地底》《石油师的旗帜》《爷爷们的吼声》《钻塔，叩醒海拉尔盆地》等在当时已赫赫有名，这也是石油界的文学工作者们不该忘记的。

大壮在这个夜间跟我通话，说他把近三年的随笔编成 20 多万字的集子，名叫《猫说"虎虎虎"》。我想哪位读者读了之后，一高兴去中国最大的油田找大壮喝一次大酒侃一通大山，然后他会说，收获大大的。

2001 年 12 月 2 日于长春万胜花园

# 想念未曾谋面的诗人江堤

2012 年 7 月 8 日，长沙，酷热。上午我和彭国梁在宾馆聊天，下午到岳麓书院看看，国梁和饶晗陪我去。

岳麓书院早在宋朝就被尊为四大书院之一，名声赫赫。它现在是长沙旅游的一个重要去处，也是中国旅游的名胜之地。有多少文人写过关于它的诗词文章，这座"千年学府"不但成就了一代又一代的学子，也成就了一拨又一拨的文化名人。

我来岳麓书院则另有原因，为一位从未谋面的诗人朋友而来。

诗人江堤，也是诗人彭国梁的挚友，20 世纪 80 年代他们曾共同发起新乡土诗歌运动，创立新乡土诗派，很有影响。江堤曾寄赠过他的诗集《男人河》给我，大概在 20 世纪 80 年代末，记忆中是一本很朴素的诗集，前面有彭燕郊先生的序文。江堤的诗写得充满灵性，甚至有些飘逸。那时他似乎还未发表更多的诗，有二三百首吧。1998 年，江堤还曾寄来过一部《新乡土诗派作品选》，这时候他的诗名已经很大了，他好像已经是文物研究室主任了。他 1990 年起一直在湖南大学岳麓书院工作，职业是一位从事古代书院遗址及相关文物的研究与教学的学者，是一个集诗人、散文作家、学者于一身的人。他在岳麓书院还搞过许多有影响的活动。我与江堤一直保持通信联系，有书出版互相寄赠，有时组稿也不会把他忘记。神交着，并期待着某一天在某一个会议上或某一次诗人的聚会上见面。可惜的是他英年早逝，于2003年离开了这个世界，离开了他所挚爱的乡土以及他生活工作了13年的"天下第一书院"。

国梁在找当年与江堤一起研讨诗歌的地方，默默地，一处一处地找并告诉我，还要介绍当年的一些事情，他沉湎于往事中。找到江堤当年的办公室时，国梁趴在窗上向里面看了一遍又一遍，我看见了他的大胡子在颤抖，看到了他的心情，他们是那么好的难舍难分的诗兄弟啊。听朋友讲，在江堤的追悼会上，国梁的发言泣不成声，悲伤无法控制。

在岳麓书院要买一本留作纪念的书，就选一本江堤生前写的散文集《山间庭院》吧。这是一本印制精美的写岳麓书院的彩版图书，书的扉页背面印着一行小字：湖南省社会科学成果评审委员会立项课题。江堤在书的后记中写道："我明白这座庭院的每一种风声，熟知每一棵草的处境，了解每一块砖瓦不同凡响的价值。"还写道："我有一千个理由爱这座庭院。"而书的后勒口上印着：江堤（1961.11—2003.7），中国作家协会会员……

晚上吃饭的时候，江堤的诗友胡述斌说，当时得到江堤去世的消息根本就无法相信，跑到太平间去不管不顾地一张布一张布地掀开看，最后找到了江堤，这才相信他的确已经躺在了那里。一行坚硬的诗，一个守卫中国文化的学者。

回到长春，我又找到一本江堤当年寄来的书，是一本《寻找文化的尊严》，里面还夹着一封信。

洪波兄：

你好。

收到兄的《生命状态》，为兄高兴。初读之后感觉很好，长诗很有力度又很好读，过些天再细读一遍。

我仍在岳麓书院工作，策划了一个"岳麓书院世纪论坛"讲学活动，已有余秋雨、余光中、杜维明、黄永玉、张朝阳五位开讲，其中对余秋雨的非议较多。顺赠一册，以资茶后。

上次兄寄来的约小儿作文的函，他自己有兴趣，但玩心极重，至今也未能整理好，不知兄那书编得怎样了？

欢迎来岳麓书院游览。

致安

江堤

2000 年 5 月 12 日

我到过岳麓书院了，到过江堤工作过的地方了。但我们最终也没有见上一面，真是太遗憾了。在这个夜晚，多想给江堤写一封信，可是信寄到哪里去呢？

# 与张光年先生的接触

中国作家协会组织作家"走长江、看水利"活动时，我在其中。车向丹江口行进的途中，路过了张光年先生的家乡老河口。回来后不久，高洪波就写了一篇《车过老龙口》发表在《文艺报》上。这倒让我想起自己与张光年先生也曾有过的接触。

1985年下半年，为纪念华北油田成立10周年，宣传部门要编一套文学选本，我负责编辑《华北石油诗选》。先是请了张志民先生为诗选题写了书名，之后花了两个多月的时间，遴选了一些曾经来过油田的诗人以及油田业余作者所写的诗作，其中有张光年、李瑛、张志民、公刘、邵燕祥、丁耶等许多诗人的作品。张光年先生的诗作《英雄钻井队》是一首比较长的叙事诗，选自1977年9月号《诗刊》，安排在诗选的开篇。为这首诗，我曾与张光年先生有过几次书信来往，主要是讨论诗中个别涉及政治方面句子的改动，张光年先生不厌其烦，几次修改、复印，让我非常感动。可惜那些信件放在宣传部一位诗友那里，后来这位诗友英年早逝，信件没有找回来，只剩下一张大信封是张光年先生手书的。还请张光年先生为油田文协主办的文学刊物《石油神》题写过刊名，这本刊物因为我的调走，没有人坚持，后来被改成另一种刊名和内容的刊物了。当年我在华北石油报社工作期间，也曾请张光年先生为报纸文艺副刊题写版名《油浪花》，先生也欣然题写了。一晃这么多年过去了，我离开华北油田都有十多年了，那张报纸的副刊还叫《油浪花》吗？还是张光年先生题写的那几个字吗？

1998年4月初，《诗刊》主编高洪波及副主编丁国成、叶延滨等走访在京部分著名诗人，主要是登门求教，征求改进《诗刊》和推进诗歌发展的意见，我作为《诗刊》编辑随访。85岁高龄的张光年先生在家中接见了诗刊社一行人。虽年事已高，但先生身体很好，还兴致勃勃地谈了刚刚走广州、深圳、顺德、珠海等城市的感受。聊起当年修改《英雄钻井队》的事情，先生爽朗大笑："还记得，还记得……"那天，张光年先生坐在沙发里，我们站在他的身后合了个影。他还就办刊物和诗歌创作等谈了许多意见，记得他说，应该允许诗人做各种实验，写自己愿意写的。诗人应该凭良心、凭自己的才智写东西。这些话后来整理到那次的访谈文章里面，发表在《诗刊》上了。

之后不久，我负责编辑的《诗刊》刊中刊《中国新诗选刊》要在《名家经典》栏目里编一辑张光年先生的专题，这无疑给了我一次重温张光年先生诗作的好机会，重读了《五月的鲜花》《黄河大合唱》等诗作，感慨多多。先生很认真地提供了成名作、代表作、近作以及主要诗歌著作资料索引，还特别强调了要把《英雄钻井队》放进去，看来他对这首长篇叙事诗还是非常重视的。这组稿子后来编发在1998年11月号《诗刊》上。

我想，多少年以后的年轻诗人们，还应该知道这位老革命、前辈诗人张光年（也就是光未然），还应该知道这位《黄河大合唱》的词作者，并阅读他众多的作品。

# 尹东柱：一颗永远 28 岁的诗星

1994 年在三联出版的《韩国诗选》（许世旭编译）中读到过尹东柱，有一个简介，说尹东柱 1917 年出生在中国延边，读书后毕业于首尔延禧专科。1945 年在日本京都同志社大学英文系学习时，以叛逆日本罪遭逮捕，死于日本九州监狱，年仅 28 岁。遗著有诗集《天空·风·星星与诗》。

前些年的一个国庆节期间，我在延吉市朋友宋延文、朴杰的陪同下，曾专程到龙井市明东村寻找尹东柱的故居。海兰江畔，一个典型的朝鲜族民居，过去是"尹东柱生家故居"，如今已经被当地政府更名为"中国朝鲜族爱国诗人尹东柱故居"。这所故居已经是由政府管理保护的文化遗迹并且进行了重新修建，院子由东向西下落，故居在坡地下面的北侧，再往下就是一片平展的水田紧贴着海兰江。院子显然是在旧址上扩大了的，加设了"尹东柱纪念馆"，刻有尹东柱诗歌作品的石头随处可见，组成了美丽的诗林，还有介绍成长时期的尹东柱的石版画。

尹东柱的曾祖父 1886 年从朝鲜的咸镜北道迁移到中国延边，他的舅舅 1899 年也从朝鲜咸镜北道迁来，是一位汉学者，是明东学校的创办人，他对尹东柱的成长有着重大影响。尹东柱小学 5 年级时就和同学自办油印刊物《新东明》，他喜欢里尔克、拜伦、济慈的诗，18 岁开始写诗，19 岁开始发表诗作。1942 年尹东柱赴日本留学，1943 年 7 月，因涉嫌搞独立运动在日本京都被捕，1944 年 3 月，被判处有期徒刑两年。1945 年 2 月 18 日，家里收到 "2 月 16 日东柱死亡，速来收尸" 的电报。尹东柱的父亲赶赴日本，探访了与尹东柱同样罪名入狱的宋梦奎，宋梦奎说："每天被他们打入不知名的注射剂。"一个看守对尹东柱的父亲说："东柱先生殒命前曾大声呼喊，只是听不清他呼喊了些什么。" 3 月 6 日，尹东柱的骨灰葬于龙井东山教堂的墓地。葬礼上，朗读了尹东柱《自画像》《老新路步》等诗作，家人在其坟墓前立碑，碑上刻写 "诗人尹东柱之墓"。之后的 1947 年 1 月，尹东柱诗集《天空·风·星星与诗》由正音出版社出版。尹东柱逝世 40 年后的 1985 年，延边大学日籍客座教授大村益夫同当地热心人一起，按照尹东柱的弟弟尹一柱所画的图纸，在延边龙井东山墓地找到了尹东柱的坟墓。

尹东柱由一个腼腆少年成长为一个追求正义、自由、和平的诗人，成为中国朝鲜族引以为骄傲的诗人。在延边，尹东柱被誉为 "中国朝鲜族爱国诗人"，他的遗作也不断有人翻译、整理、出版。这个只有 28 岁的生命，像一颗夺目的星星，依然闪烁在诗坛和民间。

# 谈谈林莽

《中国诗人》的主编魏胜吉从沈阳打来电话，希望我能写一篇谈林莽的文章，不是谈林莽的诗歌创作成就，而是要谈一谈在诗歌后面默默地为中国诗歌事业做事情的林莽。我理解，在诗歌后面默默做事情的林莽，首先是诗人，是一个优秀的诗人，同时又集诗歌评论家、诗歌编辑家、诗歌活动家，甚至说是诗歌工作实干家于一身的林莽。可以说，如果试图全面地了解林莽，一般阅历的读者是会有相当难度的，如果想从单一的角度了解林莽，就必须知晓林莽的创作和人生经历。其实，即便是我这样与林莽有 20 多年交往的人，尽管我们是好朋友、好兄弟，但我仍然觉得我还不是谈林莽的最佳人选。特别是林莽在诗歌后面所做的一切工作，我还不能完全领会得很深，还不能准确地评价出它们的意义。但是，我可以就我了解和知道的一些事情，来零敲碎打地谈谈。

所有认识林莽的人都会说，林莽是一个有修养、艺术积累非常丰富、善良忠厚、值得信赖的人。好人林莽，这是曾经与林莽有多年交往的人和刚刚接触林莽的人都认可的。

20 世纪 60 年代初，林莽考入北京三中、北京四十一中初中和高中学习，这是两所有几十年历史的男校。然而，到了1966年，"十年动乱"开始，家庭受到了冲击，社会发生了重大的变化，读书、读好书，已经是一件比较奢侈的事情了。但是正因为这样的现实生活，促使他开始关注人生和社会。这期间，已经被"砸烂"的图书馆流出了各种各样的图书，他开始了自己有挑选的阅读，其中有近两年的时间，他是在大量、集中地阅读中外名著中度过的。无疑，这对于后来的诗人林莽，是一种坚实的基础建设。

1969年，林莽赴河北水乡白洋淀插队并开始诗歌创作，1994年10月新华出版社出版了林莽的一部诗集《我流过这片土地》，其中收录了《深秋》《暮秋时节》两首诗，这是林莽最早的作品。也是在这本书中，林莽是这样谈白洋淀的："白洋淀有一批与我相同命运的抗争者，他们都是自己来到这个地方。他们年轻，他们还没有被生活和命运所压垮，还没有熄灭最后的愿望。他们相互刺激，相互启发，形成了一个小小的文化氛围。一批活跃在当代文坛上的作家、诗人都曾与白洋淀有过密切的联系。那儿交通不便，但朋友们的相互交往却是经常的。在蜿蜒曲折的大堤上，在堆满柴草的院落中，在煤油灯昏黄的光影里，大家倾心相予。也就是那时，我接触了现代主义文化艺术思潮。"这样的一群人，就是今天所说的"白洋淀诗歌群落"，当然，林莽是其中的主要成员。到了1973年12月，林莽写出了《列车纪行》，由此他开始转向现代主义创作。结束了六年的插队生活后，1975年初，林莽回到北京的一所中学任物理教师，几年当中，林莽写下了《我流过这片土地》《海明威，我的海明威》《圆明园·秋雨》《盲人》等一系列诗作。但是当时还不能把这些诗作拿出来发表，它们被压在抽屉里，到了1980年以后，才从《丑小鸭》杂志开始陆续公开发表出来。1979年，林莽参加了《今天文学研究会》的活动，1981年调入北京经济学院工作，1992年调入中华文学基金会工作，1998年6月调入诗刊社工作。

我之所以要把林莽的这些经历写在这里，是因为它们有助于我们在了解对中国新诗事业做出了许多贡献和努力的林莽时，知道那个对中国新诗充满热情，对诗歌工作兢兢业业的林莽，不是凭空的，不是一时的，不是单纯的，尤其不是功利性的。

《诗探索》是1980年创刊的中国诗歌理论批评刊物，它对20世纪80年代以来的中国新诗的建设和发展起到了巨大的作用。但是，这样的一本权威刊物，办起来也不是那么简单的。经过一段时间的停顿之后，它终于又复刊了。艾青在1994年《诗探索》复刊号上发表文章说："《诗探索》要复刊很好。刊物出出停停，停停出出，就像合合分分，分分合合，世界上的事情就是这样。"林莽参加了《诗探索》复刊时的大量工作，他除了编辑稿件外，还要组织一些会议，甚至一些更琐碎的事情也要具体地去跑去做，组稿、跑印刷，等等。记得有几年的封面设计都是林莽干的，说实在的，在《诗探索》所有的封面设计中，我最喜欢的就是林莽为1996年设计的和后来王伟毅为2000年以来设计的，大气、干净、有特点。

现在让我回忆一下，《诗探索》复刊那年，林莽几乎每次给我写信、打电话都要谈到《诗探索》的工作，在家中，他挑灯开夜车，干的工作还是《诗探索》的。当然，他绝不是一个只干零碎工作的人，他常常会策划出一个新的、有意义的东西来。1994年初，林莽就曾多次打电话给我，希望在我工作的华北油田搞一次"白洋淀诗歌群落"寻访活动，因为华北油田总部的所在地距白洋淀非常近，有许多便利之处。林莽细致地策划了活动的每一个细节，他那种工作作风非常让我感动。5月，活动如期举行。牛汉先生、吴思敬先生以及芒克、宋海泉、甘铁生、史保嘉、仲维光、白青、刘福春、陈超等北京、天津、河北的诗人、作家、诗歌研究者都参加了寻访活动。我记得，"白洋淀诗歌群落"这个提法也是在寻访的讨论会上确定的，牛汉先生、吴思敬先生以及与会者都觉得这个提法比较准确，记得这个提法是老诗人牛汉力倡的。用牛汉先生的话说，"白洋淀诗歌群落"这个名称很有诗意，"群落"这个词有一种苍茫、原始、顽强的感觉。"白洋淀诗歌群落"这个称谓，纠正了以前一些文章和书籍所称"白洋淀诗派"的有欠缺的提法。"文革"中后期，白洋淀成了一大批诗歌创作者的集聚地，这些人多是知青，如后来赫赫有名的诗人芒克、多多、根子、林莽等，也有一些到白洋淀来游历、访友、交流思想的，如北岛、江河、严力、甘铁生、郑义、陈凯歌等。"白洋淀诗歌群落"寻访活动，由于有当时在白洋淀生活的一些人的参加，用他们的亲身经历提供了一份份具有研究价值的资料，对进一步研讨中国新时期诗歌的发展源头有着不可估量的作用。它澄清了一段历史。1994年第4期《诗探索》在"当代诗歌群落"栏目中编发了宋海泉等六位参加寻访活动者的文章，林莽还专门撰文，谈了关于"白洋淀诗歌群落"的四个要点，文章虽然不长，但它几乎是在给中国新诗研究者提供一份有关"白洋淀诗歌群落"的研究要义。

1998 年，又是林莽率先提出并协助组织了"盘峰诗会"。这次会议的召开，可以说明林莽对中国诗歌整体变化的关注，如果说这次会议是一个转折点，那么，它是影响着中国当代诗歌的变革的。

众所周知，诗人食指（郭路生）几乎是一个被钩沉出来的人物，而在这个钩沉的过程中，林莽所做的一切工作都是无法磨灭的。当《诗探索》的同仁们一致认为有必要出版一本比较全的食指的诗集之后，这个任务就牢牢地落在了林莽的肩头。1998 年 6 月，《诗探索金库·食指卷》出版了，当我收到了老郭亲笔签名的诗集时，我为老郭感到高兴。同时，我也知道，林莽多年积在心头的一件夙愿终于完成了。在编辑这部诗集的两年时间里，没有人能想象出林莽工作的艰难。两年的时间里，林莽做了大量细致的调查访问工作。食指是一个有传奇色彩的诗人，关于他的传说也是很多的。林莽访问了食指的亲友、朋友，匡正了许多事情，并写出了《食指论》，整理出了《食指生平年表》和《食指诗歌创作目录》。两年的辛勤劳动，一个当年在一代青年中被广为传诵的诗人，再一次被"发现"，一个传说中的诗人，亲切地走回了人间。如果没有林莽的努力，不知道这件事会拖延到什么时候。谢冕先生说："1998 年我们做的最重要的一件事，就是将食指浮出水面。"谢先生的话是非常坚定的，很像军队里的一道死命令。围绕着"将食指浮出水面"这一工作，林莽安排了几十家报刊关于食指的采访与报道，陪同食指回山东济宁老家寻访，举办食指图片展览，还帮助人民文学出版社编辑出版了蓝星诗库《食指的诗》，等等。

　　林莽调到诗刊社工作后，他提议创办《诗刊》下半月刊，给更多的青年诗人提供诗歌交流和展露才华的高档次平台；同时接手《诗刊》艺术培训中心的工作，发现和培养了大批的青年诗人。其实，他在中华文学基金会工作的时候，就参加并组织过"21世纪文学之星"的评审工作。叶玉琳、北野等一些青年诗人的第一本诗集的出版，也都凝聚着愿为青年诗人铺路搭桥的林莽的心血，为他们的诗集写序、写评论文章，鼓励他们不断地前进。林莽曾多次邀我参加他组织的一些活动，特别是《诗刊》艺术培训中心的改稿活动，每次我都能看到他为文学青年倾注的满腔热情。但是，他不迁就作者，有的时候，他的意见是十分严厉的，尽管他的口气是平和的。正因为这样，一些"混诗歌"的人，瞧见林莽就打怵，怕被揭了老底儿。

　　林莽组织的诗歌"月末沙龙"活动，在京城乃至全国都很有影响，一些外地的诗人还专程赶到北京来参加"月末沙龙"活动，可见这个活动的凝聚力。"春天献你一首诗"活动如今已经遍及全国，这是一个大的策划，它使诗歌走进了更多人的身边。还有，"华文青年诗人奖""新年诗歌朗诵会"等一些活动，都是林莽策划并组织的。他的点子很多，是我这个搞出版策划的人自叹不如的。他的策划不是那种不切实际的书面文案，就像他这个人一样，他更注重选题的可靠和可操作性，他不是玩花样的人，他也要求身边的同事更多地务实，真正为中国的新诗事业做一些实实在在的工作。

　　2001年4月，天津百花文艺出版社出版了林莽的《穿透岁月的光芒》，我曾在关于这本书的一篇书评中写道："多年来，林莽默默地为中国诗歌特别是有关'白洋淀诗歌群落'、有关'朦胧诗'等做了许多工作，有些工作甚至是少有人知的。在这期间，他从没有张扬过自己，不像有些人，为了炫耀自己而不遗余力。我曾认为，林莽是一个因为种种原因被湮没了的人，我常常能感觉到，一件事（甚至是他一手操办的事）做下来，当大家回头再一次梳理的时候，他总会微笑着躲在人们的后面，他几乎是一个须要钩沉的人；而林莽又是一本厚书，是一本越读越有味道的厚书。他为文为人的端正淳朴，是我敬重并一直在学习的。"

在朋友中，林莽是一位赤忱的老大哥，是一位永远都在帮助你的知心者；在中国新诗的路程中，他是一刻也没有脱离队伍的在场者；在诗歌的后面，他是一个辛勤的不知苦与累的老黄牛。

2003 年 8 月 26 日凌晨于长春寓所

## 我的收藏：牛汉先生著作

从 1983 年开始与牛汉先生通信至 2013 年先生仙逝，不知不觉 30 年。30 年当中，先生给了我太多的诗教，使我受益很多。30 年里，我得到先生所赠著作也不少，摆在书架上，已是堂堂正正一大排，每每凝望或经常翻阅这些著作，我都会想起许多往事。虽然记忆是零碎的，一点一滴的，但一个清白、刚直如大树般的诗人形象，是完整的，难以忘怀。

### 1

1982 年 2 月 9 日，我在吉林省敦化新华书店买到一本《白色花》(人民文学出版社 1981 年 8 月版)，这是一本 20 位诗人的合集。我那时刚刚学习写诗两三年，对新文学史了解得不多，"七月诗派"这一词对于我来说也很陌生。但我对牛汉这个名字并不陌生，当时，敦化林业局有一位吴登荣老先生，他曾与牛汉先生短期共事，他对我说过，要写诗，应该结识牛汉，牛汉是一位真正的诗人。

1983年7月，我从东北移居华北，进入石油行业工作，单位的驻地在河北任丘，距北京150多公里的路程，我开始与牛汉先生通信，但一直没有与先生见面的机会。直到1984年5月，河北省在华北油田召开中青年作家座谈会，我参加了这次会议。会议期间请来了一些著名作家和诗人，牛汉先生也被邀请来了。这真是一个难得的好机会！与牛汉先生见面的当天晚上，我回到家中从书架上取出《白色花》，到牛汉先生的房间去，请先生题词、签名，这也是我第一次请名人题词。先生用钢笔在《白色花》书名页上写下了一行深蓝色的大字："谢谢你阅读我们的诗！"我当时很激动，鼻子有些酸，我一下子想起这本书的序言结尾处引用诗人阿垅1944年写的两句诗："要开作一枝白色花／因为我要宣告，我们无罪，然后我们凋谢。"那时候我已经知道了先生以及他们那一流派诗人的苦难历史了，并且已经开始大量地阅读"七月"诗了。

那天，我用一张洁白的复印纸给《白色花》包了一层书皮，倒不完全是怕把书弄脏了，主要原因是，我一看到那封面上红色的血流中生长出来的那一枝白色花，心就被震颤着，就有热泪要流出来（多年之后还知道了：书的封面是牛汉先生的儿子史果设计的）。

这么多年过去了，包在书外面的那张白纸我一直没有换下来。

## 2

1984 年冬，我得到了一本牛汉先生签赠的诗集《温泉》(上海文艺出版社 1984 年 5 月版)。我无法控制住自己的心情，捧着《温泉》长时间没有打开书，我仿佛感到了这本诗集的重量。

那天晚上，我通宵未眠，先是逐字逐句地读了整本诗集，又逐字逐句地读了绿原先生为这本诗集作的序，绿原先生在序言中说："这些新诗大都写在一个最没有诗意的时期，一个最没有诗意的地点，当时当地，几乎人人都以为诗神咽了气，想不到牛汉竟然从没有停过笔。"然后就是反复地把诗集中的那些诗读来读去。我读"硬茧颂"、读"你打开了自己的书——给路翎"时，泪水止不住地流了出来。还有那些在后来的日子里长久地打动着我的诗，如"悼念一棵枫树""华南虎""温泉""根""巨大的根块""鹰的诞生""蚯蚓的血""伤疤"等等。

《温泉》对我的创作有着不可磨灭的影响。通过《温泉》，我找到了一个赤诚的诗人的创作道路。这本集子虽然很薄，可它留下的历史回声是极其沉重的。那鹰、虎、蚯蚓、枫树、毛竹的根等形象，那些不屈的生命，永远地成为我心灵世界中的一部分。

通过这部诗集，我看到了历史、人生命运的伤疤。我曾在写给牛汉先生的一首题为《伤疤》的诗中写道："我是一个小您三十多岁的后来者 / 可当您那伤疤里溢出的血 / 渗入我的心头的时候 / 我仿佛一下子又成熟了三十多年 // 我的一生也会

结满伤疤吗 / 我知道 / 这个世界总是要有人受到创伤 / 这个世界不会没有伤疤的 / 这个世界最刚硬的部分 / 就是由伤疤组成的"（这首诗后来被收录在我的诗集《独旅》中）。我知道，诗人，赤诚的诗人，不能回避现实人生和命运加予的难题。我应该像牛汉先生那样，坚强地面对人生和命运，真挚地书写自己和自然和社会和历史相融合的复杂的情感。在后来的创作中我也是这样实践的。

《温泉》，获中国作家协会第 2 届新诗（诗集）奖。

## 3

1988 年 6 月 2 日下午，在牛汉先生的书房里。先生在他的《学诗手记》（生活·读书·新知三联书店 1986 年 12 月版）一书的扉页上写下了"洪波同志指正"之后，我伸出双手去接那本书（书的封面是洁白洁白的布纹纸，黑色二号宋体字书名的左下方印着大大的鲜红明亮的手书作者名字，那两个字会使你一下子就想到牛汉先生高大、刚毅、强健的身躯）。先生似乎又想起了什么，把递过来的书又收了回去，在自己的膝盖上，翻至 160 页，用圆珠笔把文中印错了的"小天地"改为"小天池"，之后，又认真地审视了一会儿，才合上书递给了我。

我喜爱这本书，每次读它都有新的收获，都有一种打开了心灵的感觉。

这些年来，我不知道读了多少遍《学诗手记》了。在工作之余，在列车上，在黎明的窗前，在夜晚的台灯下，在异地的旅馆里……我反复地阅读，有些章节都能背诵下来了。我还要继续深入地读下去。

我崇敬先生质朴无华的文章和诗作，与崇敬先生质朴无华真诚为人的品格一样。这些年来，我虽与先生不常见面，但有先生的著作（特别是这本书）在我身边，我就能经常地聆听到先生的教导，倾心地听他讲述着许多往事和他生命深处那些无法抹掉的血迹和伤疤。

《学诗手记》确是一部好书，这里面的文字是从诗人一生命运中撷取来的血滴。难怪先生在赠送给我这本书的时候，那样仔细地改过一个错别字。

同年，天津百花文艺出版社拟出版我的诗集《独旅》，2月，我把整理好的诗稿寄给了牛汉先生，请他为这部诗集作序。先生认真地阅读了我的全部诗稿，并重新为我选编了一下，在6月22日写出了序文。

先生在序文中有这样一段话："真正的诗是在探索中发现的一片陌生的境界，它是值得倾出生命腔体中全部热血去献身的新疆域。"先生在序文的最后鼓励我："还须在广阔的人生之中汲取营养，不回避艰险和风浪，承受一切真实的痛苦，一步一步地走下去，一定会逐渐写出更具有个性的强健的诗来。"

我永远在心中记着先生的这一份珍贵的诗教。

## 4

1991年9月6日下午，在牛汉先生的书房，我再一次得到先生的赠书。先生在《牛汉抒情诗选》（青海人民出版社1989年12月版）、《蚯蚓和羽毛》（人民文学出版社1986年4月版）、《海上蝴蝶》（四川文艺出版社1985年5月版）三部诗集的书名页上都题上了"洪波诗友存正"的字样（先生总是这样把年轻人看成是自己的朋友）。这三部著作是我一直想得到的，其中《海上蝴蝶》一书中作者的照片是1984年在华北油田第二招待所我为先生拍摄的。我接过书，竟不知自己该说些什么。先生还送我一册1991年7月出版的香港《诗》双月刊，是冯至专号。我看到书脊上的字是先生用钢笔后写上去的，大概是为了便于在书架上寻找。这一期的内容也是我很喜欢的，特别是王家新的《冯至与我们这一代》等文章。

这天下午我和先生谈了很长时间。先生教导我要珍惜创作环境，油田没有城市那么喧闹，相对比较安静，应该利用这个环境多读书，读好书，系统地读书，思考着读书。先生还谈了很多诗坛的现象以及他的一些看法。谈话间，先生不时地停下来，用他那父亲般的目光注视着我，像在给我一个品味的时间，也像在观察一株幼苗的拔节成长。

临别时，先生执意送我下楼，在楼道里，先生抚着我的肩膀边走边说："你比以前胖了，八四年的时候你多瘦啊。"我理解先生的话，他是不是说我现在生活得太安逸了？他是不是在警醒我，怕我出现惰性？

在高大的先生身边，总感到是在一棵大树的下面，总感到有一股真实的爱的气流环抱着自己，那样的温厚。

## 5

1993 年 5 月，林莽兄告诉我参加 18 号在文采阁召开的《食指黑大春现代抒情诗集》出版研讨会，我当时正在抢时间编印《新诗季刊》，因为这一期《新诗季刊》发有食指和黑大春的诗，准备带一些在会上散发一下。牛汉先生对我主编的这本《新诗季刊》很重视，还担任了刊物的顾问，我也要给先生带去一些。林莽兄知道我会带车进京，就让我届时先到八里庄接上牛汉先生，之后顺路再到史铁生家接上铁生一起去文采阁。

5 月 18 号下午，我带了一辆吉普车从河北任丘赶往北京。到牛汉先生家时间还早，谈了一些其他事情，话题就转到了食指，牛汉先生长叹一口气，说："食指吃了不少苦啊，他很坚强，还在写诗。"

天色渐暗，我们准备出发。这时牛汉先生从案头上递过来一本书："这是前两个月出的一本小书，里面东西你都读过的，送你一本做个纪念。"我接过书，是花城出版社出版的《滹沱河和我》（1993 年 3 月版），牛汉先生的散文集，书做得很朴素，小 32 开本，全书也就几万字，是《随笔》杂志编的"霜叶小丛书"之一，定价只有 3.10 元。扉页上，先生已经提前写好了字："洪

波存正 牛汉 1993.5.18。"

## 6

1993年6月，中国和平出版社出版了一套"名家析名著丛书"，其中《艾青名作欣赏》由牛汉、郭宝臣主编，鉴赏文章由牛汉、孙玉石、郭宝臣撰稿，牛汉先生还为此书撰写了序言。书后附有《艾青作品要目》和《艾青研究资料目录》，是一本很有分量的书。1994年5月我去看望牛汉先生时得到了这本书，牛汉先生在书的环衬上题写了"洪波存阅并正谬"，日期是1994年5月7日。先生赠我的这本书，是1994年4月第二次印刷的版本。在书的序言中，牛汉先生写道："这次编选艾青的诗，不知不觉地选了许多小诗，竟然有近30多首，这些小诗，有一半写于1940年湖南的乡间，还有一些写于近二三十年间。它们多半是作者在一种比较安静甚至寂寞的境况中写的。从这些小诗能察觉到诗人心灵深处的细微的颤动，还能看到他对于大自然的热爱和敏感。"我对先生说："我10年前买过一本花城出版社出版的《艾青短诗选》，很小的一本，还有黄永玉的配图，很喜爱。那些短诗写得真好，爱不释手。"先生说："那本书不错，编得不错。"谈到《艾青名作欣赏》的编选过程，先生说："艾青对我是信任的。"

《艾青名作欣赏》中牛汉先生的鉴赏文章很值得一读，散文笔调，结合自己的经历鉴赏艾青的诗，深刻，有魅力。如对艾青《手推车》一诗的鉴赏："这首诗的情境和诗人着力刻画的手推车，我不但在诗人写这首诗的当时当地看见过，而且还在战火逼近的危急情况下，伴随过数以百计的独轮手推车颠簸在泥泞的布满深深车辙的路上，那使天穹痉挛的尖音至今仍在我的心灵里尖厉地啸响着……"

# 7

《萤火集》（中国华侨出版社1994年9月版），散文集，环衬代书名页却未放书名，不知编者为什么这样设计？但在上面放上了作者肖像（高莽画的），跨页还有反白字作者手迹，这个设计有些意思。手迹是牛汉先生《散文这个鬼》一文中的一段话："我一向认为，生命能不断地获得超脱与上升，是与再生有着同等重大的意义。而写诗的人，又是最能体会到这种生命感的。我写起散文，并不是带有随意性地改变一下文体，它几乎是一次生命的再生。"此书的序言也是用这段话代替的。在环衬前面，牛汉先生题写了"洪波阅正 牛汉 1994年11月28日"，还补写了一行字："内容芜杂，有一部（分）可以看看。"这本书编校质量略差，从目录到内文都有错处，牛汉先生用圆珠笔亲自修改的就有15处，我在阅读时还发现了几处错。我曾随手写了一张纸条夹在书中："给牛汉先生这样的编辑家做书，编校工作一定要细而又细，不要再劳他帮编者改错。"

此书收录58篇文章，其中含1988年6月22日先生为我的诗集《独旅》所写的序言。原题是《序诗集〈独旅〉》，收录此书时改为《序张洪波诗集〈独旅〉》。

## 8

1998年，我被借调在《诗刊》工作，住在虎坊路甲15号。1月17日，天气极冷。上午10点左右给牛汉老师打一个电话，约好去家中看望他，先生在电话里说："来，来，来，等你。"还告诉我从虎坊路到他那里如何乘坐公交车的路线，等等。

从虎坊路出发，几次转车，赶到牛汉先生家已是中午。刚一进门，牛汉老师就嘱咐师母吴平炒鸡蛋、煮饺子，还亲自找酒，先找出一瓶孔府家酒，又去找，找出一瓶贵州的酒，又找，找出一盒酒，最后决定让我喝贵州的酒。先生是不喝酒的，我一个人喝。饭后，师母抱歉："也没什么菜。"先生说："他是个酒鬼，有酒就行。"边喝边聊，剩了酒，先生说，留着下次来再喝。

谈话从11点30分至下午4点40分许，先生没有午休，谈话很有兴致。展示苏金伞写给他的信，苏金伞在信中称他为亲兄弟，还找一些早期创作的诗给我看，以及一些散文、书信的原件，给我介绍了几本他喜欢的新书。

临别，赠《中华散文珍藏本·牛汉卷》（人民文学出版社1997年11月版），封面无图，浅金色底重金色线，大字书名，很庄重，收散文53篇。

## 9

1998 年 6 月 24 日 14 时到牛汉先生家，谈话三个多小时。谈到比喻，先生说："可以把大自然比作母亲，是亲切的。大海是鱼的母亲，大海是又一个世界，只不过人类闯进去了，人类想主宰一切，以为一切都是自己统治的。"我说："我觉得所有的比喻都是无力的，不准确的，毕竟是比喻。"先生说："是的。"谈到母亲，先生说："我一生屈辱地跪过一次。那一年，阎锡山往他的家乡修一条水渠，沿途占了许多地，一分钱都不给，很霸道！我母亲不干了，她那个脾气是不能容忍阎锡山的。在这以前她曾怀揣一把菜刀去刺杀阎锡山，我有一首诗写过这个情节。那一次阎锡山下来，我们全家都跪着，要求阎锡山赔偿土地，阎锡山下了车指着我母亲说，又是你！最后还是没给赔偿。"谈到自己的工作，我说："不想在《诗刊》干更长的时间了。"先生说："还是再干一段时间，干一段，就知道诗坛到底是怎么回事了，就清楚了。"谈到了食指，我说："昨天下午我和林莽、杨益平去福利医院看了食指，我发现食指仍有许多幻觉似的，比如，他一直认为母亲没有死。"先生说："这种幻觉是对的，我这些年，特别是近几年，有的老朋友虽然已经去世了，可我从未感到他们死了，他们永远活着，在我心里（先生指了指自己的胸口），只是他们生活在远处，不能经常见面了。"

先生拿出一本书："我们社出的，送你一本。"是《牛汉诗选》（人民文学出版社 1998 年 2 月版）。书后附牛汉先生女儿史佳整理的《牛汉生平与创作年表简编》，书前有像页、手迹，有《谈谈我这个人，以及我的诗》一文作为代序，这是1996年8月23日先生在日本前桥市第16届世界诗人大会开幕式上的一个发言，写得感人至深。我说："2月我和宗鄂来看您时没有说起诗选的出版。"先生说："那时还没有样书。"那次与宗鄂看望先生，是2月6日的下午，谈话近四个小时。记得谈到曹禺的一本书，先生起身去找，未能找到。

## 10

《牛汉散文》(华夏出版社1999年1月版)，小32开本，6印张，收散文30篇。贾平凹主编"中国当代散文精品文库·袖珍典藏本"之一。牛汉先生在此书的后记中说："诗，越写越似散文，而散文，又越写越像诗。扪心自省，这不是什么老朽昏聩，也并非有意遁入魔道，而是做人写作都努力地去接近自然和人性的美好境域，让生命不留一点一滴全部耗尽，让世界多一些诗意。"书的勒口处有作者照片和简介，简介中"1948年起发表文学作品"应为"1940年起发表文学作品"，是出版社编校之误。书中还收录了1996年先生为我的随笔集《摆脱虚伪》写的序言《疼痛的血印》，这个序言有六千余字，曾在《随笔》杂志发表过。

《童年的牧歌》(中国文联出版公司1998年5月版)，"当代名家散文丛书"之一，收散文57篇。牛汉先生在此书的自序中说："第一次为自己的作品集写序。我最怕写序，因为必须得回顾和交代，还得写出点什么感悟。但是，既然是'自序'，自己就能做主，不必有什么顾虑，可以自言自语地说说这几年写童年心灵活动和创作体验；尽管写不成完整的文章，却都是未经修饰的真实话语。"还在自序的结尾处对生养自己的土地说："我永远不会向你们告别的。我今生今世感激你们对我的哺育和塑造。原谅我这个一生没有脱掉过汗味、土味、牲口味、血腥味的游子吧！我向你们垂下虔诚而沉重的头颅！"读了太让人感动，了解牛汉先生的人，都会深知这段话的分量。书的环衬深红色偏暗，字写上去看不清，先生就把签赠的话写在了封面的背面。书勒口上的作者简介中"滹陀河"应为"滹沱河"，是编校之误，先生用钢笔改了过来。

这两本书在什么场合送我的，记不清了。

## 11

1999 年 9 月 17 日我与林莽、韩作荣、刘福春等人去天津参加一个诗人的作品研讨会回到北京，中午到的《诗刊》编辑部，下午就去牛汉先生家，晚上，史宝嘉做东请大家吃饭，牛汉先生、林莽、甘铁生、袁家方、杨益平、刘福春和我都参加了。在去吃饭的途中，牛汉先生送我一本《散生漫笔》，并告诉我："里面有一篇是写你的。"我打开一看，是 1996 年 11 月为我的随笔集《摆脱虚伪》写的序言，并用这篇文章的题目做了此书中一辑的题目：疼痛的血印。我还记得，那天的席间，牛汉先生聊起自己的时候说过："我这个人没心没肺，我的体温 36 度，37 度就是发烧了。"我不止一次听他这样说过自己。

《散生漫笔》(北岳文艺出版社 1999 年 1 月版)，散文集。牛汉先生在扉页上题写了"洪波弟存正"，弄得我诚惶诚恐。

## 12

《命运的档案》(武汉出版社 2000 年 3 月版)，随笔集，此书系曾卓主编的"跋涉者文丛"第二辑之一。曾卓先生在《总序》中写道："这套文丛定名为'跋涉者'，是因为我们一直在人生的道路上跋涉，也是在文艺的领域里跋涉。"这本书的前半部分是书信，第一辑是 1948 年至 1985 年期间致胡风的信 19 封，致胡风、梅志的 4 封，致梅志的 2 封；第二辑是 1944 年至 1999 年期间致艾青、苏金伞、彭燕郊、邵燕祥等多人的书信 17 封。这些带有历史风霜的书信，弥足珍贵。书的后半部是一些记忆文章，还有一辑是诗话。书的后面有一个附录《历史结出的果子》，是唐晓渡做的牛汉访谈录，很值得一读。这个访谈录曾发表在 1996 年 10 月号《诗刊》上。2000 年 4 月 3 日，先生在自己存的样书扉页上题写了这样一段话："此书不是'文章'，是真正意义的档案；内容一半以上经过公安部审查，作为'罪证'影响了我一生的命运。因此值得问世，让历史去检验我的品德与行迹，还我一个清白的形象。"

牛汉先生送给我这本书的日期是 2000 年 6 月 15 日。

13

　　《梦游人说诗》（华文出版社 2001 年 1 月版），此书是"诗人谈诗"丛书之一，收录牛汉先生谈诗的文章、书信、发言等 12 万多字，书的封底有先生的照片和一段手迹："对于诗创作来说，不论如何想象和幻想，写人世间从未有过的景象，都可写得真真切切，且其中绝无虚构的成分。这是因为每首诗都是诗人的生命体验的结晶，每个字都浸透了作者的真诚。"书中还收有给《大家》《绿风》等期刊题写的诗话，因此我想起一则先生的诗话，可惜没有收进来，那就是 1996 年宗仁发等人主编的《中国诗歌》（云南人民出版社 1996 年 2 月版）封底上牛汉先生的一段诗话（手迹），我曾问过仁发是不是从别处选来的，仁发说，是《中国诗歌》创刊前专门到牛汉先生家里请老先生写的。这段诗话是："对诗来讲，一千年前的诗有的到现在仍觉得清新，而当今新出现的诗，有不少一诞生已苍老不堪。诗的新或旧，在我看，主要体现在审美意境与诗人的情操，以及对人生的感悟之中。最后，在这里呼吁一声，希望中国的诗人不断地开创新的境界，不惜流汗流血。"这段诗话写于 1995 年 10 月。

　　《梦游——20 世纪牛汉诗全编》（韩文版），金龙云、金素贤译，收录牛汉先生诗作 250 多首，610 多页的书，很厚实。有先生《诗与我相依为命一生》一文作序。牛汉先生在扉页上写道："洪波存念。你常在延边，这本韩文版的诗选对你可能有些用处。编译得如此厚，是我一生最厚的一本诗，约占我已发

表的诗的五分之三。真正的好诗很少。愧对历史。"2000 年 11
月 30 日至 12 月 4 日，牛汉先生赴韩国釜山出席了由东亚大学
石堂传统文化研究院主办的中国新诗的世界性与民族性研讨会。
12 月 1 日，《梦游——20 世纪牛汉诗全编》（韩文版）在韩国
出版。

得到这两本书的日期是：2001 年 4 月 11 日。这时我已经
调至东北朝鲜民族教育出版社（延边教育出版社）工作，是专
程到北京看望先生的。

## 14

《牛汉诗文补编》（作家出版社 2000 年 12 月版），这本书
中的诗文，许多都是重新找到的，像失散的孩子。因为危难岁
月，因为多舛的命途，还有许多是当年被抄走的，有的是找不
到当年发表的报刊，等等原因。《补编》中有一首长诗《血的河
流》，写于 1947 年，断断续续用了一年时间。牛汉先生回忆："艰
难的地下斗争，迫使我不停地奔波，诗一直藏在贴身的内衣里，
从开封潜逃到阜阳，不久又流落到南京、上海等地，一有空便
修修改改，是我一生中改动最多、原稿最难辨认的一首很难定
稿的诗。"先生说，失落的 40 年代的诗得有 100 多首，刘福春
帮助在旧报刊上找到了 10 多首，像《果树园》等。这些都是牛
汉先生苦命的孩子，他们又回到了先生身边，真是不容易！

先生是 2001 年 5 月 3 日送我这本书的。

## 15

2002年5月20日，在牛汉先生家中。先生送我《牛汉短诗选》（银河出版社2001年11月版），中英文对照本，收32首诗。还送我先生与邓九平主编的"思忆文丛"一套三本，分别为《六月雪》《原上草》《荆棘路》，副题是"记忆中的反右派运动"，"思忆文丛"几个字是季羡林题写的。经济日报出版社，1998年9月版。书中作者众多，文章均为"实录"，牛汉先生写的《重逢胡风》《重逢路翎》等文章也在其中。先生还特意用钢笔在三本书上注明顺序，分别写上1、2、3，每个符号外面都画了个圆圈。

## 16

2002年10月，韦锦做东，邀请牛汉、吴思敬、林莽、唐晓渡、刘福春和我等一些人在河北廊坊聚会，实际是给牛汉先生过个生日。聚会的人里，有两个人我不认识，林莽介绍说，这个小伙子是诗人北野，正在鲁迅文学院学习，跟我一起来的。另一位女士是吴思敬老师带来的，刚到首师大中国诗歌研究中心的研究员，叫孙晓娅，是你们长春人，东北师大硕士毕业，刚在北师大读完王富仁的博士，博士论文写的牛汉先生。我问这篇博士论文有多少字？孙晓娅说有20多万字。我说是研究牛汉先生的论文，我给你出版一本书吧。当时我正在北方妇女儿童出版社工作，回到长春不久，晓娅寄来了书稿，我立刻申报选题，又找到东北师大的好友张治江给予帮助，在 2003 年 3 月出版了孙晓娅的这本《跋涉的梦游者——牛汉诗歌研究》。在出版这本书的期间，也就是 2003 年的 2 月，我有一本随笔集《诗歌练习册上的手记》出版，寄牛汉先生请教，先生在回信时，另纸还谈了孙晓娅的书："谢谢你为孙晓娅所写的那本书稿找了一个出版的机会。这部书稿论述的是我的诗。我没有通读过，她的导师王富仁先生是位值得信赖的学者，他当然审读过……"先生还写道："孙晓娅人十分热诚，有上进心，我深信她经过一段时间的修炼与提高，会成长为一个坚实的学者。"

2003 年 7 月 12 日与牛汉先生的一次聚会上，我请先生在晓娅的这本书上题写几句话，先生在书的前衬上写道："洪波，深深地谢谢你的诚挚的友情。"这是一本研究牛汉先生的书，所以我一直把它和先生的书放在一起。

<h2 style="text-align:center">17</h2>

《牛汉诗歌研究论集》（时代文艺出版社 2005 年 8 月版），这是吴思敬先生编的一部研究牛汉先生诗歌创作的文论合集，收录胡风、绿原、邵燕祥、谢冕、唐晓渡、吴思敬等众多诗人、诗评家的文章 40 多万字，包括孙晓娅整理的《牛汉诗歌创作年表》。

吴思敬先生在此书的序言里说："牛汉是丰富的，也是不可重复的。"还说："牛汉研究将是新诗史研究的一个重要课题。"

这本书是我在时代文艺出版社工作期间策划出版的，由首都师范大学中国诗歌研究中心资助出版。因为是研究牛汉先生的文论集，所以也一直与牛汉先生的著作放在一个书架上。放在一起的还有《牛汉评传》（太白文艺出版社 1993 年 10 月版），作者刘珂，是牛汉先生随其他书送我的，忘记是什么时候送的了。

## 18

《空旷在远方——牛汉诗文精选》（时代文艺出版社 2005 年 5 月版），这是由我策划并在我工作的时代文艺出版社出版发行的一个诗文精选本。2004 年 5 月 25 日，我与先生通过电话研究这本书的出版事宜，没过多久，稿子就寄过来了。先生在寄稿子的同时附信一封，他在信中说："25 日 8 时半，我接完你的电话后，立即从橱柜顶上取下已'束之高阁'的那部诗文集稿。翻开一看，才明白文稿已编定，目录也有，我几乎淡忘了……"先生还另写一张纸条："本想写点编后记，马上写不好，过一阵子再补上。你替我写点也可以，以你的名义，放在后边。谈谈你对我的诗、文的整体看法。如何？"原以为先生高龄，整理稿子要费些时日，没想到组稿如此顺利，我当时很是开心。这本书的封面用了诗人丛小桦为牛汉先生拍摄的照片，请牛汉先生的儿子史果设计的封面，为了确保编校质量，请我们出版社资深编辑魏洪超做责任编辑。本书的扉页后面专门空出一页，上面只印着一行大字，是牛汉先生的一段话："谢天谢地，谢谢我的骨头，谢谢我的诗。"

牛汉先生对这本书的编校、印制还是很满意的。也有许多诗友对这本书很喜爱，看来，我们的工作没有白做。后来好像一个很有影响的文学奖评奖时，这本书还曾被终评提名。

## 19

《我仍在苦苦跋涉：牛汉自述》（生活·读书·新知三联书店 2008 年 7 月版），一部口述历史。牛汉口述，何启治、李晋西编撰。在这本书里，牛汉先生回顾了自己坎坷而丰富的一生，讲述了绵绵土里自己的童年、少年的流亡岁月、独特的大学生涯、出生入死的革命经历、因"胡风事件"的落难以及对朋友、文坛往事的回忆……这不是简单的回顾，它牵动着历史的一缕又一缕的丝线，灾难、悲痛、伤疤，生命的顽强，这是对痛苦的再次咀嚼。看得出，何启治、李晋西两位采访者也是下了很大气力的，他们对牛汉先生的敬重之情不言而喻。7 月出版的书，我 8 月就得到了赠书，先生在扉页上题签的日期是：2008 年 8 月 17 日。

这本书的前面有像页，先生的照片是宗强 1986 年拍摄的，之后有两页先生的手迹：一页是《一生的困惑——一首难以定稿的诗》的手稿，一页是写在自存样书《命运的档案》扉页上的手迹。还有一页是先生的自画像，画于 2001 年 11 月。书后有何启治、李晋西各自所写的后记，有两个附录，附录一是牛汉先生女儿史佳的文章《父亲》、儿子史果的文章《咸宁五七干校杂记》，还有郗谭封的文章《牛汉，我的亲兄弟一般的朋友》和寿孝鹤的文章《一个被诗神看中的诚实的孩子——我心目中的牛汉》；附录二是史佳、李晋西整理的牛汉先生的《年谱》。在这部口述的尾声里，一个80多岁的老人，发出了这样的声音："从热血青年到热血老年，我仍在苦苦跋涉！"

## 20

《牛汉诗文集》(人民文学出版社 2010 年 10 月版)，全 5 卷，诗歌两卷，散文三卷，精装本。由刘福春主编、现任《新文学史料》主编郭娟等人担任了责任编辑，牛汉先生是这本刊物的原主编及顾问。这套诗文集恐怕是目前所出版的牛汉先生文字量最大，收录诗文最多（还不能说全）的一套书了。所收诗文以写作日期排序，并都注明了作品最初发表日期及报刊名称，有的还注明了改动情况。看得出，编者们下了很大的功夫，做了大量艰辛的工作。据福春兄讲，诗人邹进在出版方面给予了大力支持，邹进是牛汉先生主持《中国》杂志时的同仁。教育部人文社会科学重点研究基地、首都师范大学中国诗歌研究中心还把这套书列为规划项目。这套书出版时，牛汉先生已是 88 岁高龄。11 月 29 日，《牛汉诗文集》出版座谈会在清华大学举行，郑敏、屠岸、邵燕祥等老先生以及一些诗人、学者、出版家出席了会议，牛汉先生也出席了会议。我在长春给福春兄打了电话，他在会议期间请牛汉先生给我题签了这套书，并快递给我。书中还收录了牛汉先生为我的诗集《独旅》和随笔集《摆脱虚伪》所写的序言。

《牛汉诗文集》的出版，无疑是中国诗歌的一个重要事件，它对今后的牛汉研究将起到极为重要的作用。

2013 年 12 月，《牛汉诗文集》获第 3 届中国出版政府奖。

## 21

2013 年 9 月 21 日，北京。一大早，我约上朋友丛小桦和李文彦从陶然桥出发，去牛汉先生家看望先生。

90 岁的人了，谈话时间不能太长。我们说，他听着。我给先生端茶喝，他抓我的手，明显没有从前那么有力，但目光依然有力。先生说话有些不太清楚，有几句要史果来辨别。史果说，老爷子有书赠送你们。于是，先生题签，史果钤印。最后要给我题签，先生想了一会儿，问了我一句话，我没有听清，史果让先生再说一遍，史果说："问你的老伴儿叫什么名字，要一起写上。"先生点了点头，我大声说了名字，先生开始在书的扉页上写，手握不住笔，掉在了地上，我捡起来递上去，史果帮助握好，再写，终于写好，笔又掉在地上。我心里有些难受：先生真的老得没有力气了吗？

这本书就是《绵绵土》（天天出版社 2013 年 4 月版），散文集，"大师美文品读书系"之一。书中夹一枚书签，书签上印着从先生《绵绵土》一文里摘出的句子："我们那里把极细柔的沙土叫作绵绵土。绵绵，是我一生中觉得最温柔的一个词，词典里查不到，即使查到也不是我说的意思。"

合影，再说一些话，再喝一口茶，告别。先生坐在椅子上，笑着目送我们离开。

我怎么也不会想到，这竟是最后的谈话，最后的赠书，最后的合影。

一周之后的 9 月 29 日，我在河南的黄河诗会上。一大早，林莽兄和福春兄就来电话告知噩耗，几十年来教我做人、写诗的老师，我敬爱的牛汉先生辞世了。昨天，我还在发言中谈先生的人与诗呢，先生就这样走了吗？10 月 9 日，我与众多的诗人一起，在八宝山与先生做了最后的告别。

牛汉先生的遗作里，有一首题为《诗的身体》的诗，他写道："当我死去 / 我定回到我的诗里 / 我知道哪一首诗可深深地埋葬我。"还写道："有的诗是为别人挖的墓穴 / 作为我墓穴的诗有许多 / 我只能在一首诗里安息几天 / 再去另一首诗里 / 我变成了一只蝴蝶。"现在，坐在灯下整理这些著作、重温先生的诗、记下这些文字的时候，想念先生，有几句诗从我的心里流淌出来：

想先生了　打开他的诗集

到每一首诗里去找他

他每次都会和我说话

我的眼前和心里
到处都是飞来飞去的蝴蝶

一首一首地重温先生的诗
他一次一次地出现
笑着对我说：洪波
你可要好好写诗
要对得起诗

2015 年 1 月 24—29 日整理于长春

第二辑

眼前飘满苍硬的羽翼

# 走进石油人的心中

## ——一个作品讨论会的书面发言

非常高兴接到胜利油田文联"丁庆友、刘国体、刘晓作品讨论会"的通知，我多么想去参加三位诗人的作品讨论会，可由于种种原因不能脱身，只好做一个书面发言了。

把丁庆友、刘国体、刘晓这三位诗人的作品放在一起来讨论，这真是一个好主意！从语言上看，他们的确有共同之处，那就是不做作，不"天花乱坠"，平平常常的一行行诗句，却不是平平淡淡的一首首诗。然而，他们毕竟是不同的，各自的特点和艺术上的不同追求，使他们又完全不同地展现在人们面前。

丁庆友，一读到他的诗，我就想起了那个总是睁着大眼在你身上（或者心里）搜寻着什么的诗人，那个瘦弱却又刚毅的诗人，那个你一看到他就能想起遍涌着血液的沉厚土地的诗人。是的，一个诗人如果没有对土地的深情，就无法在那些灾难、痛苦和血泪中找到真正的诗，就无法感知每滴石油中珍藏着的一部部"惊心动魄的历史"。

我最喜欢的是丁庆友的《鹰殇》（它使我想起了牛汉先生那

些震撼人心的写鹰的诗），我一遍又一遍地读着这首浸满泪和血的诗，之后，闭上眼睛，仿佛真的就有一只鹰（准确地说是一个生命）"就在几百米的高空／在接近雷暴雨的地方"飞起来了，那么强悍，那么令人心颤。然而它死了，留下了"大滴的鹰血／滴落在荒原深处"。而这都是在"向着那一片雷暴雨／它卷起趾爪／举动硕大无朋的翅膀／眼睛一眨也不眨地／弹离荒原"之后完成的。整首诗具有悲壮色彩和深远的象征意义。有一只鹰死了，有一只又一只的鹰还活着。"人们无法指认／高高的天空里／哪一只是它的儿女。"是啊，无法指认。这前仆后继的生命使你周身的血液随之沸腾起来，使你有了自己也必须要"盘旋着，冲刺着"飞向荒原的使命感。也许，有的读者会说《鹰殇》是很寻常的一首诗，因为整首诗中没有什么华丽的词语，没有使人眩晕的句式。可当你体会到了那大滴的鹰血中所包含着的意义，难道你的心灵不被震撼吗？你不想也是那"鹰"的传人吗？你还会认为这是一首寻常的诗吗？

丁庆友的另一些诗也都有着《鹰殇》的那种内涵，如《黑灵魂》《海滩，只有一棵树》《有一滴泪》等。这些年来，我们读那些"华贵"的诗太多了，我们越来越感到欣赏的疲惫和阅读之后的空虚及失望。我以为，读了丁庆友近年的诗（不是指他的全部诗作），你会得到心灵的融合，你会默默地随之燃烧起来。

而刘国体却是在苦涩的幽默（也许我说的这个"苦涩的幽默"并不十分准确）中给我们展示了一片"东部大陆"，展示了一片情感浓重，思想漫漫的荒原。读他的《荒草地》《画面》《荒宴》《雨季》等诗篇，我感到了那苦涩的微笑之中深埋着的伤痛，谁也不会喜欢那个孤独寂寞的茫茫荒原，可命运和使命安排你必得走进去，去拓荒，去领会和体验人生的种种痛苦和欢喜，只有这个时候，你才会与诗人一样，有一种酸涩的感觉。

我提醒读者注意刘国体这样的一些诗句：

我们情不自禁地看一眼又一眼荒原
有些话许是埋得深了点
我的还有你的
　　　　——《荒草地》

那天你说做了一个梦
但又吞吞吐吐
不说出来也许是一种高档艺术
　　　　——《荒宴》

今夜
或许酒杯能明白
我的心境
　　　　——《今夜》

那么，我们每天就去井场玩命地干吧
然后回来蒙头一躺
梦想太阳
　　　　——《雨季》

打开这个世界

我另有钥匙

　　——《火鸟》

　　把这些诗句放在一起，我们会从中悟到些什么呢？荒原上一个个生存者的形象是不是真实地走入了你的心中呢？这些复杂而又不乏幽默的苦涩心态是不是在荒原之外的人们也能理解的呢？

　　过去，我们的诗，一写到创业者，就不免要铿锵起来，仿佛不去"引吭高歌"就不算真正的赞美，这往往会使诗丢失了真诚。我读刘国体的诗，不仅仅是从诗句中读到了荒原上那些扳钻杆握刹把的汉子们的面部表情，更重要的是读到了那些石油人真真切切的心境（我认为，能用诗把这些表达出来就非常珍贵了）。以前读过刘国体的一些"放号诗"，如《拉井架》《钻进，我们钻进》等，然而，那毕竟是表层了些（我无意否定他的这些曾辉煌过的诗篇），而现在当我认真地体会他的"东部大陆"的时候，我觉得，他的审美趋向和对诗的内涵的追求有了深刻的变化。而这种变化是因了他对人的命运和心灵的深切关注和理解，只有这样，诗才能具有更大的艺术感染力。

　　对于刘晓的诗，我想读者不能不留意他诗中的那些平凡的故事，如《柳》之中的那份柔情，《采榆钱》中的那一小筐童心，《等车》中那走来走去的脚步，《孤岛》那一缕奇异芳香的长发，《插曲》中对那一封信的猜疑，《境况》中的烟圈圈，等等。如果把这些故事拿去写小说，恐怕不行，而只有诗才能赋予这些故事以美感和艺术生命。刘晓很会描写，很会让诗自然地流动并野性地洋溢情绪，这是一种自信。正如法国著名画家莫奈所说："一个画家，他在作画前脑子里就应该有画面，他对他的作画方法和构图应该非常自信，否则他就不是一个艺术家。"

我一直认为，诗不是信手拈来的，如果那样，中国的诗人不知会有多少。但诗也不是雕造出来的，如果那样，不知有多少诗人会去自杀。诗使生活有了韵味，是因为生活总是使诗人动情。这一点，刘晓的诗已经告诉了我们。

刘晓很注意诗的语感变化，给人以新鲜的声音和节奏，但他又不大注意诗的折式建筑（也许这恰恰是他的特点），他的诗句质朴、直率，如唠家常吃便饭，有一种随意性，在他的诗中，像《一团水》那样的理念诗是不多的。

我希望读者不要忽略了刘晓的《深夜》，让我们再读一读这首诗的尾句："突然有一个女人要生孩子／那呻吟／扯疼了每个人的脐带。"这是一种爱的欢欣与痛苦，"扯疼了"，用得多么妙，使你一下子就体会到了生命总是对生命那么痴情。当然这首诗并非尽善尽美，也有"星星给做黄金梦的人／挂满了珍珠"那样比较陈旧的句子。

总之，读过三位诗人的作品，我被他们赤诚的诗打动了。他们这些作品基本上都是以石油为题材，我觉得他们在艰难的探索中，为所谓"石油诗"拓宽了路子，这些诗作告诉我们，不要总盯着钻塔、钻杆，走进那些与风雨与荒原同呼吸的石油人的心中去吧！正如作家王忆惠在他的长篇小说《眷恋》的题记中写的那样："他们眷恋着这块荒芜、淌金流银的土地，我眷恋着为这块土地贡献青春和爱情的人们。"是啊，值得你动情的是这些人，只有这些人才会使诗有浓重的生命的色彩。

1988 年 11 月 25 日

# 身后诗名，绕梁余音

## ——读《黄宏诗选》

我与黄宏书信往来多年，可以说是神交已久了。后来在一次诗歌会议上见过一面，谈得也不多，仍然靠书信来往相互了解，但没有那种很少见面的陌生感，俨然是多年的老朋友了（我这里说的黄宏不是表演小品的那个黄宏）。

1942 年 1 月，黄宏出生于川北的一个穷山冲里。半岁丧父，靠着母亲的艰苦努力，凭着自己的奋斗精神，他陆续读完了小学、中学、大学。1965 年他在一所测绘学院毕业后便进入四川石油设计院工作。他是一位曾发表过多篇科技论文，为四川十几个油气田的地面建设爬过成百上千个山头的高级工程师。他曾在给我的来信中说："我喜欢油田像喜欢诗一样，总也不愿意离开。"他可算是一个真诚地热爱着油田的老石油人了。但他同时又是一个创作甚丰的诗人。1978 年他的处女作在《四川文学》上发表，1980 年开始在全国许多报刊上大量地发表诗作，其中的大部分作品是以石油为题材的，有的诗作还多次获奖并被收录一些选本。因此，他被吸收为四川省作家协会会员。

然而，正当黄宏的创作进入一个高潮期、一个成熟期的时候,可怕的病魔在1993年5月26日夺走了他的生命!我是在《中国石油报》和《星星诗刊》得知黄宏逝世的消息的。我实在不能相信,这样一个在艺术上孜孜以求,在工作上勤勤恳恳的好人,竟真的如此过早地离开了我们!他还有许多诗没有写完,还有许多心灵深处的话语没有述说完!

今年4月中旬,我接到了四川石油局杜律新寄来的成都出版社出版的《黄宏诗选》,诗集的书名页上有黄宏妻子的题签。手捧着这部诗集,我的心情久久无法平静……这是黄宏一生唯一的一部诗集啊。这部诗集收录了黄宏写童年、故乡、石油、人生命运等80余首诗作,内中以石油题材为最重要组成部分。黄宏的石油诗,不属于浑厚奔放的那一种,他注重诗的整体感情,有感而发,利用叙事抒情,虽平和淡泊却有意味,使人感到了诗中的生活体验。比如他的一首写测绘工人的诗《风筝飘着童话》:"我们每登上一座大山的峰巅/就得意扬扬地东奔西跑/高空的风鼓荡起我们宽大的工装/我们真像一只伸着翅膀的风筝了/我们的线儿就是那条长长的爬山道/从帐篷一直牵进云里来。"写得这么细腻入微光华润泽又盎然生趣。

黄宏的诗是写给更多的普通人看的,在语言上,他力求易懂易读,可以看得出,这是他诗歌创作上的审美追求。从内容上看,他的诗都是取之于真实的生活,如《我们是大山里一群鲜红的太阳》《她们真像一群小天鹅》《勘测队里不生长寂寞》《我的星期天》等诗作。还有的诗是取自他自己的生活经历,如这部诗选的第一辑"童年和故乡的抒情"。但是,我们不能因此而用实证主义哲学去考究黄宏诗中的人物、事件及其抒情指向,有如我们无法说清《红楼梦》中的贾宝玉是否就是作者一样。因为，作者自身的生存经历在这里已化为读者的自身感受了。他是在写人类生活实践中所共有的感受，虽然更多的是从自己开始，从艺术角度讲，是为了使作品更趋于真实可感。当然，我们阅读一部作品，不能抛开作家个性心理对创作的影响。黄宏如果没有对石油事业的热爱，没有对生活独到的感受，没有对人生命运深层的参悟，那么，也就没有他这些情意深厚的诗篇了。

一部《黄宏诗选》的出版，给我们留下了更多的怀念。黄宏是那样的真诚于生活，他在《别了时光……》一诗中对即将逝去的时光发出了深情的挽留，在送了时光一程又一程之后，他感到了自己与时光的钟情，"啊时光／当你属于我的时候／犹嫌爱你不够／一旦你离去／我难以掩饰楚楚女儿态"，"你永远翩舞在我心中／假如别人不珍惜你／你一定再来找我"。我不知道这首诗是不是黄宏在弥留之际写的，但我却从这首诗中看到了诗人爱恋生活的赤诚的心。

《黄宏诗选》是作为"跨世纪作家书系"的一种出版的，虽然诗人的肉体未能跨过这个世纪，但我相信，他的诗无疑是要跨过这个世纪的，正如著名诗人流沙河先生为《黄宏诗选》题词中所写的："身后诗名，绕梁余音。"

1994 年 6 月于冀中寓所

## 眼前飘满苍硬的羽翼
### ——读刘德昌诗集《鹰星》

　　有过穿越岁月的历程，才能不断地抖落身上的层层尘埃。人到中年，便渐渐地没有了往日的天真和简单意义上的冲动。生命的成熟会使心灵更趋真实，对于一个诗人来说，这是一个获取厚重感的时期。这个时候，只要你坚持不懈地努力着，艺术生命就不会萎缩。这是我读刘德昌新近出版的诗集《鹰星》（时代文艺出版社1995年7月版）时想到的。

　　20世纪70年代末80年代初，延边汉文诗群中几位重要的诗人，几乎都是从大森林里走出来的。大森林这一凝重而又极富色彩的主题，是这些诗人所共享的创作源泉。甚至到更年轻一点的我这个年龄段的作者，也自觉不自觉地从这些重要诗人的身上汲取着艺术营养。至少，我个人曾深入地研读过刘德昌、李广义、贾志坚、孙来今等人的"森林诗"。即便是当年同样年轻的森林歌者张伟（张目），也或多或少地影响过我的诗歌创作。我曾那样地仰慕着这些"森林诗人"，直到后来加入了他们的行列，也写起了"森林诗"，这才更加深刻地体会到了大森林这一题材所具有的诱惑力。

　　现在，我在远离故乡的冀中平原，通过诗集《鹰星》的第六辑——我的大森林，再一次阅读了刘德昌的"森林诗"。读着这些诗，眼前仍是一片耀眼的亮色，耳畔回荡的仍是熟悉的林涛。这是一种魅惑，是任何东西也无法剥离的爱恋。

　　不能否认，像《森林之春》《冰凌花》《森林之夜》《玉蝴蝶》这样内容的诗作，差不多是延边各族诗人都曾投入过极大热情的诗歌选材。但是，每一个认真阅读过延边诗人的作品的人，都会得出这样的结论：由于个人经历、生活范围、艺术感觉以及气质、风格等的不同，尽管大家都嚼了同一个馍，可品出的味道却迥然不同。比如，李广义笔下的雪是人格化了的雪："她流了同情的泪 / 怀着一颗知道温暖的心 / 要把世界上的一切不平填平"（《雪花的追求》）；而刘德昌笔下的雪却是美丽迷人的蝴蝶："多么神奇的蝴蝶呀，/ 捂白了林涛，扇白了枫叶。/ 眨眼间，这千里林海，/ 变成了洁白晶莹的世界"（《玉蝴蝶》）。贾志坚笔下的森林是："呵，我无边的大森林哟 / 一部多么丰富浩繁博大的诗集"（《森林，绿色的诗集》）；刘德昌笔下的森林则是："春天不拒绝每一个生命 / 大森林热爱每一个生灵"（《森林之春》）。可以看得出，延边的诗人得天独厚地拥有了大森林，虽在同一根琴弦上，也是能够弹奏出不同的音响的。

　　同样，《鹰星》这部诗集中的《故乡的明月》《小河之恋》《边疆长鼓》等，也都是延边诗人所共同拥有的创作主题。而德昌却能在其中显出自己的个性，这很不容易。德昌用他思想深处的成熟尽洗铅华，几乎不依傍什么形式，也绝少出现精神上的幻象。简练自然的语言（这是一种本真），体现了诗人心灵的纯粹和艺术上的审美取向，这种真性情不是那些连头发里都蓬勃着妖气的诗人们所能做得到的。《鹰星》的第二辑和第四辑的诗，也都在生动的笔墨中显现了诗人从人民生活的沃土里走出来的独具亮色的屐痕。从《河的儿子》《小镇的树》《天池瀑布》《延边人》《腾格里落日》《陇上炊烟》《江南的船》《红辣椒》等诸多诗篇里，我们看到了一个赤诚诗人的执着。诗人的平易简单给了我们多少纯朴的温馨呀。

读了《鹰星》这部诗集，我更同意满族著名诗人胡昭先生的评论：“《鹰星》一辑才是德昌最具特色最优秀的诗。”

一个民族，如果没有自己优秀的诗人，那将不仅仅是文化的悲哀。作为满族诗人，德昌只有在他本民族的文化根系里找到自己的血脉，才能更好地提升自己诗歌的品位。在诗集第三辑的诗作里，我惊喜地看到了诗人精壮的思想和极富色彩的民族风度。

你看——
世世代代指引
鹰手北上请鹰的路
千里万里　九死不悔
年年岁岁照亮
白山黑水一个个鹰屯
引燃每个族人心中的激情
　　　　　　——《鹰星》

你在每个鹰达心中做巢

扇动着不老的翅膀

————《鹰神》

她的翅膀

能把鹰手的心都扇出火星

————《玉爪》

读了这些诗句，我的眼前骤然飘满了苍硬的羽翼，我感觉到了生命的刚健，感觉到了一个民族生生不息的力量。

艾略特说过："如果你想寻找莎士比亚，你只能在他创造的人物身上找到他。"当我们读到《小鹰手》《鹰达》《送鹰》等诗的时候，那隐约透出的，不正是诗人血脉中涌动的潮汐吗？满族是一个具有尚武精神的民族，而鹰，是最能体现这个民族威武不屈的性格的。鹰以及与鹰有关的这个民族，散发着一种不朽的气息（对诗人来说，这是千金不换的珍贵的精神给养），这种气息是鼓舞着那些光荣的人民的旌旗。"鹰达的心 / 是长了翅膀的 / 时时刻刻向往着 / 蓝天。"（《鹰达》）"收起翅膀 / 这生命就失去意义 / 展翅飞翔 / 这生命才灿烂辉煌。"（《送鹰》）"臂上的雄鹰 / 将放飞一个大胆的梦想。"（《小鹰手》）还有怎样的选择能与之相比？这使我想起史蒂文斯的诗句——不要用腐烂的名字！是啊，我们是多么需要永恒的辉煌啊。

德昌不是那种能做到信手拈来的诗人，正像他在《门外谈诗》中所说："诗歌不是牛奶，／写诗不能硬挤，／感情达到了

沸点，／再来动笔。"的确，他是这样去实践的。从德昌写满族
风情（应该说这些诗还不能仅仅视为写满族风情）的这一辑诗
来看，诗人骨子里最有价值的东西正在向外渗出，也许这一辑
诗作仅仅是一个良好的开端。因此我相信，德昌这位探索民族
精神，寻求生命内力的诗界巴图鲁（满语，勇士），必将会有更
丰硕的成果。

　　德昌是我多年的良师益友，这一份情谊，我在《工人日报》
上曾有过专文介绍。我不是诗评家，我读他的诗集之后写下的
这些文字，虽然肤浅，却都是心里话，期望能与德昌的众多读
者有共同的感受。我之偏得，还因为德昌的诗给我带来了故乡
的温暖。谢谢德昌。


　　　　　　　　　　　1995 年 10 月 12 日凌晨记于冀中寓所

# 《独饮冬夜》片谈

我是汪新泉多年的文友，可这么集中这么仔细地阅读他的诗作还是第一次。今年8月间的一个上午，接到他从成都寄来的诗集《独饮冬夜》（成都出版社1995年6月版），时值冀中平原酷热，那种铺天盖地的热和这部诗集清冷寂寞的名字形成了极其鲜明的对比，我就是这样一鼓作气在大汗淋漓中读完了这部诗集的。之后，一直想把读后的感想写成文字，苦于案头文债，一直拖到今天才得以动笔。

《独饮冬夜》是一部由两辑诗作组成的诗集，第一辑《断章38章》是散文诗，第二辑《独白44首》是抒情诗。这些都是作者心灵历程中的屐痕，沿着这些屐痕向前走，诗人内心的声音就会越来越清晰可感。

汪新泉是一个有着善良的感情和细腻笔触的诗人，他总是生活在一种感动之中，他总是在被一些事物感动着，尤其在被事物中的一些细微处感动的时候，他善良的感情便会以诗这种艺术形式呈现出来。七月诗人彭燕郊先生说过："艺术是开始于感动的，但艺术并不终止于感动。"看来，这话是很有道理的，而汪新泉的诗也恰恰是这样实践的。

面对掌纹，诗人被那可以"溯源寻根"的纹路所感动，直至在那温情的涟漪中，最初的感动升华为一种听任，让"四月的风，无声无息地从指间掠过"。（见《断章38章·掌纹》）

在冬夜，被杯中最后一滴酒感动，就像在凝视一颗遥远的星。此时，诗人想到的是，对自己说点什么。（见《断章38章·独饮冬夜》）

一条玻璃鱼，通体透明，甚至可以看得清五脏六腑，欲接近它，它却箭一般离去。这也是让人感动的"无缘接近，她才如此透明"。在这里，"透明"和清楚、了解之类不是一回事情。（见《断章38章·透明的鱼》）

所有这些，都写出了一种亲近，而这种亲近同时又是一种距离，一种让人痴迷的距离。笔触细腻到一条鱼，一圈掌纹，这种诗的感觉已是非常的入理了。在这部诗集中，即便是相当富有豪气的《蓝火焰狂想曲》《伸向远方的车辙》《回声》等篇章，也都是有很多优秀的细腻笔触的。这几首诗虽然取材于石油的大场面，而具体的生活场景和诗人对人生岁月每一圈年轮的感觉都是有非常细腻的描写的，这无疑使诗更具一种温度。

艾略特说过："诗人的任务并不是寻求新情绪，而是要利用普通的情绪，将这些普通情绪锤炼成诗……"是啊，艾略特的名著《荒原》，不也依赖了伦敦琐屑的日常经验描写，依赖了对普通情绪的锤炼吗？

因此，我觉得新泉的探索和实践是有意义的。为什么不让我们的视野里多一些更具象的事物，多一些更富有真切感的普通（这里的"普通"不是指"一般化"的）感觉呢？七月诗人阿垅就曾有过这样一段诗论，而那一点一滴的日常感受吧，也同样是可以构筑成不朽的金字塔的每一块花岗石。

"至于，骨子里的东西／只有自己心里最清楚。"（《独白44首·离骨头愈近的地方》）一个诗人，如果不能把自己骨子里的东西，也就是只有自己心里才最清楚的那种东西写出来，那么，诗之于诗人之于读者还有什么意义呢？

真的，世界很大。最终
走不出的只是自己
　　——《独白44首·冷对》

有时血液在体温之外
仍可以流淌，以至灼热
　　——《独白44首·雪夜》

重塑的过程很难很难
要更换的不只是躯壳
而是灵魂
　　——《独白44首·深秋的日子》

面对你残缺的站立
才理解扭曲、折腾、压抑的
含义。生命根本的底蕴
并不都是花红柳绿
　　——《独白44首·致胡杨》

　　读着这些诗句，我被新泉内心深处的声音所震动。这里没有深奥玄妙的东西，也不必去引经据典，更没有欺世盗名的文字伎俩，有的只是诗人人格秉性的表现和心灵内部的道白。有句老话：诗言志。我理解，诗言志无非就是把真话讲出来，把自己的灵魂亮出来。辽河油田我的一位朋友在一次闲谈中随意说过一句话（或曰一句诗）："吃一口芥末，亮出你的灵魂。"这句话我一直记在心里。一口芥末吃下去，辛辣无比，几乎难以形容，七窍顿觉通风透气，大有灵魂亮出之感。诗人在他写作之前，一定是应该吃一口芥末的，否则，灵魂仍会躲躲闪闪而潇洒不起来的。川人汪新泉，知晓酸甜苦辣，自然也就知道如何掏出自己的心里话，知道如何亮出自己的灵魂。

　　于是，新泉的诗对人的打动，便不是靠响亮的呼吼和激昂的敲打，而是诉说，真诚地诉说，站在读者对面的雨雾般亲切的蒙蒙诉说。这可以说是他的一种风格。虽然，在这些诗作中，难免也有力度不够，难免也有语言变化较少等不足之处，但这并不影响我们品味他精神世界的内核，也许在艰难跋涉的过程中，我们会看到一个更具真实血色的诗人。

　　新泉的诗，特别是这部诗集的后半部分诗作，写得坦诚率直，虽然显现出了许多痛苦、期待等复杂的表情，但内里还是隐含着坚毅、隐含着追求精神的。特别是一些完成于北方的诗作，如《感谢阳光》《黑色旗语》《最后的晚餐》《微雨》诸篇，更能展现诗人腔体内部燃烧的情感。在黄金海岸，诗人写道："远岸，并没有黄金的诱感 / 只有你，姗姗而来 / 在无须破译的召唤中 / 坚定我，最后的一条 / 航线。"（《黑色旗语》）诗人本不是被"黄金"诱惑来的，在这里，他的被召唤是因为一条可以坚定自己的"航线"。是的，人生有多少条航线被我们错过了，或疏忽了，找到一条航线是怎样幸运的事情呀。

"燃烧不只是过程，一种心甘情愿的献身。"(《看着，一壶水怎样沸腾》)读新泉的诗，就像和他在一起饮酒一样，有滋有味的不是那些酒，而是那杯中燃烧的色彩，细腻而具有感染力的，飘逸而极为质朴的。他那不可替代的心情和闪耀着火焰的追求，耐人寻味。这是什么？是不是著名诗人牛汉先生说的那个"真实的诗与画都是生命的火焰"？

"在夜深最寂静的时刻你问问自己：我必须写吗？"这是里尔克说的。不知怎么，我想起了这句话。

我想，新泉在诗的道路上，还会投入更大的热情，还会更深入地走下去。他的一颗诗心要求他必须不停地写下去，诗已是他生命的一部分。我相信，他的诗无论从哪个方面说，都一定会有一个新的提升。

1995 年 10 月 15 日夜记于冀中寓所

# 美丽的《儿童诗》

上海少年儿童出版社的《儿童诗》丛刊停刊 12 年后，从 1995 年起重新面世，这是小读者们格外高兴的事，也是儿童诗人们高兴的事。

记得 70 年代末，茅盾先生在《儿童诗》上发表过一篇短文，题目是"对于儿童诗的期望"。茅盾先生对儿童诗寄予了很大的希望，他在文章中说："只要得到阳光中的温暖，雨露的滋润，它一定会茁壮成长，开放出美丽的独标一格的花朵。"今天，《儿童诗》又以其新鲜而充满活力的形象来到了我们的面前，它没有辜负茅盾先生的期望。打开看看，那些新老诗人的佳作，活泼动人，多姿多彩，加之编者图文并茂的匠心安排，《儿童诗》果然已是"美丽的独标一格的花朵"。

《儿童诗》的编者对小读者们有着一片爱心，这从刊物的内容里可以看到。即便是在一则广告里，也可以看得出。比如"希望号"的封底，这是为"好习惯书包"做的广告。本来"广而告之"了这种书包的许多优点也就可以了，而编者却不满足于此，他们在有限的版面空间里安排了一首十行诗，这首诗不但宣传了"好习惯书包"的功能、特点，赞美了"好习惯牌子呱呱叫"，还没忘记告诉孩子们"做事应当有条理，／书包帮我养成了。／从小养成好习惯，／长大成材人称好"。你瞧，把广告做到这个份儿上，厂家高兴，读者也欢喜，两全其美。

虽然这是一本以小学中年级为主要读者对象的刊物，也许已经拥有了众多的读者，但我还是忍不住要再"广告"一回大人读了《儿童诗》，会感到自己的童心还在；孩子读了《儿童诗》，会发现自己的美好未来；诗人读了《儿童诗》，会找到自己的真实情怀。我要说，只要你是一个爱儿童的成人，或是一个想做好儿童的孩子，就一定会喜爱这本美丽而又迷人的《儿童诗》的。

著名诗人曾卓先生写得好——

让我们用美丽的诗
来歌唱美丽的儿童时代

1996 年 11 月 13 日记于冀中寓所

# 依恋大森林

## ——读《静静的白桦林》

诗人王晓琳 1973 年开始诗歌写作，迄今已经发表了大量的作品，但这位生长并长期工作、生活在小兴安岭伊春林区的女诗人并不是那种"热闹"型的诗人，她把自己对大森林的拳拳之情默默地凝结在自己的抒情诗里，没有令人刺耳的自我喧嚷，没有大红大绿的厚层包装，几乎是在用目光，用无伴奏的音乐，那样纯朴自然地表达着自己的心境，就像她最近出版的诗集的名字一样——《静静的白桦林》。

《静静的白桦林》，这是一个动人的名字，是一个秀丽、端庄、沉思、宽宏、美好、具有优良气质和品格的形象，是一个让人迷恋而又产生许许多多诗意的联想的境界。打开《静静的白桦林》，迎面而来的是大森林诱人的气息。王晓琳用她女诗人所特有的细腻笔触，写下了一个又一个令人向往的童话般的梦境——

夏季，情感之叶萌芽

许多沉默的歌子瞬时年轻

　　　　　——《森林之夏》


秀发飘飞的小树

你弹出一行燕子的音符

去探望思念

　　　　　——《你的季节》


森林的梦发芽了吗

细听阵阵拔节

汁液浸着银辉

描绘渐熟的年轮

　　　　　——《静静的白桦林》


　　这样的诗句还可以举出许多许多，可以看得出，这是王晓琳早期诗作较有特色的一面。

　　一个诗人，最难得的是有一颗永远的童心，这恐怕应该是一个诗人所要具有的起码素质，因为童心是圣洁的，是纯朴的。

　　但是，一个诗人所面临的又不永远是童话般的世界，在复杂的人生命运面前，诗人又必须要哲人般地去思考，去感悟，去领教人生的所有课题。王晓琳也不可能例外，也许，她所面临的课题会更为严峻。"你要进入哪一扇门去／有的看似明亮／有的有些晦暗"（《面临选择》），她在找她的钥匙，她要打开所有的大门，找到自己的选择。是啊，只有不断地寻找，诗人才能开辟自己。然而，这个过程是相当艰苦的。王晓琳没有停止寻找，她终于找到了自己的森林。"北方，一燃便是／忽刺刺的烈情"（《北方的剑兰》）。这使我想起E.凯斯特纳《森林缄默》中的诗句："森林默默无言。但它不是哑巴。／它能抚慰每一个来者。"也有过这样的诗句："谁愿没有树木的慰藉而活着！"王晓琳在茫茫林海中得到了大森林的抚慰，也找到了自己的诗所需要的养分，白桦林这个审美意向，对于王晓琳来说是至关重要的。

至此，王晓琳具有童话色彩的诗歌当中，又添入了许多风雨，又注入了许多血色，使之厚重起来。当然，这个过程，也是作者的人生经历、情感经历、创造经历。一个没有经受过人生起落的人，是很难成为一个成熟的诗人的。

《静静的白桦林》这本诗集中，没有那种极端猛烈的诗歌话语，没有那种巫术般的语言贯穿，它不是那种让读者打开它的时候觉得茫然无措的诗歌。它是明澈的，流动的，但它不是浅薄的。

我在收到作者寄赠诗集的时候，曾在给作者的回信中说过，从整体上看，这部诗集还是相当厚重的。有的诗清新自然，就像大森林里透明的小溪；有的诗语言老练内容深厚，有如山野里飘荡的山岚。王晓琳的诗本质上是秉承了中国诗歌优秀传统的。我说的中国诗歌传统，不是说她的诗陈旧。当下，有些诗歌作品往往忽略了对中国诗歌优秀传统的继承，一味地追求对西方现代诗的模仿，甚至只是学了一些皮相的东西，造成了一些诗歌像一种直译品，给人一种生硬的词句组合和语言混乱感。

还有一种现象是，本土诗歌作者的相互模仿、抄袭，使许多发表于报刊上的诗读来都一种味道、一个模样。这是诗歌的悲哀。我以为，王晓琳的诗，是对上面这些不良诗歌作风的一种批评和更正。我们不应该反对借鉴，也不应该反对相互学习，但我们应该反对盲目的照搬，反对幼稚的模仿和无耻的抄袭，应该呼唤用地道的汉语写作，用真实的感受写作。王晓琳《静静的白桦林》已经给了我们很好的启示。

王晓琳无限钟情地依恋着生她养她的大森林，森林母亲不会亏待了这位善良而又虔诚的女儿和歌者。我相信，她必将写出更加优秀的诗歌，她的白桦林，那圣洁感人的色彩，会使诗人幸福，会美丽着陪伴诗人迎接今后的每一个季节。

1996 年 11 月 21 日记于冀中寓所

# 读"中国当代儿童诗丛"

这一套"中国当代儿童诗丛"（湖北少年儿童出版社1997年12月版）实在是让人爱不释手，无论是它的装帧印刷还是它的内容，都是那样强烈地吸引人。应该说，这是一套能够展示中国儿童诗创作水准的诗丛。同时，它也是一套融艺术品格、思想教育为一体的好书。

《给少年们的诗》是老诗人曾卓先生从人生命运的深处打捞出来的，它给予小读者的，是面对人生种种艰难的处境，如何做一个真正的英雄，做一个敢于搏斗的老水手。这部诗集的后一部分，有些诗在成人诗当中也是精品，我们曾站在成人的角度阅读过。今天，站在儿童的角度再来阅读，仍然被它那沉重的分量所打动，如《悬崖边的树》《老水手的歌》《啊，有一只鹰》等。曾卓的诗是从自己一生厚重的伤疤中挤出来的血，我想，他的诗对培养小读者们与命运抗争的精神，对英雄品质的锻造，是非常有意义的。

金波先生是一个把自己的感情世界全部交给了小读者的诗人，读他的《风中的树》，看不出是一个成人在缅怀自己的童年经历，诗人已经成为儿童的一员，诗已不是代言式的生活再现，而完全是儿童视野中能够看到并感受到的活的情境。让人感到不是诗人金波在写少年儿童的生活，而是一个少年儿童金波在述说自己的一切。这是不是每一个为孩子写作的作家应该追求的呢？

聪聪的《螳螂大诗人》和高洪波的《我喜欢你，狐狸》则是充满了想象，散发着快乐的笑声的佳作。但是，它们不是简单意义上的"一笑了之"和愉快的幽默。这些诗给予读者更多的是灵智的启动，是愉悦后的思想。当我们看着孩子们背着沉重的大书包走进学校的时候，当我们看着孩子们坐在灯下熬着月光的时候，就不难想到他们会是怎样地喜爱聪聪和高洪波了。可爱的孩子们，他们是多么想做聪聪和高洪波诗中的那些小动物呀。我们毕竟已不是"小老鼠，上灯台，偷油吃，下不来"的时代了，需要有适于这个开放时代的新的儿童文学形象和新的思维。

薛卫民把他对关东森林的一片情怀提升为关注整个人类生存环境的大的情感世界。他的《为一片绿叶而歌》隐含着浓重的绿色情结，其中的《地球万岁》可以视为相当有品位的代表作。薛卫民的儿童诗已经写得相当精熟老到，题材也是非常广泛的。我想，人类生存环境这一题材也许更适合他呈现自己的内心，他的《原始森林》《白鹭》《雪》等诗篇已经暗示了我们。在这方面，邱易东的《地球的孩子，早上好》也在做着可喜的尝试。邱易东的诗具有很强的现代意识和幻想色彩，这种诗意的幻想，是极能够给小读者带来阅读兴趣的。徐鲁的《小人鱼的歌》，以其精练的诗歌语言展现了一个缤纷的儿童世界，这个儿童世界还不仅仅是生活场景，更多的是来自心灵内部的消息，如《热爱生命》《一只小野鸭》《百合之墓》等。我们看到，这是一个稳健的诗人，他的文化品格将会带动小读者走向更具档次的深层思考。当然，作为儿童诗，它不可能像成人诗那样设置更多更深的思想的旋涡，它还需要轻巧的趣味。《晒月亮》的作者姜华，在这方面的实践是成功的。姜华以其女性的细腻，描绘了追着太阳说话的向日葵，把小妹的草帽当成了花园的蜜蜂，玩滑梯的太阳和月亮，充当梳子的雨……真是好玩极了！写这样的诗，没有一种母爱，没有一种对儿童生活的直接进入，是不太好完成的。

有人说儿童文学是"小儿科"，其言外之意是可以意会的。但是，当我们读了这套诗丛，却感到了"小儿科"是怎样的小中见大，是怎样的只有高手才能为之，"小儿科"并不小。我相信，这套诗丛会以其独特的艺术魅力和丰富的内容吸引着更多的小朋友乃至大朋友。

1998 年 4 月记于北京

# 青春写真

《中国知青诗抄》出版之前，我曾在北京林莽兄的家中看到过这本书的校样，因为当时要和林莽一起去朝阳区文化馆参加一个诗歌活动，匆匆忙忙，没能仔细翻阅。之后的一段时间里，我一直在期待着这本书的尽快出版。终于，这本诗选由人民文学出版社出版发行了。那天，林莽从他的大背包里拿出这本厚厚的书递到我面前时，我几乎不知道该说什么了。这是一本以老三届知青为主要作者的诗歌选集，作为末班知青，我对它的心往是无法用简单的语言所能表述的。

正如林莽在诗选的序言中所说："这是一部为未来研究'知青'和'文革'必须直面而绝不可跨越的书。这是一部包含了一代人的青春热血与灵魂之声的书，它所呈现和带给我们的远远超出了这本书的范畴。"是的，这是昨天的故事。对于后一代的人来说，"知青""文革"这样的词语该有多么不可思议，被放逐的青春，一代人的迷惘和遭遇的磨难，是更年轻的一代人所无法理解的。

尽管现实给予我们的是太多的艰难，但是这一代人不是沉落的，正如当年被广为传抄的一首著名的诗篇，那个题目至今仍在人们的心头回荡——《相信未来》！诗人食指不仅因为这首诗奠定了他在诗坛的重要位置，更重要的是，他写出了一代人的心声。是的，相信未来，不相信未来，我们还能相信什么？

> 我之所以坚定地相信未来
> 是我相信未来人们的眼睛
> 她有拨开历史风尘的睫毛
> 她有看透岁月篇章的瞳孔
>
> ——食指《相信未来》

也是缘于《中国知青诗抄》，1998 年 6 月 6 日那一天，朋友们来到白洋淀，在诗人芒克当年插队的村子住下来，不但温习了当年的知青生活，也体会了今天的民间烟火。看到芒克和渔民福生以及村里乡亲们的那份友情，看到林莽（当年也在白洋淀插队）忙前忙后如在自己家中，我想到了芒克的名篇《致渔家兄弟》，想到了那满怀深情的诗句：

> 啊，渔家兄弟！
> 从离别直到现在，
> 我的心里还一直叮咛着自己：
> 冰冻的时候不要把渔家的船忘记！

是的，不能忘记。不仅仅因为这一份乡情，更多的是因为"在血一般的晚霞中、在青春的亡灵书上／我们用利刃镌刻下记忆的碑文"（林莽诗句）。不希望那段历史重演，但那历史的碑文不会被风雨腐烂！那天晚上，许多老歌又被唱起来，许多诗又被朗诵，随着白洋淀的波浪，传得很远很远。《中国知青诗抄》的主编郝海彦和我一样，也是 1975 年的下乡知青，他朗读了岳建一先生发表在《北京文学》"中国知青专号"上的文章，赢得了一片掌声。而那掌声就像命运的回响，把大家从一场梦中唤醒。

这部诗选勾起了我对许许多多往事的回忆，也使我想起自己在乡下时写的《集体户生活片断》，其中有一首写麻雀的诗——

傍晚，北风呼呼，
破窗纸哗哗作响。

檐下的麻雀叽喳争吵，
为了两粒干瘪的高粱。

我嚼着烧焦的锅巴，
品味着"大有作为"的时光。

当初的狂热全部冷却，
凝成一个热窝头的愿望。

真羡慕你们，小麻雀，
牢骚话也敢随便讲。

这首诗写在 1975 年的冬天，在那个岁月里，我们的心中藏着多少真实的呼求？多么想一吐为快，哪怕只是自己对生活最浅薄的认识，对命运最简单的理解，甚至是迷惑，是个人小小的牢骚，只要能发出声音，只要是青春的写真。诗歌不是雀巢咖啡，可诗歌永远是青春的伴侣。

许多年过去之后，当人们再面对这部《中国知青诗抄》的时候，会是怎样的一份心情呢？这是一个青春谷，深深的青春谷。那么多的青年男女像一片片绿色的叶子，从这个深谷里艰难地飘过，正如林莽所说："谁曾希望过、痛苦过，谁曾幻想过、努力过，谁曾经历过、绝望过，谁就会懂得。"人们应该记得，曾经有过这样的一代人，他们是用全部的青春，换回了自己的精神，那不仅仅是诗。

1998 年 6 月 28 日

# 吴兵的儿童诗

吴兵，诗人，山东画报出版社编辑。他到北京参加《诗刊》第 14 届青春诗会的时候，我正在《诗刊》工作，于是就认识了，于是就没有断了书信来往。他发表在《诗刊》上那首写黄河断流的诗，有些句子我现在还能想起来，"迎面是黄河 / 转过脸就是海"，还有"赤裸的我 / 在结不了冰的地方 / 冷"。记得那一期《诗刊》还发表了他的几首短诗，写得都很精致。

前些日子我为《诗刊》组儿童诗稿子，请他在济南帮我找些写诗的孩子，写诗的孩子没找到，却找到了一个写诗的大人。他寄来了一本明天出版社给他出版的儿童诗集《摇荡的秋千》，此前我一直不知道他曾写了大量的儿童诗。

这是一本非常好读的儿童诗，说它好读，是因为集子中的诗不是那种坐在屋子里为儿童们"想象"出来的，也不是非要把儿童教育成"什么什么"的那种儿童诗，更不是板着脸冲着儿童说大话的那种。吴兵的儿童诗，一看就知道，来自他对今天的儿童们细心观察和认真的理解，至少是对生活在他身边的女儿的深度关注。所以，他诗中的那些天真和童趣，既是他自己的内心，也是儿童心灵的自然闪动，不像有的成人写出的儿童诗，一看就是大人装小孩，怎么读都别扭。在吴兵的儿童诗里，雪像白色的蝴蝶在空中飞舞，可一落地就会变成趴着不动的小白兔了；果核里香甜地睡着一个小虫，可千万别把它吵醒了；咕咕叫的鸽子，肯定是谁把它惹生气了……这样的诗，好玩，快乐，孩子们能不喜欢吗？在吴兵的儿童诗里，还有一些看起来语言、情节都很平淡简单，而实际上却隐含着生活中那一份大人对儿童或儿童对大人乃至对万物的深深的爱，比如《布娃娃》中的"我长大，/ 怎么布娃娃不长大？// 妈妈说：/ 你吃了多少鸡蛋 / 喝了多少牛奶呀。"比如《葡萄》中的"青的不一定酸，/ 紫的不一定不酸。// 无论青和紫 / 爸爸妈妈给的，/ 总甜。"你瞧，这不是简单中的深刻吗？读儿童诗容易，写出好读的儿童诗不容易。吴兵的儿童诗至少还给我们一个启示，那就是，别总以为自己是如何如何了不起的大人，向孩子学习，我们也许会更纯净。

# 读林莽《穿透岁月的光芒》

林莽《穿透岁月的光芒》作为"三味书丛"的一种，由百花文艺出版社出版了。这是一本编排独特的书，它有诗、散文、随笔、诗论、访谈，还配有作者自己画的插图；这又是一本耐人寻味的书，它是作者从30多年的生活里摘取的有关人生命运、艺术追求和心灵历程的深度记载。

这本书由"乡野的风""生存与绝唱""寻求寂静中的火焰"三辑诗文以及作为附录的两篇访谈组成。其中"乡野的风"可视为作者人生长途中最为难忘的一段历程，虽然是优美动人的散文和诗，但如果仅仅把它们当作美文或好诗去欣赏，就不能不说是一种浅层的阅读了。事实上，这一部分诗文放在全书的前面，是因为它们是这本书不可缺少的背景资料（或说相关资料）。而"生存与绝唱"也不能仅仅看作是写朋友、写往事的一般意义上的忆旧诗文。林莽作为"白洋淀诗歌群落"的成员之一，作为新时期以来中国新诗发展的见证人之一，他的这些追忆对于以往和今后都显得十分珍贵和重要。另一辑"寻求寂静中的火焰"则是艺术实践中的真实体悟，但它不是教训人的，文学圈里圈外的读者都可以从中受益。最后的两篇附录，一篇是牛波访谈录，一篇是郑敏访谈录，涉及当代美术和诗歌，话题比较大，谈得却很具体深入，实实在在，随着时间和当代美术及诗歌的发展，这两篇访谈所具有的重要意义会越来越清澈。

这几天，我一直把林莽的这本书带在身边细细地读着。有些文章在报刊上发表的时候就曾读过了，说实在的，当时那种匆匆忙忙的阅读，实在是比较肤浅。现在这样集中、细致地思考着阅读，很多体会都有了新的提升。这本书涉及许多诗事，涉及许多诗人如食指、芒克、多多、海子以及散文作家苇岸等等。这里面，不但能看到作为一个诗人的林莽，在一些诗事中的重要角色及其位置，更能看得到好人林莽在诗歌界、在朋友中的赤忱形象。

多年来，林莽默默地为中国诗歌特别是有关"白洋淀诗歌群落"、有关"朦胧诗"等做了许多工作，有些工作甚至是少有人知的。在这期间，他从没有张扬过自己，不像有些人，为了炫耀自己而不遗余力。我曾认为，林莽是一个因为种种原因被湮没了的人，我常常能感觉到，一件事（甚至是他一手操办的事）做下来，当大家回头再一次梳理的时候，他总会微笑着躲在人们的后面，他几乎是一个须要钩沉的人；而林莽又是一本厚书，是一本越读越有味道的厚书。他为文为人的端正淳朴，是我敬重并一直在学习的。当然，他的经历、他所热心去做的事情、他以诚相待的文学、他的心胸、他的情感、他心灵深处一个时代给予的酸楚，绝不是这一本《穿透岁月的光芒》所能全部表述的。

"岁月"这个词，总是让人感到不那么轻松。当我一拿起这本书，当我的目光一接触到"岁月"这两个字的时候，心一下子就沉重起来。我想象着当年那个少年，他正转过街角，在随风飘摇的标语纸中看着父亲被造反派强行拉走；我想象着在黯淡的灯光下一页页地读着巴尔扎克、雨果、歌德、托尔斯泰的那个中学生；我想象着那个在夕阳中孤单地坐在白洋淀大堤上默默面对紫色土地和无声无息湖泊的知青……这就是岁月吗？是啊，无论如何都无法抹去的就是岁月，无论如何都无法抚平的也是岁月，穿透岁月的光芒，这可是需要勇气的呀！林莽，我希望有更多的人能读懂你。

仿佛杜鹃满含疑虑的啼鸣

唤醒了遥远的沉郁

而一片春风中的新绿

也无法阻止那来自岁月深处的幽鸣

——（摘自林莽的诗《我站在春天的草坡上》）

2001 年 6 月 23 日凌晨于冀中寓所

# 正义与尊严的声音
## ——读丛小桦诗集《分行的现实》

丛小桦的散文、随笔、散记以及他的平民诗歌以四卷本的形式一次推出，这使我不能不赞叹河南文艺出版社的眼力。小桦是我多年的好朋友，在我的眼里，他不仅是一位文化行者，也是一位艺术上的独行侠。他的许多散文曾让我喜爱，他的许多摄影曾让我震撼，但我更关注的是他的诗，虽然他作为诗人的独特性还没有"遭遇"批评家更多的解析和论说，但这丝毫不影响我对他的诗的认可，更不影响他诗歌艺术的独特。

眼前这本《分行的现实》，让我又一次集中地阅读丛小桦的诗，这里面的一些诗，我格外喜欢，反复读了几遍，感觉到了诗人骨子里的力量。有的诗尽管短小，但不是那种轻飘的、媚俗的东西，诗写得刚硬、有骨气、有深度、不小气，是与丛小桦这个人"配套"生长的。

这几年，我看有许多诗人的诗写得越来越油了，油滑，让人感到一首首诗不是从人生经历和命运中挖掘出来的，而是从诗人案头的诗歌生产流水线上滚动下来的，没有血色，没有个性，甚至诗人间相互模仿。于是诗人把自己的血脉割断了，找不到北了。但小桦的这些诗是从他自己的命运中抽出来的血、泪水、悲伤和愤怒。特别是那首《多年以前被迁往乡下的狗》，第一眼看到第一节诗句就把我的心牢牢地抓住了："母亲是只母狗 / 带着我们这些崽 / 从城市迁往乡下"。因为我知道小桦的一些人生经历，所以我能想象出他写下这些诗句时内心的疼痛。"我们都不会咬人 / 就是急红了眼睛 / 也无力跳过高高的墙头"，这不是时下一些诗人们玩的那种语言幽默，这里面藏着太多的泪水！读这首诗，让我想起了自己上小学的时候，父亲挨整，母亲患病，弟弟妹妹需要照料，我去街上抄写那些批判父亲的大字报，常常还要被造反派的孩子们打一顿，自己知道自己是狗崽子，眼睛也急红了，可是不会咬人。对于我们来说，那真是一个黑白颠倒的世界，真是一个让人屈辱的年代啊！

读到小桦这首诗结尾的三行，我几乎感到这就是我心里一直没有说出来的话——

有一个问题我至今也不明白
把忠诚的狗都逼得走投无路
不知那是一群什么恶兽

这个质问有分量，刚硬，不含糊。我之所以喜欢这样的诗，不仅仅因为我们这一代人都有过类似的经历。重要的是，一个诗人他不应该回避曾经的困惑和痛苦，不应该回避一个时代给予人的伤痛，更不能压抑内心的愤怒。这样看来，现在一些耍语言技巧、坐在房间里想象出一点一己的所谓苦难的诗、伤痛的诗、忧郁的诗，就太无血色，太苍白了。

《一个阴险凶狠的人在睡觉》也写得好，这样的人睡着了的时候，竟然面部还泛起浅浅的微笑，真是太可怕了！《惊奇》《秘密的名字》等虽然短小，但锋利，有锐气，读了痛快。

这几天在家中休息，有整块的时间来安静地读读诗，思考一些东西，感觉内心又宽阔了许多。小桦的这些诗是这几天的阅读中最让我动心的，它们有一种大义的光亮在我的面前闪动，有一种正义的有尊严的声音响在我的胸腔里。这样的诗是不会被岁月抹掉的，因为它们站立着，始终昂着头，即便被人拧了脖子甚至被毁灭，但灵魂里仍然挺着脊梁不肯屈服。

我期待着有更多丛小桦这样的诗人出现，尽管很难。

# 石油的方言
## ——读诗集《石油的六个向度》

　　这是六位诗人的作品合集，这六位诗人的创作题材都与石油有关，从六位诗人诗歌创作上来说，他们又都与我有"血缘"关系。我1983年到华北油田工作之初，已故诗人宋克力介绍我认识了当时在华北石油报社编副刊的杨绽英（北原），接着就结识了杨利民（谷地）、李文彦、安顺国、高潮洪。利民那时还在局教育处工作，文彦在勘探二公司，顺国一直在供应处。潮洪先是在勘探三公司（河间市），后入学在华北石油教育学院读书，还在校园里组织了一伙热爱诗的同学成立了小白杨诗社，我还应潮洪之邀去学校与他们诗社成员座谈过。后来绽英要调到中国石油报社去工作，得有一个人去替换，我当时正在局文化宫创作组过专业创作的自在日子，为了绽英就只好到华北石油报社去"接班"。在华北石油报社编副刊期间，又与时在华北石油学校读书的殷常青有了书信来往。后来成立华北石油文联办公室，又把利民和瞿勇、程玮东我们四人调到一个科室工作，调文彦到报社接替我编副刊。后来又成立新闻文化管理处，我任副处长兼华北石油报社副社长，又与时任文化科长的利民商量，拟把毕业后一直在采油队工作的常青调上来，经请示局党委宣传部爱才如命的姚治晓部长，获得成功。你瞧，这么一来二去的，都不是一般关系了。当然，这些人和我主要是生活上的朋友、创作上的诗友。还有一大群在华北油田工作并写作的人，如冯敬兰大姐、马镇、王云生兄，以及朱礼贤、荆淑英、吴亚、郭振荣，等等，老老少少实力创作队伍有几十号人，这些人合起来就是当时被称作石油系统文学创作的"华北帮"。这个话题一说就长，哪个有兴趣的足可写一篇很长的新时期华北油田文学发展史了。而华北油田文学创作对整个石油战线的文学创作来说，又是无法割除的，这是以后的另一个话题。我在这里提起这个话题，主要是想交代一下，这六位诗人在石油系统文学创作的位置。

现在来谈这六位诗人及其作品——

## 谷地：稳健与真实的声音

真实的声音这个词来自杨利民（谷地）一本诗集的名字。利民的诗总像是有一把理性的梳子在梳理，他的描述与抒写，往往表现出来的不是原生态那种野性的冲动，而是淬了火的激情，由铁变钢的过程已经化为深度，淬火的水浸入地层，竖立起来的是挺拔的身躯。

他的《迁徙》，都能写出"坚硬的根会从内心流出"了，还不满足，再进一步锤炼出"我们随时都能听到 / 它们的呼喊 / 呼唤在根须扎到的内部 / 回响不止"。角度成就了诗，深度去成就读者。时下有许多诗人忽略了这一点，他们或者找到了角度，而苦于无法磨炼深度，或者自己觉得有了一定的深度，却不知从哪个具体的角度入手。还有，不要以为角度是出新的唯一法宝，出新是一个综合体，不是一个单元能解决的。他的《平原深处，有座洁白的小屋》，这里有个叙事者与人称的合理切入问题，看上去没有可能性，可当人称"我"和"我"的"心野"产生阅读价值的时候，那些看似平淡的诗句，转型为深入浅出的导引。作者直接的想象变化为读者间接的体验，作者对自己空间位置的选定是有效的。《流动的列车房》，司空见惯的石油文学选题。关键还是写什么和怎么写。一个小小的列车房，能想象到穿透平原以后的事情，能把它和"流体的梦"联系在一起，局限与非局限构成诗歌的思路，情感的浓度并不减弱。

这几首诗是这本诗集中谷地部分有代表性的几首，代表了他曾经的一个阶段当中的创作主体语言和思维。

后面的《任四井礼赞》《石油与战争》则是又一个阶段和类型的诗。转为更为细致的叙述和咏叹，细节也不断地出现，乃至图像、场景及声音的细节。文学最深入地分析的时候，无论如何是要触碰细节的，无论多么宏大的叙事，没有细节都将是一个空空如也的括号。细节尽管是最小的单位，但它在庞大的语言集团中，却像钉子一样，不能随意钉下去或拔出来，可靠的细节是不可或缺的。

谷地部分最后一首诗《水声》，似乎与前面的诗难以为伍，好像是硬放置进来的，它是一首不错的诗，但它不适合在这里出现，如果我是编辑，会把它抽出来，放进利民的其他诗集里。

利民理性的梳子在手里能攥多久？我无法预料。但我敢断定他的稳健会与他的性格同时存在，不管怎样，只要是发出真实声音的诗人，就是值得敬重的诗人。

## 北原：缓慢展开的诗意

我说的缓慢展开与杨绽英（北原）的性格有关，他缓慢，不是心里不着急，但多着急都不意味着他可以放弃缓慢。缓慢是他多年的修炼。当他把这种缓慢引进诗里陪同抒情的时候，缓慢成为他诗歌作品坚实的内源，一切都可以以此速度出发或者展开。

在《北原与石油》中，两大块（北原·石油）整建制的抒情，情绪的还原，历史的还原，甚至想象的还原（北原长叹一声 / 躲进大白菜里 / 躲进小麦粒间），都为了一个诗意的纵深，那就是结尾的一句诗："滴滴醇厚粒粒金黄。"《平原·钻塔·我们》是一首有呼号之气的诗，这样的诗今天已不多见。那种真正的大工业之酷，太雄心勃勃了。它的纵深是地质史，它的断面是大工业发展的局部，它的高处是人的心灵。这首诗能代表当年被称作华北油田"荒原诗"写作的成品。那个时候我也曾写过《我们是蜀地古钻工的后裔》《男性荒原》《太阳河》等一些有呼号之气的诗。可惜的是，人们只看到了呼号，并没有认真地品味其中的抒情。包括绽英的《铜像》《面对荒原》等一些诗作，都有一种雄性的鼓荡力量，强烈得如高度烈性白酒，能把软弱的人呛个半死。我之所以强调绽英的这几首诗，是想把绽英缓慢中的那种浩荡表达出来，不要以为他的缓慢是一种无力。

《在远行的路上》和《在北京的大街上，想起石油》，应该是绽英近些年的优秀作品。特别是《在北京的大街上，想起石油》，让我看到了他突出的变化。写这首诗之前，我应邀参加中国作家协会西气东输采风团，绽英作为石油作协工作人员，与我们一起走完了八千里路。回来后的不久，他就写出了这首诗。当时看到他的这首新作，我十分欣喜。一是他对石油有了更深入更新的理解，二是他对诗歌更深入更新的把握。他诗歌的触觉有了城市（都市）的震颤，石油只是一个载体，他开始关注诸如战争、民生等一些当下更重要的问题，体验石油题材诗歌创作的新走向，难能可贵。

北原部分最后一首诗《鸟儿，飞向何方》与谷地部分的最后一首诗一样，放进来觉得有些不太"配套"，有补白之嫌。

绽英对新诗现代性有自己独到的理解，有自己用心的研究，在他的身上不会出现想象的贫乏，他的创造力会使他独具特色地站在布满抽油机的工业大地上。

## 李文彦：打包压缩了的诗情

李文彦的写作是在有大量阅读基础上开始的。最初，还是他在石家庄读大学的时候，我们就有了读书与创作的交流。有时，一本新版图书还不知到哪里去卖，他已经读过并开始和你大谈体会了，让人很羡慕、嫉妒。他对信息的把握和传播，有天赋，是钻研型的人。文彦是个杂家，涉猎广泛，对一切事物他都有好奇心，我一直猜测他小时候一定是经常偷着拆表的那种孩子。他后来在中国作家协会诗刊社工作过一段时间，这对他的诗歌创作应该是有帮助和提高的。

这本集子当中，文彦的诗除排列在前面的几首外，多数诗作我都是第一次阅读。早期的《我们召唤古老的生命》，"荒原诗"的痕迹很重，即便是《石油女人》这样的短诗，也难免"荒原诗"的味道，还有《黑色男神》《现代中国石油雕塑群》，这些诗作应该是他当年的一个创作高峰，不容磨灭，值得总结。这些精彩的诗句，虽然曾经读过，今天重温起来仍然令人感到亲切、兴奋："千年冥想成就万年风流"（《诞生》），"点燃太阳的燔火 / 一时神话处处开放"（《我们召唤古老的生命》），"思念把夜晚滋养得很丰满 / 只有新月清瘦"（《石油女人》）。文彦是一位将传统手法与现代手法融汇得比较好的诗人，这样，他诗歌的受众面不会太窄。但这需要严格的自我训练，否则难以有今天的成熟。

读文彦的新作，我看到了一个把内心的诗情打包压缩的诗人，然后发送给读者解压另存。这些诗作有一个共同的特点，就是理趣。他写面对一些所谓的大师，自惭形秽，最后当有一天自己胡言乱语不再说惯常人的话的时候，却发现身后有人背诵自己的语录，这是一个充满哲理的有趣的讽刺。他还写"伤害一些事情 / 有时也成了一种生活方式"。他写跑龙套的，更多的时候不知自己在台下还是在台上。他不是简单地走入了生活深处，最重要的是他走进了一个个单独的人的心灵。他发现了本质的虚假，他要泄露这一天机，他尽可能地让诗歌表面失去诗情，而真正的诗情则被压缩。他让我想起了黄永玉，想起了一些无奈的幽默。

这些年文彦的生活飘忽不定，但他还是充满热情地去面对，还是努力地去克服种种困难，以一个诗人的坚毅，完成着每一个需要解答的课题。他在诗里问过："列车的终点／是时间的站台吗"？这一问，谁能给出答案？

## 安顺国：高树上的朱鹮

安顺国出身石油世家，在这六位诗人当中，他是唯一有纯粹石油血统的人。他从小就开始经历石油的一切，但他不局限于此，他是站在高高的钻塔上用塑盔捧起月亮来吟唱的诗人，他总是寂寞地凝视着大地，然后突然地眼前一亮，那光芒中，他发现了自己的诗歌。

顺国在石油系统的文学队伍里，有许许多多亲兄热弟，一是因为大家欣赏他的诗，二是因为他有足量的人格，他对好朋友的珍惜，胜过一切。侠肝义胆，从不患得患失；淡泊名利，从不四处张扬。

从《与石油有关的青春》到《一个石油人的大事记》，我们不难看出顺国在诗歌创作上质的飞跃，他一步步靠实了诗歌最本质的东西。顺国是个诗人，但总是在非诗歌专业的其他行当里工作，诗歌于他始终是业余的事情，可他又能把这个业余的事情搞得很专业，令人佩服。他在写作题材上并不只是局限于石油，他是一个很重视题材的诗人，不断发现新的题材，不断寻找新的角度，多年坚持，未见疲惫。诗人严力有过一段话："我告诉你一个可能性，那就是在题材上和角度上下功夫，选择合适的题材会让你发现自己的天赋。许多题材和角度还没有被人用过，尤其在语言上，就有更多的形象比喻还没有人用过，而且新的物件一直在发明，譬如电脑，多功能手机，等等，这些都是可以用来比喻的新道具。所以从这个角度讲，天才也需要自己去发现。"这是一段有经验的诗人推心置腹的话，是一段值得重视和回味的话。

近些年来，顺国的诗在不断地壮大，经常会有让人刮目相看的诗作诞生。在很多所谓的诗人（甚至一些所谓的"成名诗人"）进行语言模仿和情感复制的时候，顺国则躲在一个远离人们视野的地方修行，把自己打造得更加成熟和自信了。我在这本诗集里读到他《一个石油人的大事记》的时候，心中产生了强烈的震颤。许多我经历的和别人讲述过的事情扑面而来。这是一个时代的提存，也是一个人的时代史，一个人的情绪史，一个情绪史里的某人，某些人。这首诗写得不小，至少不可小瞧。这本诗集中有顺国几首这样的诗，如《与石油有关的岁月》。

前不久我到秦岭的宁陕县走了一趟，在宁陕的寨沟有一个世界珍禽朱鹮的野化放飞科学试验基地，我第一次看到朱鹮，高傲，自信，典雅，平常很少发出声音，偶尔亮一下嗓子，绵长，耐人寻味。我觉得，顺国就像那栖息在高树上的朱鹮，孤僻而且自由地充满信心地生长，一旦张开翅膀，那飞翔的姿态无论如何都是让人心动的，都是让人羡慕和赞美的。

# 高潮洪：平静的内涵

高潮洪是一个内敛的诗人，我说的这个内敛还有一层意思，就是内在力量的聚集。从我认识潮洪那天起，就总像是在读一个词，那就是温文尔雅。他做人做得端庄，诗写得有仁者气象。在石油系统与我要好的一些朋友当中，潮洪是为数不多的"吐字清晰"的诗人，平常他少言寡语，很少表达自己，但这并不是说他是个和事佬或者糊涂虫。我们在私下里谈到一些问题时，却常能听到他非常尖锐的看法和掷地有声的说辞。他不含糊，有自己准确坚定的认识，所以我说他"吐字清晰"。

这种性格也反映在他的诗里，就是平静的内涵。

潮洪对人有深切的关怀，深切到内心，刻骨。"一如生活在这里的人 / 容易被匆匆过路的人忽略和遗忘"（《野菊花》），"你举碗朗声大笑 / 不知有多少心酸的话题 / 被你轻轻一挥而去"（《履历》），"美丽的青春，她 / 开在哪里都是美丽的 / 不会生锈"（《坚守寂寞》）。这些看似平静的书写，却潜藏着万千汹涌的生命波涛。他把石油人的命运看破了，看真切了，他回头写这些人的时候，决不打诳语。他的诗，语言很简省，但充满意义。多少年来，多少人常常被诗歌感动，很奇怪，是什么赋予了诗歌这样强盛的力量？应该是对人，对人心的正确的理解，包括对诗人自己，对自己的心的正确理解。我们有许多诗人没有注意到这一点，他们往往夸大了自己的情绪，误解了或干脆就没有怎么理解人、人心。这很可怕，那些变态的诗句，那些东一句西一句的拼凑，该有多么神经！也许你说了那么多的荒唐的赞美之词，说了那么多对仗的、排比的、夸张的，还不如就说一句"不会生锈"呢。

作为一个平静内敛的诗人，他的心中一定要有一个很内在的抒情路线图，无论成诗过程怎样充满变化充满复杂，他要知道准确的语言位置的所在，要知道正确的感觉是什么，否则，他就不是平静内敛，而是平庸外露了。我之所以喜爱潮洪的诗，也有他在这方面是很清醒的原因。

在生存中写作，更多的是感同身受。在灵魂里写作，更多的是思想的磨砺。潮洪写诗多年，这两个课题他都有实践。他在讲究内涵，讲究如中医和哲学常说的表和里。这样，他给自己设定了艰难的承载，使自己努力成为有责任感和使命感的诗人，这还不是中国诗人所要认真去做的吗？

## 殷常青：表现的爆发

殷常青是近些年创作颇丰的诗人，写作的量比较大，发表的诗比较多，灵气十足，一路潮涌。前些年还给我寄来过他的诗集，这几年听说又有新著问世，但都没有见到。他在油田抓文化工作，很忙。编由原来的《石油作家》改成的《华北油田文化》，从不寄赠，可能知道我怀旧，对新的东西缺少认识。我离开油田后有过几次回访，每次见他都是串桌走屋，或者一晃就不见踪影，没有坐下来认真谈过。看他疲惫忙碌的身影，我有些心疼。

即使工作忙，他却从未停止过写作，每每在报刊上见到他的诗，我都要认真拜读，心里面跟着暗暗高兴。他是一个勤奋的诗人，一个充满朝气的诗人，一个脱离了学生气的诗人。他在寻找诗歌制高点的同时，也能向其他低洼地带散发他诗歌的传单，他保证质的同时，也蓄足了量，用石油的行话说，是井喷、高产。不容易，也不简单。

常青收在这本诗集里的是一首长诗的节选，即使是节选，也得有七八百行。长诗是一个诗人综合实力的展示，所以我一直认为一个诗人一生的创作生涯中，应该有那么几首无论内容、整体结构、境界含量都称得上"长"的"诗"。

"青春。记忆。脆弱。克制。世界和一声叹息之间，/ 生活和一滴血、一滴泪之间，都将沾上夜露——"，请注意，这是常青诗歌经常使用的形态语感，这种语感在他绝大部分的诗歌（指我所读过的）创作中都有使用，词与词的搭配组合（或叫重组）造成一种具有内在韵感的碰撞，还有视觉上的冲击，达到新鲜悦目的效果，非常智慧的写作方式。

但这些还只能划归形式，它解决了语言灿烂的问题。重要的还是内容。这首诗以"我"为抒情轴心，上下跨越石油的今天与昨天，人心的承受与历练。亦歌，亦哭，亦悲，亦喜，亦咏，亦诵，还大处给滴水，还宽远给近前，诗也就自然铺展开来。如果把每两行诗定位于一种思想与情绪的表现，那么这种表现的爆发作用于全诗的，是一种沉顿之后爆裂的力量。"那是一个国家的光，刚刚达到它的完美。"诗的质地多么纯正！还有，诗中的"父亲"作为文化符号出现的时候，竟然是"父亲啊父亲。1996年终于和搬运黑暗的人，缓缓地 / 走在了一起，世界上再也没有比这不知疲倦的事情了"。欲哭无泪。情境动人。

整首诗一气呵成，每一节又如短跑，极具爆发力。阿垅在 1941 年就说过："有的长诗是补补缀缀的百衲衣，似乎气象万千，其实寒碜已极。有的长诗是拼拼凑凑的千人针，似乎有神凭附，实则无灵可乞。"的确，长诗不是硬拉长的，就像一个高大的人，他是自然生长成那么高大的。常青较好地处理好了这个诗歌的生态问题，在他运用具体的词的时候，并没有忽略整首诗的结构，不是拼凑或补缀的。

这六位诗人各有不同，各有独立的追求和艺术实验，他们的合集取"石油的六种向度"作为书名，已经表达了这层意思。这是目前在石油题材写作行列里比较重要的几位诗人，我相信会有更多的人来研究他们的创作，而他们也会用自己独特的"石油方言"创作出更具风采的诗来。

2009 年 8 月 3 日记于长春

# 在杨林诗集《春夏秋冬》作品讨论会上的发言

收到汉胤兄寄来《春夏秋冬》诗集的时候，我刚刚从长江采风回到长春，紧接着又参加一汽—大众和《作家》杂志的一个活动，所以一直没有坐下来认真阅读。飞机上读了一部分，到长沙后又读了一些，诗及杨克的序言都读完了，后面那些评论文章还没有读。

杨林的这部诗集，杨克已经在序言里做了相当高的评价和诚恳的解析。这篇文章对整部诗集的阅读，起到了非常好的引领作用。特别是对我这样一个和杨林初次见面的人来说，如果没有杨克这篇序言，想要把杨林的诗真正读透，还是有些难度的。

我读杨林这部诗集，没有更多考虑接龙的问题，只是一首一首地读下来，一点一点地感受。我总的感觉是，这是用了功力而写的一个大的组诗，接龙这种方式使整部诗集的结构，或者说使每首诗之间的关联有了一些微妙，但没有限制或破坏每首诗作为个体与整体的大关系，可每首诗又有相对的独立性，也就是说可以整建制地读，也可以单位地读，这里面有结构上的技术，也有创作中的技巧。

随着四季的流转，节气的自然变化，诗人对万象的认识不断丰裕，在情绪的波动中，产生了具有美学价值的境界和气韵，甚至是个性强烈的文学风骨。这样，诗人笔下的诗句才不拘于形物，才可能中得心源，不被程式化，才可能完成人文精神的张扬。我注意到了作者在这些方面的真实追求。没有以势唬人，也不是什么标新立异，更不是外华内虚的表演，而是思想接了地气，通过自身的修养，对家园、城市、内心、环境等的体察，当然也用上一些技术，包括咏叹的语调，扎实地抒发了个人情感，也恰到好处地提升了诗歌的文化含量。

这是写给某一个人的诗，是写给诗人自己的诗，也是写给很多很多人的诗。

这部诗集，形式或者说样式上的东西，也许用过了也就算了，而那些忽明忽暗的隐语和无法逆转的隐情将会持久地存活。

我们的诗歌存在着强调文本贡献的同时往往忽略诗人本身的艺术经验，也存在强调艺术经验的同时又往往毫无文本特色的状况，存在技术偏激也存在语言无趣，等等。而杨林做到了两全其美，难能可贵。

我期待着杨林更好的新作。谢谢。

2012 年 7 月 8 日于湖南长沙

# 《露群抒情诗选》序

我与张露群没有见过面，只是有过一些通信来往。想象中的他，是一个沉默寡言，读了很多书，写了许多诗的小伙子。上个月的一天，我收到了他寄来的诗集原稿。他在附信中嘱我为这本诗集写个短序，并说，让我来写序，有一半的原因是他真的很喜欢读我的诗。另一半原因是什么呢？他没有说。

露群的诗是朴素的。我一直认为，朴素，不应是一种创作模式或简单意义上的风格，它是一种境界。当你抚摩它或站立在它面前的时候，会感到有许多你很熟悉并且深深感悟过的光色，可同时你又会感到它是那样的陌生，陌生得不知道自己是怎样走进去的。像一种目光，你足可以在这目光的照耀中看清楚自己。像一种血浆，你会被它浓浓地灌注。这几年来，我也是在向着这一境界努力着的，虽然有时感到路程是那么艰辛，甚至有彷徨、困惑（有时甚至不被理解），但我无法摆脱它。我想，每一个真诚的诗人都无法摆脱它。我读露群的《紧握锄把》《割麦》《油菜花开》《墓地》等诗的时候，更坚定了这种想法。

朴素的诗并不等于就是简单的诗，成功的朴素的诗，无不流动着作者生命中最真实的血液。透过这样的诗，你看到的不再是文字后面隐藏着的那些苍白无力的技巧，而是作者生命中的欢乐、痛苦、孤寂及其思考，如露群的《黎明前的献词》《生命中的温柔》《告别秋天》等诗作。透过这样的诗，你还将看到的是作者的人生经历（包括情感经历）、教养以及独立的人格。露群很年轻（他今年刚刚 22 岁），但他的人生经历、情感经历却是这个年龄无法限制的。他出生在河北隆尧农村，父亲早逝，高考落榜，失恋，当兵，做文化馆员，命运给予他的有欢乐也有磨难，然而他没有被这些所吞噬，相反，他在不停地消化这些，并使之变为一种营养，浸入自己健壮的默默成长的过程中。我读露群写故土的诗，写西北军旅生涯的诗，写生命的月亮、心灵的渴望的诗，就强烈地感到了他的诗的个性是从他年轻而又复杂的命运中提炼出来的。这样的诗是寂寞而又充实的。露群的诗是在记录着自己灵魂深处的语言，他的诗没有脱离现实生活和人生命运，没有矫揉造作，也没有什么其他的功利性的东西的掺入，他的诗是纯净自然真诚灼热的。

虽然，露群的诗还没有达到一个很高的美学层次，还不是非常的独到、老练，甚至会出现一些浅露之笔，但这是每位写作者都要经历的。我相信，经过一段艰难的磨炼与探索，凭着他对待生活和对待诗的真诚崇高的感情，凭着他对自己的选择的坚定信心，他会写出更深更饱满更耐人寻味的优秀诗篇来的，这无须我用更多的文字去预测。至于这本诗集，读者也自然会有比我更深入的理解和更深刻的评论。

　　写到这，我想到了露群让我作序的另一半原因，应该是，我也很喜欢读他的诗。


　　　　　　　　　　　　　1992 年 6 月 22 日深夜于介夫村

# 在每一个季节里寻觅

## ——序诗集《岁月之旅》

此刻，我正在寒冷的北方读一位南方诗人温暖的诗。

至今，我未曾与柯博元谋面，只是在书信中有过几年的来往。可工作繁忙，始终也没能细细地谈过诗。前几天他寄来了诗集《岁月之旅》的原稿，嘱我为其写一篇序言，这使我有了集中阅读他的诗的机会，并加深了对他的作品的了解。

柯博元今年 42 岁了，从他的来信中我知道，他有过多年的教学生涯，后来又当过工人、新闻秘书等。生活给予他的并不都是快乐，他也有许多创痛，但他不愿意把这些告诉别人。我读他的诗的时候，就感觉到了他在用一种充满灵秀气的朴素的语言，掩饰着岁月在他内心留下的伤痕。他不愿意给人们带来忧伤，他始终在用积极向上的诗篇鼓舞他的读者去热爱生活。他主动地去消化生活，而不是被动地被生活所吞噬。

读柯博元的诗，很容易进入。我们可以看到，他在用看上去极为单纯平易的语言，描绘着生活中的每一个画面。也许，这是为了更直接地显露他自己的精神世界，但我们不要简单地把这些理解为一般属性的"诗情画意"。当你自觉地卷入了柯博元的境界之中的时候，你便相信了纯真的诗的力量。当诗中的那些城市、乡村、海滩向你走来的时候，当诗中的那些筑路工、乡民、教师、司机、交警们向你走来的时候，你就会感到生活的暖流是那么真实。

柯博元对生活有一种冲动而又细腻的体会，这种体会往往给人一种"近距离"的感觉，它不是那种"强刺激"的东西。这在他《哦，南海石油城》《街上，摆着一个水果摊》《街道上，一辆婴儿车走过》等诗作中表现得尤为淋漓。在这类诗中，读者可以感受到生活的每一个角落仿佛都在伸展着艺术的诱人的须蔓，这些须蔓又仿佛随时都能触碰得你不得不动情。虽然，柯博元并没有把它们写得多么壮美，多么炫目，但这丝毫不影响我们透过语言内部的运动而对诗之境界的形成所产生的意义的理解。与此同时，读者还可以在柯博元的诗中找到音乐、美术、书法等艺术的综合效果。如《春季已经来临》《翻动日历》《一种意境》等诗作，音乐的节奏，美术的画面，书法的章法均可见之。我知道柯博元对书法艺术是颇有研究的，也曾读过他的书法作品，那些气韵贯通、迎让有致的墨迹，给人留下的印象是深刻的。现在把他的诗与书法的气度及素质合一而看就不能不叫人叹服了。可见一个诗人的完成绝不是仅仅靠读几本文学书籍看几册诗歌杂志所能实现的，诗人是一个艺术的综合体。

细心的读者还能留意到，柯博元有许多写季节的诗作，他在春夏秋冬各个季节中寻找灵感，调动诗情。对于他来说，仿佛每一个季节都有写不完的诗。他不断地在每一个季节里挖掘新鲜的亮色，且不枯燥，不乏味地写下去，这是不容易的。他

的诗笔之所以能流动出那么美好的季节，这与他对生活对自然
对生命的深入理解和认识是分不开的。可以看出，他平素一直
是在用诗的眼光观察世界，用诗的思维解析生活的。诗人的心
灵深处潜藏着许多美好的东西，它们织就了诗人生命内里的另
一种季节，这就是诗的季节、艺术的季节，这个季节永不萧条，
总是生机勃勃，诗才能如喷泉不停地涌动。柯博元在每一个季
节里寻觅，他找到了什么？仅仅是几首诗吗？我想，还有更多
的东西是无法用诗来表述的。那么，辑在这本集子里的诗还不
能说是诗人的全部精神家产，在未来的日子里，诗人还会给我
们带来什么呢？生活不可能仅仅是一种艺术的摹本，对于创作
者来说，它应该是一种不可抛却的原动力，催发作者的思维不
断地向纵深发展。只要真挚地对待生活，生活就绝不会使你两
手空空。我想，柯博元在这方面是一定有很深的体会的。

　　当然，每一位诗人都有自己的创作坐标系，柯博元自然也
有他自己的路数。我们不能强求他去"属于"哪一流派，哪一风
格，柯博元就是柯博元。尽管他的诗还是参差不齐的，尽管在
他诗的试验场里还有一些不尽人意的作品，但他真诚的艺术行
为足可以打动更多的人了。

　　如果柯博元在他今后的创作生涯里更能注意一下选材的范
围，把视野如扇面地打开去，那么，他的路会更加宽阔。从语
言上来看，他的诗还缺一些"分裂性"的语言，过于精致或迷于
所有诗作的"纯真"，也就缺少了"陌生感"，会使读者感到欣
赏疲惫。变化，是艺术的生命，这一点，我想柯博元会在今后
做得更好。一个人的生命岁月的旅途是有终点的，而一个诗人

的艺术岁月之旅是永远没有终极的，这就注定柯博元要终生探索、追求下去。

面对柯博元的诗，一切导读都会显得没有意义。那么，请读者自己打开这本集子，翻下去，你会找到你心爱的东西。

1993 年 1 月 7 日夜

# 序诗集《火蛇·故园和歌》

在我读这些诗的时候，眼前总是晃动着一个年轻军人的形象，虽然他离开了军营，却仍然无法磨灭我对他的第一印象。

1980年底，我在华北石油报副刊做文学编辑的时候，编发过张爱东从老山前线寄来的诗。此后，爱东常有诗或信寄来。他在信中谈到战斗生活，谈到他的战友，谈到他们在战地创办的油印诗歌小报……后来他复员回到了家乡任丘，我们有了经常见面的机会。虽然他脱去了军装，但仍然是一派硬朗、内向、善于思索的新一代军人的形象。

上个月底，张爱东把他整理出来的诗稿给我送来，说是要出一本集子，并嘱我为这本集子写个序言，我答应了他。恰好出差，我便带上了他的原稿，在旅途中读完了这些诗。

现在，我坐在栖霞山下南京炼油厂宾馆的房间里。日光台灯吱吱地发出奇妙的叫声，不知怎么，它使我联想起爱东的《舞蹈的火蛇》，眼前便翻腾起了悲壮的战场，便跃出了一群群年轻的士兵。

我对军旅诗了解得不多，战场好像离我也很遥远，可当我读爱东这本集子第一辑中写兵的诗的时候，总觉得自己就在战地，就是一个兵，自己就忧愁、思念且奋勇地冲杀在血光里。踏上那一方红色国土的不就是我们自己吗？喜欢吃辣子的那个士兵不就是我们自己吗？蹲在猫耳洞里思念妻子的那个军人不就是我们自己吗？被一个异国女兵枪杀的那个战士不就是我们自己吗？连长是我们自己，通讯员是我们自己，神枪手是我们自己，牺牲了的是我们自己，活着的胜利归来的是我们自己，为着和平，为着祖国，为着人民，我们献出了自己，我们完成了自己。这样，我们读爱东的诗就非常投入了。

接着，我们也就能够很容易地进入爱东的第二辑和第三辑的诗中了。《含笑的故园》和《无奈的青春》仍然未失军人风度和气色，细心的读者可以看到作者柔细之中潜藏的刚健，这不是一般状态下的抒情。一个经历过战争的人，对人生对爱的感悟，对家园对亲人的理解，是单纯而又复杂的，单纯得可以只剩下一个字，那就是"爱"，复杂得却是千言万语也无法说得清楚。

爱东的诗的语言有时粗犷豪壮，有时细腻可感，有时闪耀幽默，有时自然随意，不定格，自由地写，形式上也是经常变换，真可以说是"打一枪换一个地方"。然而，正是如此，爱东的才情和心绪才能得以从多个角度散发出来。我读《前方五米处》的时候，想到了战争的残酷，想到了人类的和平，想了很久，想了很多。读《红高粱，我纵横阡陌的母亲》时，目光和思绪曾长时间地停留在"铺天盖地满眼热望的红高粱 / 满目苍茫的母亲"这两句诗上，读者可以看到，这当然不是在写农作物，可也不仅仅是在写母亲。而读《不老的故事》时，我却被爷爷用"一把镰刀顶着草帽 / 便把那条黑狗汉奸的胸脯 / 开了个百货齐全的小卖部"这样的故事抓住了，这仅仅是一种语言幽默吗？

张爱东在寻找自己的视点，但他找到的不是空虚、绝望，也不仅仅是一种心境。他身披硝烟在我们中间行走，他找到的是站立在山上遥望远处真实博大的天边，这是一个宽大的思维空间，诗人的历史和命运的历程都在其中。他长久而真诚地渴望着安宁，可他的心中却永无宁日，这与作者个人以及我们民族的命运和历史无法分开。从这一点来看，爱东的诗是成功的。当然，他毕竟还刚刚开始，诗艺上还有许多不成熟之处。我知道他正在不断地修炼自己，一步一个脚印地默默前行。他不是那种事倍功半的人，他会获得丰硕的成果的。

我最早是想给爱东的诗集写一个一句话的序言，可我还是在栖霞山平静的夜幕里读过爱东的诗之后激动了很长时间，还是写了这些我想对爱东也是对读者要说的话。那么，就把我原想的那一句话作为这篇序文的结尾吧——请读者通过这本诗集认识张爱东。

1993 年 3 月 11 日深夜于南京炼油厂宾馆

# 在自己的心路中完成自己

## ——序谷地诗集《内心》

我与我的朋友谷地（杨利民）、程玮东曾同在一个科室工作，三个人共同支撑着一个小小的文联办公室和一本刊物的编辑部。大家在一起或把酒论文，海阔天空，或埋头工作，兢兢业业。我虽是他们的"头儿"，却总也摆不出架子，常常是将身子横在一个小小的双人沙发椅上，忍着颈椎骨质增生带来的疼痛，大侃一气。文学，尤其是诗，是我们共同的佳肴，也是我们相互理解、亲如兄弟的缘分。那段珍贵的时光对于我们来说是难以忘怀的。

玮东博览群书，我便常与他谈读书心得。而谷地则长于写诗，勤于创作，我便更多地与他谈诗，特别是谈他的作品，虽然很零散，但几年里的言论，如果写成一本书也足够了。

我私下里曾和玮东说过，谷地的性格是不太适合写诗的。他老练的平静和成熟的质朴，仿佛不需要抒情，不需要宣泄，也许他更适于去从事行政管理工作。然而，我这是按照我理想中的抒情诗人形象去要求的，并不正确。世界上有各种性格各种特色的诗人，为什么谷地就不能是其中之一呢？

　　谷地其人的确是谦和憨实的，有如一片秋天的河滩，这是他童年时代的那个小小乡村给予他的教养的结果。故乡育成了他的品行，这种品行也就很自然地又常常表现在他的诗中。当我读他的诗，特别是这一次集中地读他的诗，我才感到，我以前对他的认识是那么偏狭，那么武断。谷地宁静的河滩，是由一个个饱经磨砺的卵石一捧捧幸福与痛苦搅拌在一起的泥沙组成的。在这些卵石与泥沙之下，藏着感情的炀炀地火，虽然没有那种很强烈、很壮观的喷发，却也没有停止过奔突、涌动和窜越。正如他在《内心》一诗中对自己的描写："我的内心 ／ 是一片骚动不安的海滩"。

　　尽管谷地所经受的人生磨难还不是太多，但他能够从人类的生存经验中找到诗的精神脐带，这是难能可贵的，这便是他的灵智。他对事物细腻的描写和对情感的缓缓泄露，是那样的淳朴率真。没有"外包装"，难以被命运锈蚀的心灵，常常闪动在那些看上去平淡无奇的诗句之中。我对这样的诗很偏爱，我觉得，这样的诗，也许更接近本质。多少年来，在我们这块土地上，生长了那么多真诚的诗之大树，同时也飘着太多的虚伪的迷雾。诗人，实在是应该从从容容地信笔由心，在自己的心路中完成自己。

　　这也是一种责任感。

　　我读谷地的诗，常常被他带入一个又一个状态之中，我被打动着。但同时也感到谷地语言的散射力还不是那么强，很多诗是可以写得更凝重些的，还有他那些习惯使用的排比句式……我们在使用一种语言，但同时也会常常困惑在一种语言之中。汉语言是很适于有创意的诗人使用的，可我们有时很对不起它，没有驾驭好它，那往往是因为我们太局限于它了。语言的背后站立着什么？为什么不去接近？

我与谷地已有近十年的友情了，其间谈诗的机会自然是很多的。现在，他的诗集要与读者见面了，我反而没有什么可说的了。写下这些话，也只能算是这部诗集短短的引文罢了。

1993 年 4 月 25 日

## 抵达情感的秘界
### ——序《安顺国诗歌选》

我最早接触安顺国的诗还是在 20 世纪 80 年代初，他有一首短诗写道："春天在我的指缝间流过。"读过之后，我曾连连叫好。

十几年过去了，顺国创作了大量以石油为题材的诗作，并结集于《塑盔里的月亮》。这些作势如风樯阵马激荡向前的"石油诗"，着实使顺国在"石油诗界"红火了一阵子。但他很冷静，他并没有沉湎于一个时期内一个方面的创作收获。他不断地粉碎自己，又不断地重新组合自己，所以才能够不断地有新作面世。同时，丰富的诗歌创作内容，也很好地显示了他的文学才能。他在诗的旅途上，步伐越走越坚定，人也越来越成熟。

如今，我在读过顺国的这部书稿之后，对他又有了新的认识。我看到了"生命体验"和"语言意识"这两个现代诗流行的口号对于顺国的强烈诱惑，但又看到顺国不是某一口号某一现代诗流派的追随者，他是一个靠自身的灵智生存的诗人，是一个自言自语的诗人。我想，在"生命体验"和"语言意识"之下，顺国一定有过很多的困惑，因为这与他最初的表现方式大有差异，他无疑是要重建一个自己，这当中的艰难是可想而知的。可他到底还是走过来了，在新诗的探索之路上，他找到了自己的触点，虽然还不是很坚实的立脚点，但毕竟是有了一块可以去用力开掘的真实的土地。

"吸吮我的血液／吸吮我整天整夜地劳作／我不知道，这些无奈的日子／当我从生活中捕获了生存的经验／之后，为什么／还会在向前的时候常常迷路"（《这些日子》）。这些诗句使我想起去年冬天顺国借居朋友一间小屋时的情形，在那里，他床上床下都散乱地放着书籍，一个人围着被子坐在床上，在很暗的光照中写着诗。我知道，他在生活中遇到了难题，生活给予他的不再都是愉悦。他真的"迷路"了吗？不，诗正带着他走了出来，虽然"这个世界最多的是路／这个世界谬误最多的是路／这个世界天天变化的也是路"（《路》）。

面对顺国的诗，就会常常被他发自于心灵的语言所吸引，他营造了一个属于他自身又属于他的读者的情感世界。因此，他的诗不是那种纯属个人资料式的东西。思想与形象的融合，繁复精丽的语言，真实可感的抒情氛围，加之充满朦胧色泽的丰富意象，使他像一个吉他手似的，用新的指法拨动灵魂深处的琴弦，弹奏出了新鲜的琴音。你听："夜灯下，我读一个丰腴的冬"（《无题之六》），"让我饱受温暖和抚慰／面对这些零碎的记忆"（《无题之一》），"我无法向你说明为什么／风霜之后／我们不需要经历多少沧桑"（《爱之一种》）。诗句具有情感上的冲击力。这个时候，谁读了进去，谁被他诗的汁液浸润了，谁就将陷入他灵魂的深渊。

虽然，顺国的语言有时似进入了一种幻觉之中，甚至出现类于幻语色彩的诗作，如《有声音轻轻唤我》。但他还是能够把握住自己的，从整体上看，他是稳健的，不是那么极端的。这样，就容易寻找到更多的共鸣者。顺国的诗语调平和，委曲婉约，如一支蜡烛缓缓地融解着一块冰，寂静温和的表面，掩饰了他内心多向度激荡的波澜，这并不是一种克制，这是一种智慧。

这位情感型的诗人，他心灵深处的画面以及潜藏的情绪，当是读者应努力抵达的不仅仅只属于安顺国的情感的秘界。这个时候，读者也许才会看到诗人真正的表情，仿佛在抒情的旷野里，看到了一株普通而又独特、躲避而又亲近的小草，使人感到亲切、自然，仿佛有许多话要交谈。这无疑是顺国诗作的魅力所在。

我们还不能强求顺国必得去写大气中流的诗作，虽然他曾写过。但我们相信，在他未来的笔端流出一条磅礴的江河来，也不是不可能的。所以，他的沉思还须更深入，他的想象还须更高远，他的视野还须更开阔，他还须雄心勃勃地在诗之路上走下去。

我相信顺国不会辜负他自己以及他的读者。

1994 年 10 月 31 日

# 进入一个自由的抒情境界

## ——序十品诗集《纯粹如雨》

我至今未曾与十品见面，只是从他经常打来的电话和寄来的诗作中对他有些了解。还是 1994 年 5 月间，他寄来了诗集《热爱生命》（山东文艺出版社出版）之后，我才对他的诗有了一次较为集中的阅读。上个月，他又寄来了《纯粹如雨》的书稿并嘱我写一序文，能有机会再次集中阅读他的诗作，心情自然是十分欣喜的。

十品是一个进行过多种诗歌写作实验的青年诗人，只要读过他的长诗《星座》《娉婷》和诗集《热爱生命》的读者，都会有这样的认同。而这本《纯粹如雨》，集中了十品诗歌作品中最具特色的抒情部分。

事实上，十品已经进入了一个自由的抒情境界，我所说的"自由抒情"，就是那种没有羁绊，不受任何指导，而具有更大随意性的自我操作。这样的诗作，要求诗人不仅要有娴熟的艺术技巧，更要求诗人自身感觉的灵动。当然，我在这里所说的"自由抒情"和"随意性的自我操作"，并不是说十品在诗歌写作中的语言失控或激情无制。他还是十分精细的，而这种精细不像有些诗人那样故意为之。十品的精细已在他的诗歌操作过程中筛洗了一遍，看不出什么刀斧痕迹。因此，细心的读者才会看到诗人的精细是隐含在一种怎样的自由状态之中。

90年代的中国诗歌，不再是集团性的所谓流派显示，诗人们不再为某个流派、旗号或主义去写作，越来越多的诗人在走向"独立"，走向真实的自己。作为一个成熟的诗人，是应该有这样的姿态的。诗歌，在这个时代和时代人的心中提炼，无论如何，都要有一种高度，而这种高度的提升，"是通过悟性流出来一片心灵的坦荡"（《诗歌》）。我不知道十品写下这行诗句的时候，是否想到了，一个诗人对自己心灵的描述和坦白，实际上是一种顿悟之后的自我精神拯救，这是需要勇气的。否则，就会出现一些诗人笔下的伪心灵、伪感情……

十品很勤奋，说他勤奋，不仅仅是因为他写作并发表了大量的诗歌作品，还因为他勤于思考。也许读者会在读过这本《纯粹如雨》之后感到，他几乎无时无刻不在用诗的眼光打量这个世界，并爆发出诗的激情。许多长久不用的或用得太长久的词语，在他的笔下生出了诗意；许多人惯熟的场景，在他的笔下生出了新的意向，看一幅画，听一段音乐，一个动物或植物，一种色彩，一件物品，都会引发他许多诗思。在这里，十品能一下子恰到好处地抓到这些事物中所存在的最具诗的本质的东西，这种能力是每一个诗人都应该具有的。这使我想起了画家格里高莱斯库的一段语录："你一下子就抓住的东西，这才是你的真正的东西。"这个"一下子"很重要，没有这个"一下子"，那些感觉，那些诗意的东西，就会在瞬时从你的面前走失。所以，诗人应该是一个捕捉能力极强的猎手。正如法国画家米勒所言："善于抓住你看到的素材，这意味着能表达最主要最本质的东西。"

阅读过十品《热爱生命》那本诗集的读者，再读这本《纯粹如雨》，就会看到诗人创作路程中走过的一个个坚实的脚印，也可以看到诗人在艺术上阶段性的变化和不停顿的追求。举一个例子，在《热爱生命》中，诗人还是相当注重诗歌建筑形式的，甚至对每一句式的排列都做出了精巧的安排，如《想你的时候》《为了母亲》《古贝》等。这种外在建造形式是能够给读者带来美感的。而在《纯粹如雨》中，诗人更注重诗的内在结构了，甚至无视形式。有的诗连空行都不使用（也许这也是一种形式）。这种安排，给读者带来的就不仅仅是美感了，它还有一种力量，是诗歌内部的需要。还有，诗人保持并延续了《热爱生命》中优秀的语态，如前一本诗集中的《吴钩》是这样的："吴钩呀／你是一弯清嫩的月牙／你的牙齿常常咬痛我的中国心"。这一本诗集中同一题材的《淮阴》是："淮阴，你腹中的大湖／是我最好的酒，是我从日升日落的／陶醉里，看你脱去一件件衣裳／让肌肉隆起血一般的性格／成为苏北哭瞎又复明的眼睛"。在这里，我们看到了思想和形式在同一艺术思考中的拥抱，突出了诗的特质。

也许，读过《热爱生命》的人会说，十品是一个很温和的诗人，就像洪泽湖月夜中的水，"在心里悄悄地流淌……"可你读过《纯粹如雨》之后，除去那仍然存在的温和的一部分，还有一个重要的部分，就是苍硬、深入、悲壮。我在这里要提到的有《刀

口》《绝唱》《青铜》《淮阴》《自由》《背影》（还能举出很多）等等。在这些诗中，我们看到了尘世中的沙粒打磨出的泪痕，看到了人生命运中永不倾倒的东西和那"不可腐蚀的精神"（《青铜》）。我认为，这样的诗作，对于作者和读者都是十分重要的，它们的分量很重，在十品的诗里是不可动的砝码。

话再说回来，当十品在他"自由抒情"的写作时期里驰骋的时候，也正是他进入"独立"诗人的最佳状态。我相信，十品在今后的日子里，会把他的诗写得更加从容、有力度。当然，他无疑还会不断地蜕变，但绝不是为了蜕变成一个与十品无关的什么，而是要蜕变出一个更新鲜更富有创造力更有血色的十品来。

在我为十品的《纯粹如雨》写这篇短文的时候，收到了《作家》主编宗仁发先生寄来的《中国诗歌》丛书第一辑，书的封底印有著名诗人牛汉先生的一段题词，让我把这段题词引来，作为本文的结尾，并以此与十品共勉——

"对诗来讲，一千年前的诗有的到现在仍觉得清新，而当今新出现的诗，有不少一诞生已苍老不堪。诗的新与旧，在我看，主要体现在审美意境与诗人的情操，以及对人生的感悟之中。最后，在这里呼吁一声，希望中国的诗人不断地开创新的境界，不惜流汗流血。"

让我们把最清新的诗奉献给这个世界吧！

1996 年 11 月 3 日于冀中寓所

# 情感世界的陈酿

## ——序诗集《撕开爱的天空》

　　结识高玉民兄，还是我在《诗刊》工作的时候。1998年夏季，故乡延边的朋友金吉男来京，他希望我能结识一位在北京工作的老乡，并反复地说，这位朋友可是一个大好人。那天，高玉民和金吉男来到了诗刊社，一见面，大家就感觉有许多话题要谈。都是在外漂泊的人，碰到一起，总有说不完的话。印象中，玉民兄对家乡的眷恋之情是难以割舍的。他甚至能说出家乡的一棵树长在什么位置，一条街道是什么样的……

　　然而，最打动我的，是玉民的坎坷经历。他自幼家境贫寒，靠助学金读完了初中，16岁回乡务农，18岁时父亲去世母亲改嫁，一个六口之家的生活重担一下子就压在了他年轻的肩上。真不敢想象，他是怎样度过那段艰难的日子的。到了20岁，他又上了大学，又是靠奖学金完成全部学业，毕业时以优秀的成绩留校任教。之后是结婚，婚后是长达7年的两地分居。进入中年，曾一年内连遭三次大手术。生活就是这样，给他出了一个又一个的难题，可他没有被压倒，他的肩膀是含有钢铁素质的肩膀，他的骨骼是凝聚着不屈精神的骨骼，他坚强地、一步一个脚印地、扎扎实实地向前走着。这期间,他抱病深造,先后获得了硕士、博士学位。他的奋斗历程,是一段让人敬佩的人生过程。

那以后,我和玉民的来往渐渐多了起来。有一天,玉民把一大摞诗稿摆在了我的面前,我真没有想到,他竟然写过诗,而且写了那么多,更没有想到这些诗从未被拿出去发表。这一份诗稿实在太沉重了!这是他30年情感世界的真实袒露,是他用自己漫长的坎坷生活和不泯的爱心奉献出来的陈酿。可以说,这是一本厚厚的诗歌日记,它所记载的,是一个人30年的情爱累积,是一个人真诚的自我道白,是一个人无法更改对真善美的痴痴追求。在他的诗中,无论是写小学、中学时期的纯朴天真,还是写大学时段的盈盈情怀;无论是记载与爱人山水相隔的真切思念,还是描述进入中年的涓涓心态;无论是歌哭贤淑的东方女性,还是唱赞祖国的大好山河,都体现了一个真字,这个真,恰恰是玉民诗歌的灵魂支柱。

翻阅这些诗,我能想象出,在那些年月里,是什么伴随着玉民。诗歌,这种独特的文体,它可以是一个诗人倾诉衷肠的载体,可以是一个给你带来技巧制作的愉悦的文种。但它更重要的是,可以成为生命的一部分。

玉民的每首诗,都隐含着一个故事,虽然这些诗是抒情的,不是叙事的。但这些诗的形成,最初的那份情愫和生命体验及其悸动,最初的节律,是来自叙事过程的。玉民原本是不想发表那些诗的,他是在纯粹地为自己的心灵写作。他持守着生活的冷寂,也经受着漫漫诗路上的寂寞。但诗歌毕竟是与他相依为命的，没有诗歌，他灼热的内心就无法宣泄。所以我想，人们还不能要求高玉民像那些经常面对公众的诗人那样去写作。如果那样，他还需要一段时间的自我超越。

这是一个心里装着一团火的诗人，他由内向外燃烧着，他的火苗穿越尘埃，跳荡着无羁无绊的自由色彩，让人感到他那颗心正在向你贴近，你将被他强烈的火焰熔铸。既然我们在这个世界走过，就不能不对这个世界动情。这一份爱，应该是博大的，是任何东西都无法磨灭的。这些，玉民是用他饱含风雨的人生经历所实践的，来之不易。也许，玉民的诗还不是当下的一些诗人们所极力张扬的那种话语方式，也不是奶油小生们那种嗲声嗲气的矫情。它内里的伤痛和愉悦，有时是一棵树被砍断之后从年轮里流出的血；有时是从年轮的边缘长出的令人惊羡的绿色的枝丫。无论如何，他记下了真实的自己。

这些诗，是玉民个人的藏品。今天，他把自己珍爱的东西拿出来，献给自己相信着的人们，这也是需要勇气的。亲爱的读者，当你把这部诗集读完的时候，我相信你会由衷地说，谢谢高玉民！谢谢诗歌！

1999 年 7 月 25 日写于边城延吉

## 蚯蚓兄弟：在别人的城市里打洞

### ——序罗德远诗集《在岁月的风中行走》

　　2002 年 1 月，在北国冰城哈尔滨，我和《诗林》主编范震飚先生谈起广东几位"打工诗人"的诗歌，老范对这些诗人也很有兴趣，他委托我为《诗林》组织一辑"打工诗人"的诗。回到长春后，我就和许强、张守刚等人联系。不久，一批"打工诗人"的作品就寄了过来。也就是在这批作品里，我读到了在广东打工的四川籍青年诗人罗德远的诗。从此，为了探讨诗歌创作，这位年轻的诗人不断有书信、电子邮件和电话过来，他对诗的那种真诚态度和不倦的努力让我十分感动。事实上，我在《诗刊》工作的时候，就已经接触了有关打工的诗歌作品。在 1998 年 4 月号《诗刊》的刊中刊《中国新诗选刊》上，我编发过广东东莞大岭山镇四川籍青年诗人庞清明的《打工风景线》，后来我调到东北朝鲜民族教育出版社工作时，还为庞清明编辑过一本诗集《时辰与花园》。但那时我对"打工诗人"的诗还没有一个完整清晰的认识，直到后来许强、守刚和德远他们陆续寄来《打工诗人》那张民间诗报，我才感觉到这是一个与其他诗人有着不同生活方式的诗人群体，我才感觉到他们饱含劳动汗水和辛酸泪水且充满智慧的诗歌作品是不应当被忽视的。一段时间以来，我和他们当中的许多人有过书信来往，因此可以举出一大串可爱的"打工诗人"的名字。他们热情，对生活对理想充满信心，有艺术追求和人生探索精神，他们谦虚不躁，尊重自己也尊重别人，他们重情谊讲义气，可以成为长久的朋友。我虽然没有与他们谋面，但我能想象出他们纯朴的形象。

几天前，罗德远发来电子邮件，说要出版他的第一本个人诗集，希望我能为他这本诗集写一篇序言。我很痛快地答应了，但是很快也就后悔了。为什么呢？德远的诗我还没有长期仔细地研究过，他的经历与我这个年龄段的人有着明显的不同，我担心自己不能十分透彻地理解他。但是，当我集中地阅读了德远的诗作之后，我知道，我是应该应允他的。

"把岁月的花 开在别人的城市"，这是德远《打工生涯》中的诗句。我也曾经远离故乡在外漂泊多年，那种没有根的飘忽之感曾经多年跟随着我。因此，我能理解德远这句诗中的无奈。在一个你付出力量付出智慧和汗水的城市，你却不能以主人的身份出现，你和它没有血缘关系，你只不过是个在这里居住和奉献的过客，你岁月的花，怎么不是开在别人的城市里呢？这是打工者的心里话，真实，不是夸张了的虚拟的诗歌情境。罗德远20岁时在四川老家当过村团支书，继而担任过"管辖"两千多人的村副主任，还是泸州市作家协会的一名农民会员，当他放弃一切来到远离故土的一个完全陌生的城市广东惠州后，当仓管、财会、流水线上的拉长，任企业报编辑等，他付出体力与智慧，默默地劳动和奉献着，没有人知道他是一个作家、诗人。他就像一个现代隐居者，只有在别人不注意的时候，在"别人的城市"里，悄悄地展开自己诗歌的翅膀。这时候，他所忍受的恐怕还不仅仅是乡愁的折磨和生存的压力。他的心灵内部，更多的是对人生对命运的深度思考。作为一个诗人，他不能只是对个体的生存负责，更多的是，他要在自己艰难的经历中提取出有感染力的生命要素和艺术品质，然后以诗歌的名义给予所有热爱生命的人们。因此，他的诗歌就不能仅仅是一己心情的表达，甚至也不能仅仅是一个打工群体的简单的情绪呈现。他所不能回避而必须思考和撞击的是人的真实可感的心灵——从自己开始，直至所有鲜活的人。"颠沛岁月　我该用哪一座雪山 /丈量灵魂的高度"（《流浪青藏高原》）。德远在他年轻而又复杂的经历中，找到了做人的标尺，也找到了写诗的标尺。可以说，他没有把所有的磨砺化作泪水去痛苦一生，他是顽强坚忍的，他把苦难打磨成诗歌的精髓，用"生命的热血 / 点燃了一盏寻路的灯"（《流萤》）。

　　我注意到这样一个现象，德远的诗，涉及的人物很多，而这些人物没有一个是大人物，都是与诗人同呼吸共命运的身边人物：父亲、母亲、恋人、老乡、纤夫、弹花匠、村姑、老渡工、打工姐姐、打工妹……甚至还有更具体的阿莲、阿红、九妹等。一个诗人在真实的人群中，不能居高临下，他必须把自己塑造成与大家拥有同样情怀的普通人；但他又必须从这些人群中站出来，成为先知者，成为最富感觉者，成为有想象力有创造力有魅惑力的表达者。这里有一个做人的度，也有一个艺术的度。这于一个具有平民意识的诗人来说，这个度，恐怕要去把握一辈子。这几年，我注意到，不断涌现出一些口口声声喊叫着平民意识的诗人，可是当你仔细阅读他们作品的时候，却"嗅出"了许多象牙塔里知识分子的气味、书斋里的气味，那种"平民意识"让人感到虚假，让人产生怀疑。而罗德远，他来自"一线"，来自底层，他的关注点，他的情感来源，他的生活积淀，他诗歌中的各种人物，他诗歌中的境界和审美追求，甚至他常用的一些关键词，都会让你感到亲近、可靠（这个"可靠"尤为重要），而不是有的人那样"虚晃一枪"。

我认为，这位青年诗人罗德远，他可以写好任何一种题材的诗歌作品，但我敢肯定，至少在一个相当长的时期，他无法割舍的仍是乡情。在这方面，他是一个细腻的歌手。我读他的《蚯蚓兄弟》时，体会得最为深刻——

家乡好比一个瘦女人

让人失去想象

唯有你　蚯蚓兄弟

腰酸背痛地跋涉　在我的梦中打洞

我写诗的手指因此疼痛不止


你不会流泪吧　蚯蚓兄弟

为乡音飘渺　为命运多舛

透过土壤深处　我分明看到

你没有了脚　便试着匍匐前行

失去了手　干脆用头颅去耕耘！

"蚯蚓兄弟／腰酸背痛地跋涉／在我的梦中打洞"。这是只有真正把家乡当作自己生命之根的人才能写出来的句子，也只有真正从泥土里走出来的人，才能如此细腻地把乡愁写到这个份儿上。看上去诗句"土气"了些，不那么"知识分子"，而唯有这"土气"才是作者独特的、无法被别人偷袭的扎实的东西。我想，德远应该好好梳理一下自己，是不是考虑沿着这条细腻质朴并具有原始动力的审美路线走下去，写出更有深度和艺术价值的诗作来——就像那腰酸背痛地跋涉着的蚯蚓兄弟，在"别人的城市"里，在更多的梦中，打出更令人惊奇的美好的洞。

我18岁离开家乡到农村当知青，从此开始了自己的漂泊，从东北到华北，生活中有过许许多多的磨难，有时候甚至是生命中所遇到的灾难，但是我没有抛开诗歌，诗歌一直与我相依为命。我感觉到德远也是这样的一种生命状态，他在艰难的谋生途中写作出版了散文集《漂泊红颜》，并以一名打工者的身份加入了四川省作家协会，可见他对文学有着罕见的痴情。是的，罗德远的人生道路还很长，诗歌创作的道路也还很长，在未来的漫长路途中，肯定还会遇到这样那样的难题，可我相信他一定会持久地在文学的长长旅程中不断探索下去的。据罗德远说，饱受苦难的他曾经对生活绝望过，是文学改变了他的人生和对人生的看法——很难想象，离开了文学，离开了诗，会是一个怎样的罗德远呢？这些，我从他的诗中，从他每次的来信中，从一切他与诗歌相关的信息中都能看得出来。在德远又一部新著出版之际，我零乱地写下这些文字，表示我对一位青年诗人诚挚的关心和祝福。最后，我还要补充一句与德远共勉：做坚强而真诚的人，写朴素而有魅力的诗！

2003 年 5 月 3 日夜于长春寓所

# 他的内心燃烧着炽烈的火焰
## ——序王如诗集《红色的松》

　　我和王如是多年的朋友，王如对朋友一片热心，我每次去大庆，他都要陪我这走走那看看，还要召集更多的朋友一起喝酒、聊天，让人感到非常快乐。前不久我又一次去大庆，返程时，他与壮国、宫柯兄一直把我送到肇源，当我们乘坐的渡船离开江岸很远的时候，我看到王如仍在岸边挥动着手臂，像一个坚定的航标。我和王如又是多年的诗友，王如对诗一直孜孜以求，他不断地有新作发表，让人感到了他的勤奋。他早期出版的诗集一直随我四处颠簸，每次翻看，仍然是那样的亲切。

　　上个月，王如把他即将出版的诗集原稿发到了我的电子邮箱，并嘱我为他这部诗集写个序，可是这一段时间实在太忙，总也抽不出空坐下来认真地读他的诗。我把他的诗集打印出来，放在案头有一段时间了，直到今天才开始阅读。王如这部诗集中的诗，一些在报刊上发表的时候我就读过了，没发表的也听他谈过一些，也就是说，还是有个整体印象的。

　　文如其人。王如不是那种激昂的人，在朋友当中，他总是微笑着寡言少语，他的热情很少溢于表面，而他内心却燃烧着炽烈的火焰;他的诗就像他的为人,从不张扬,只要你读进去了,就会找到你所要珍惜的东西。他写石油、写人物、写友情、写大地上的生命、写心灵中的悸动……直至写出了一个多愁善感的诗人形象。他在自己描述的对象中,一步步地完成了一个诗人的深度磨炼和人生与艺术的同步提升,他默默地进入了一个诗人的成熟期。从 20 世纪 80 年代初到今天,我看到,王如一直在诗歌的道路上探索着,行进着。这期间,一定会有许多诗以外的其他诱惑,但他始终没有放弃诗。在对诗的颖悟过程中,他找到了真正属于自己的精神空间。

王如的诗,没有追赶时髦,没有叫人摸不着头脑的东西。他的诗,刚柔相济,即便是写石油工业这样带有自然刚性的题材,他都做了"软化"处理,使诗不至于硬冷;而他写情感的诗,又常常添加一些刚性的东西,诗也就不全是绵软。作者生活工作在我国最大的油田——大庆油田,当然,他的诗就难免要常常粘些油星。大庆,多少作家、诗人都去过、都写过,去年,河南诗人蓝蓝寄我一本《苏金伞诗文集》,苏金伞是一位让人十分敬佩的已故老诗人。我在他的集子里读到了《缆绳》《女子采油队》《一丛淡红色的波斯菊》《大庆是石油的母亲》等和石油和大庆有关的诗。这之前,我根本不知道苏老在 1978 年曾与艾青等人随中国作家代表团参观过大庆,更不知道他曾写过那么多关于大庆的诗。苏老的这本诗文集中,有一篇《论诗"短见"》的文章,文章说:"诗,不需要像时装展览一样,用美观的款式和组合的颜色取胜,不以时髦取胜。诗的创新,在于随着时刻变化着的时代而产生新的感受。"他还说:"诗,当然植根于生活，源于生活，但不是照抄生活，不是再现生活，不是组装生活；而是在生活里浸染，在生活里溶解，在生活里酿造，把生活化为自己的肌肉，化为自己的神经，化为自己的思想，沉淀成自己的梦。"热爱生活是一个老话题，如果没有油田的火热生活，没有诗人灵敏的捕捉，没有切身的感受，王如的诗要从哪里来呢？"九叶"诗人陈敬容生前也说过"热爱生活——可以说是文学家、艺术家的精诚所在，也是保持创作激情的秘密所在。"这个"热爱生活"不是表面的，而是要把它"沉淀成自己的梦"的。王如正在这样努力着，他的诗正是在生活里浸染、溶解、酿造的结果。

我还注意到，20 世纪末以来，王如的诗中有了许多对于人类生存环境、对于生态与自然的关注：

当我们的热血和意志

生长成树根或者草根

把大堤上的泥土

紧紧抓在一起

然后抬起头来

看阳光从云缝中挤出笑容

心中终于弄懂了一道绿色的命题

——《洪水告诉我们》

也是在这首诗中，他写"每一棵草都有苦苦的追忆 / 追忆流失的泥土 / 追忆柔润的气息"，已经不是对一场洪水的简单认识了。他写一张白纸、写一条鱼，都有一定的生命深度。现如今，人类对自己生存所依赖的地球的认识已经有了巨大的改变，尽管动物权利和环境运动与自然资源保护主义者之间的分歧还很大，更专业更学术的事情要由专家们去努力，但作为一个与其他兄弟物种共同生活在一个地球上的人类中的诗人，他不能袖手旁观，他也必须发出自己真实的声音。基于这一点，我更喜欢王如的此类诗作，虽然还不是太多，但应该引起注意和珍视，甚至应当给予激赏。

近两年，王如还搞了一个"作家村文学网站"，团结了很多文学爱好者，这是一件很吃力的事情。在我看来，王如通过这个网站，结交了更多甚至更年轻的朋友与知音，这符合他交朋友和文学追求的一贯性格。而在创作上，诗人王如，他还必须从零开始，永远都在不懈的追求当中，他才是有生气和活力的诗人。

希腊诗人、1963 年诺贝尔文学奖获得者乔治·塞非里斯说过："今天我们需要听那种我们称之为诗歌的声音，那种由于缺乏爱而经常处于被消灭的危险之中但又往往复活了的声音。"王如，你能使这种声音更美好更动听吗？

2004 年 7 月 10 日于长春寓所

# 献给大地的哈达
## ——序焦洪学诗集《大雁飞向远方》

20 世纪 80 年代中期，我在《青年诗人》杂志上读到过一首题为《中国，创世纪的内流河》的诗，一首强劲、坚定又富有朝气的诗，这首诗给我留下了很深的印象，以至于多年以后的今天我仍能想起它来，同时也记住了它的作者——焦洪学。

这几年，我曾几次到松原市去参加文学活动，并结识了焦洪学，我们很快成为无所不谈的好朋友。洪学出生在前郭尔罗斯蒙古族自治县的王府镇，在省城长春市读完大学后又回到家乡工作，我想这是多年前他对家乡表达眷恋之情的一种方式，他脚踏实地、无怨无悔地在自己的家乡勤恳地工作着，用自己的工作成绩实现着内心对故乡那一份深深的情感。同时，洪学又在工作之余写下了大量无法与家乡割舍的诗作，这些飘溢着奶茶和湖光草色的诗，应该是他对家乡表达眷恋之情的又一种方式，我从他的诗中感到了，他是一个会把毕生力气都献给自己家乡的诗人。我和他交谈的时候，一聊起草原，聊起查干湖，聊起老百姓……他的眼睛就会闪烁着一种光，那目光朴实无华、实实在在、充满深情，叫人感动。

自 1980 年开始从事文学创作以来，洪学经历了各种各样的诱惑，从最初的强烈的表现自我和对现代人、现代意识的浅层理解，到以土地子孙的名义为苍茫草原歌哭和有意识的深度写作，他逐渐使自己成为一个成熟的诗人，成为一个避开了帮伙门派的独立的诗人，当然这会是相当寂寞孤独的，但一个诗人只有经历了这样的磨砺，才有可能坚毅并锲而不舍。

在洪学的笔下，有悠远漫长的历史和传说，有五彩缤纷的生活和向往，有所思所想的弥漫和期待。而所有这些都与两个关键词语分不开，那就是故乡，就是土地。

一个心怀故乡的诗人，一个崇拜土地的诗人，他与生他养他的土地的契合，是任何力量都无法剥离的。因为故乡、土地是生命的根，是诗的源泉。

于是，苍狼与白鹿的故事让我们重新仰望太阳般的父亲和月亮般的母亲，在黄骠马的蹄音里和海青鸟的翅膀下再度感觉一个部族弓弦上的力量，在萨日朗的花期和百灵鸟的歌声中倾听马头琴的诉说。

于是，燕子在游船上筑巢，牧草靠近了门窗，在赛马、摔跤、喝酒的过程里找到草原春天的魂，在勒勒车和游牧的帐篷里感受一个民族的坚定。

于是，银碗、金杯、哈达，原野、大雁、神树（让人惊奇的是，洪学把一棵树描绘成了屹立着的战神），都在抒情，都在显现土地无限的生机和博大的胸怀。

洪学是个有心人，通过自己对草原历史和当下景象的深入思考和细致观察，挖掘了历史上那些高尚的情节，袒露了内心中那些强烈的渴望——一个民族，该怎样走入新时代的花香。

洪学的诗，有一种悲壮：

和你的马头琴
与安代舞一起
震颤泪水中的草原

　　　　　　——《射雕部族》

车辙无论有无深浅
都总是并行的两行
一行叫苦难
一行叫希望
在草原和荒漠中
划出了无数条河流
……
一根车轴穿过风雨
便成为连接心灵的永恒桥梁

　　　　　　——《勒勒车》

一定是把草原装在了心上
不然

怎能一声呼唤

便唱出了千年的沧桑

——《听蒙古族〈长调〉》

**洪学的诗，有一种热烈的美丽：**

赛马　摔跤　喝酒

不再醉他的魂了

醉他的是萨日朗花

开放着冬夜里难眠的梦幻

——《草原春天》

而你的女人

却在你远牧的早晨

走出了你的毡房

在奶茶和烈酒也烫不热的冬天

让你僵立为一柱灰色的炊烟

——《游牧》

马蹄莲

是骏马留下的怀念

——《马蹄莲》

洪学的诗，有一种细节的捕捉：

他们把女人日日夜夜的情思和羞涩

抡圆了，撒在河上

去打捞鲜亮蹦跳的星光

——《故乡的河》

几碗奶酒下肚

醉卧草地也要紧握缰绳

——《牧人》

《大雁飞向远方》，在这部诗集里，诗人诚挚地表达了自己的感恩之情，虔诚地表达了对土地的热爱，这部书是诗人献给故乡的抒情诗，是诗人献给草原的一份爱，是诗人献给大地的哈达。正如艾青名句所写到的："为什么我的眼里常含泪水？因为我对这土地爱得深沉……"

当洪学把他这部诗集的原稿给我并嘱我为其写一些话的时候，我知道，这部诗集只是他诗歌道路上的一个小结，他将面临更新的探索和追求，他还会有更多深入的思考。一个新的诗歌高地正在他的面前耸起，他还要一步一步地继续向上攀登。

2004 年 7 月 16 日记于长春

# 穿越现实的想象

## ——序刘德吾诗集《遥望的平台》

刘德吾是浙江苍南的文学领军人物，这不仅仅因为他是当地文联的领导，我觉得更重要的还是他的创作。我与德吾见面还是在20世纪的90年代末，尽管来往不多，但只要在报刊上见到他的作品，都会仔细地读一遍。他的创作势头很猛，发表的作品也不少，总让人感到苍南那个地方离自己很近，有一个勤奋的诗人时不时就会站在你的面前。近几年，他还主持或参加一些文学活动，人也活跃，似乎浑身有用不完的力气。现在，他的诗集《遥望的平台》的书稿就摆在我的面前，我要为刘德吾的诗说几句话。

在德吾的诗中，有许多内容取之（或说来自）现实生活又似乎超越现实生活，他有很多诗的情境突破了现实与想象（甚至是幻想）的界限。飞扬的诗意，让人感受到诗人的敏锐和活跳的心灵。这也许就是物理学中的第四度空间在诗学中的表现。回想自己近30年的写作过程，如果说所写的诗还没有完成好一个"度"，恐怕也就是这个"第四度"吧。

前几年我曾读到德吾的一首写豌豆花的诗，记不得是哪个报刊发的了，写这篇文章时也无法一下子找到，诗的最后写到了鸟儿们竟然盛开了，然后又演化成了豌豆花在眼前一声一声地叫（大意），诗人机智的感觉跃然纸上。（不知为什么德吾没有把此诗收录到这本诗集中来？）而在这部诗集中我们仍会不断地读到"还在游动的鱼骨头／它无意中发现自己是一把骨头"（《鱼骨头》），这样看似荒诞却又可以感知的诗句，如"一阵风它走着走着觉得孤单了／抱住树就哭"（《一阵风》），"台上就你一个人被歌声提着走／那感觉，你贴近我的耳朵说／是灵魂摸黑回家"（《歌手》），"围墙软了一下腰／春天就到了……"（《春天到了》）。诗可以有多种写法，诗人对同一事物各不相同的感觉是正常的，但"第四度空间"却应该是每一位诗人都要占据的。我们说有的散文写得充满了诗意，这个诗意大概也是来自"第四度空间"吧。

我来到文昌阁小学，我走进二年级的课堂，坐在自己的位子上：

"黄永玉，六乘六等于几？"
我慢慢站了起来。
课堂里空无一人。

这是黄永玉先生在散文《乡梦不曾休》中写他回到母校文昌阁小学时的一段。这样一段小小的情节，由于想象突破了现实，使文章充满了意味，使读者的阅读活了起来。还不能说德吾已深得这种写作方式（思维方式）的要领了，但他的确是在用这种穿越现实的想象提升了自己诗歌创作的艺术品位。

不是因为想象就抛弃了现实，恰恰相反，德吾的诗歌都是来自现实的细微之处，来自生活的基本状态，甚至可以说来自生活纷繁复杂的景象。优美的翠鸟、游动的鱼骨头、枝叶随风晃动的树、趴在水的经文里的鼋、置身于高高低低的树枝上的梅花、田埂上走动的白鹭、躲在泥洞里的黄鳝（德吾说，这家伙翻出的新泥比春天还软）、蹲在树荫里的狗、停靠在草丛中的旧船、古老村庄的秋天、工蜂的春天、草原、石头、旧宅、干柴、鹰、风、雨、雪、水（德吾竟然写到了水的咳嗽）、歌手、捡破烂的女人、恼怒的女人、小女孩、不幸的人、35 岁的男人等等，无一不在德吾的笔下显现出了生命的血色，显现出了生命最为真实又极具想象的特质。在这些诗作中，我感受到了一个诗人对万物的真正理解，我也看到了一个诗人是怎样把自己隐秘的情怀寄托于万物的。在这里，现实中的事物给予诗人的启示是巨大的，但诗人必须用想象穿越现实才能得到自己的艺术空间。正如科林伍德在《艺术原理》中所说的：" 真正艺术的作品不是看见的，也不是听见的，而是想象中的某种东西。" 对于这段话的领悟，我想德吾会更深一些。

在这里我还要说的是，德吾的诗，特别是那些精致的短诗，让我们看到了一个诗人的驾驭能力。很多人以为只有长诗才需要作者的驾驭能力，而短诗无论如何也是可以信手拈来的，这是一种误解，特别是读了德吾的短诗之后，没有理由说短诗不需要驾驭能力，相反，驾驭一首短诗的全部艺术过程是绝不逊色于一首长诗的。

　　说了上面这些话，并不是在论证德吾诗作的十全十美，他还正在行进当中，他必将艰苦地努力下去，不断地登上一个又一个"遥望的平台"，寻找理想的诗歌境界，直至完美。

2004 年国庆节记于长春寓所

# 诗人心灵深处真实的光华

——序余兆荣《大庆词源》

《大庆词源》，凡214个条目，近8000多行诗，它使中国最大的石油城有了自己独特的词语备份。

读一首诗，明白一个词条；读一本诗，了解一座城市。《大庆词源》为一座现代化的石油城雕像，为一个盛产石油和英雄的地方挖掘了精神出处和文化内涵。这是一个新鲜而又不简单的事情，从诗歌写作的角度来看，更是一个大胆的尝试。

我曾在石油系统工作过17年，因此我非常理解余兆荣在这部庞大的长诗或组诗中所倾注了对石油和石油人的情感。我与兆荣已有20多年的交往，对他的了解已经不是一天半天。他喜爱金石、书法，写作时常把细节考虑得周全；他很恋旧，对老朋友、老事情、老物件，难以舍弃；他当过兵，身上总有一股英雄气，并且有连续作战的能力和精神。你看，《铁人辞典》出版还没有多久，《大庆词源》就要面世了，还真是有点儿铁人的劲头，让我十分敬佩。

《大庆词源》中的每一个词条（诗题），都是我曾经十分熟悉的，有一些甚至是我终生难忘的。我不知道我们以后的人们还会不会对它们熟识甚至充满敬意，会不会知道，这些词语曾经是物质的、精神的、情感的，也曾经是苍硬的、悲壮的、雄强的……

兆荣让我为《大庆词源》写几句话，我一下想起，此前的2003年夏天，兆荣把他的《铁人辞典》寄给我时，我曾有一封回信给他，那信中的话也正是我今天要说的话——

这本书够厚重的了，是你这些年辛勤劳作的成果，也是对石油工业尤其是对铁人精神的诗化理解。这个选题不是太好碰的，它涉及中国石油工业发展史，涉及石油上许多专业技术上的东西，更多的是对一个名声赫赫的石油人物的近距离描写，这个描写不能是简单的、概念化的，而是充满了诗意和人性的。另外，这样架构的诗作，也需要一定的知识、胸怀以及对一段历史的认真梳理，我能想象出你写作过程中所遇到的种种艰难，因为它是有相当的难度的。

从我的角度看，词典这种形式是不是可取都无关紧要，重要的还是内容，是一个诗人从心灵深处亮出来的那些真实的光华。从另一个角度来说，大庆是中国石油工业的大战区，对于中国的国民经济，它的分量无疑是举足轻重的。那么，相应的，它也应该孕育出有相当分量的文学作品特别是诗歌作品，应该有能与张天民、杨利民等作家更接近甚至并驾齐驱的文人，他们已经是一个高度，但这个高度也是其他作家可以考虑的。一般性的抒情诗人找几个并不难，而心中有大场面、有史诗意识的诗人还是凤毛麟角的。所以，你的努力是有价值的，是值得钦佩的。

《大庆词源》，是一条岁月的河流，它流淌的是石油人的血汗、品格以及时代的深深的沉沉的足迹，这是一本能勾起往事也能使人向往未来的大书，我期待着能有很多的人来阅读。

2006 年 7 月 8 日记于长春

# 打开历史的漂流瓶

## ——序季新山新著《郑和的来信》

季新山兄装帧漂亮的诗集原稿在我这里放了很长一段时间了，他多次来电话催我给这本书写序，可我一直忙于一个文化活动的策划，没有很好地坐下来静心细读并按时完成任务，真是对不起老兄。

6月1日，在中央电视台上看到西沙海底发现800年前南宋沉船的消息，看到考古队员们穿过水下的珊瑚，看到华光礁，看到破碎的古船板，看到那些水下探方，看到那些古老的瓷器，我马上就想到了季新山兄的《郑和的来信》，想到了这本独特的诗集。因为，《郑和的来信》的创作过程，也是一次打捞，也同样要穿越岁月水底的珊瑚和礁石。

说这本诗集独特，是因为它没有沿用以往此类诗歌的传统结构方式，而是别出心裁地设计了13个漂流瓶，写历史事件，又落笔在历史人物的心情上，13个漂流瓶装满了郑和的心情，从远方，从历史中漂来。读着这些诗句，我们不能不回到历史中去仰望那高大的人物和巨大的船只。

我们知道，当葡萄牙人成为最早一批到达印度洋的欧洲人，他们怎么也不会想到，这些海域已经是亚洲船员勘探过的地方了。在此前的一个世纪，中国的郑和已先于葡萄牙人有过7次规模巨大的穿越印度洋的远航，并与印度洋沿岸的近40个国家建立了联系。让我们想象一下，1405年，62艘巨船、100多艘小船、3万多船员的庞大航行船队是如何叫人惊叹。仅中国人丰富的海上长期航行的知识这一点，就足够让世界敬佩了。

季新山并没有局限在对规模、阵容和纯知识方面的赞叹。他更多的是通过郑和自身的情感倾诉，对一位政治家、军事家、外交家、航海家的气魄、勇气、才能和胸怀做了更为深入的开掘和显现。这是一次当代诗人对遥远的时代、对渐远的人物的内心对接，一次跨时代的心灵理解。13个漂流瓶的设计本身，就让读者感到了亲近，就有了可读的前提。而其内容，又绝非是一个个空镜头，情节的殷实，不但让人体验了事件本身的感染力，也表达了诗人自身的激情和诗意的厚重。正像诗人在泰国把一只大皇螺举在耳边倾听，那种感觉是极其细微而又庄严的。这里有对悲壮历史的再现，也有对打开民族视野的思考。季新山面对这样一个重大的选题，他把笔触伸向了历史，也伸向了古人和今人的心。郑和的"来信"，充满了对世界的向往，充满了对祖国的眷念。有远行的誓言："我的友谊的征帆正向西洋拓去……／既然把自己的生命抛向大海，／那么，就坚定地为华夏填上称雄的一笔！"有亲情的泪水："岂能忘自己，从哪一片波涛起航？"有绵绵的眷顾："还有，滇水深处的桨声。／晚霞下的撒网，／午夜里的放排，／一波一波加热我们热血的滚烫。"有和谐的场面："融合在一起的情感，／恰似海空飞架的彩虹一座。"有诚挚的感激："作为船队统帅，我为造船者们骄傲，／而宝船，无疑是生命最壮美的经典。"还有《致张骞》《致唐玄奘》《致鸠摩罗什》等，把追求和挑战表达得淋漓尽致。诗人通过这些细节，把郑和的航海壮举上升到了对海洋文明的孜孜求索，写出了郑和作为和平亲善使者、作为华夏文明的传播者、作为伟大的航海家的精神根基。

在口水诗充斥诗坛、随意性写作盛行的当下，季新山能够把握住自己，尤其是对重大题材的倾心，实在是难能可贵。这样的诗人是有尊严的诗人。几年前我曾评价过："季新山不是一个张扬的诗人，不是一个夸张自己的诗人，他一直在默默地创作，但他却是一位有独特魅力的诗人，就像远方慢慢涌来的潮水，当那些浪花真实地打到你身上的时候，你才知道它的湿润和浸透的力量。"正是这样，他才能够在我们司空见惯或我们疏忽的领域里，淘取新鲜的诗意。

让我们打开《郑和的来信》，打开13个漂流瓶（这也是季新山的漂流瓶），走进诗人的心灵，走进历史的海面，也走进我们人类不能忘怀的话题。

2007 年 6 月 18 日夜于长春

# 序《修江丁亥诗稿》

结识陈修江的时间并不长。有一天，好友张玉岩把修江介绍给我，还带来了一些诗。我知道，这是玉岩兄对我的信任，我应该珍重这份信任和友情。更何况，修江与我一见如故，俨然已是多年老友。从此，我们往来密切，以诗会友，以酒润心，好不痛快。

修江是我的同乡，我们都是在林区长大的。他供职的林业企业也是我从事文学创作以来最为关注的。修江是 20 世纪 80 年代开始文学创作的，与我的文学创作起始时间差不多。这样一来，我们之间的交流，就一点障碍都没有了。

修江在林业系统工作多年，在企业里做领导工作。我所看到的他总是忙忙碌碌的，他为他的企业奔波，风一样来来往往，不知道他的员工怎样评价他，我的感觉是，他一定是一个好领导。修江为人真诚直率，有着明显的林业人的职业性格；修江为文自然纯朴，有着质而实绮，癯而实腴的冲淡状态。

现在，修江的诗集就要出版了。人们在这本诗集中，可以更集中地阅读修江的内心，更细微地感受修江在诗歌艺术上的修炼和追求。虽然这还只是一本个人的年度诗选，难以让人体会修江的全部创作灵感。

在这里，修江写了许多与节日、节气有关的诗，天地方圆，春分小满，诗人在这当中为自己的精神接通了地气，使自己有别于象牙塔里的小乘诗人；在这里，修江写了乡情、亲情、友情、爱情，这些都是诗人的思想家园，它们是诗人艺术创作的坚实靠山；在这里，修江写了自己对祖国山河乃至对世界各地的诗意感受，诗人的视野由此如扇面打开，它几乎同时造就了诗人的宽阔胸怀。你看："梁祝若能化蝶舞／大满小满都无怨"（《小满》）。这个节气，已经是一个有深度的节气了。再看："阴阳平衡调为先／有为无为道自然"（《河洛之缘》）。这里的哲学色彩已经很浓了。还有："唐古拉山风雪路／向天又跃一巨龙"（《唐古拉山》）。不是简单写风景了，现实生活的巨大变化在诗人笔下成为一种境界。修江就是这样，一首一首地一路写了下来。修江的诗，还有其疏野的一面。我所说的疏野，对修江而言，就是创作的自由和内心深处的自在，这恐怕比什么都重要吧。

修江是一个勤奋的诗人，我几乎想象不出，他是如何忙里偷闲写出这么多的诗的。看起来，这只是个人爱好而已，实则是一个人对自己文化上的更高要求。这种诗意的追求，不仅会影响一个人的一生，也会影响由这个人领导的企业的发展进程。这是潜移默化的力量。修江还会不断地写出新的作品，写出更加声韵畅美的人生。

我们能与修江这样的朋友交流诗歌创作体会，该有多么愉快啊。

2007 年 10 月 22 日上午于长春

# 读读鲁风的诗

## ——序《雨丝集》

2004 年《鲁风诗词选》在我所供职的出版社出版，曾有许多朋友关注，我还写过一篇短文评介这部书。几天前的一次朋友聚会上，还有人提起这部诗集。我忽然想到，今天这么多写诗的，又有多少诗人能被人不断提起？又有多少诗篇能不被人们忘记？即便是朋友，怕也是虚伪一番就算了，具体到作品，也就不会详细论说了。鲁风先生的朋友们（包括我自己）对他的诗歌创作可以说是坚定不移地支持，有赞美，有解析，有挑剔，也有羡慕。前不久，一位朋友驾车赴欧洲远游，鲁风先生在宴会上即席一首，感动得大家热烈鼓掌。可以看出，鲁风作诗，不是那种装腔作势的附庸风雅，他对待生活，对待朋友，对待诗，都是投入深情付出真诚的。我之所以能和鲁风成为朋友，成为他的小老弟，当然因为他写诗，但最重要的还是投脾气。鲁风先生快人快语，正直可靠，阳光磊落，是一个能让你一下子就能看到他心地的人，和他交朋友，一切遮遮掩掩，一切吞吞吐吐，一切鬼鬼祟祟，一切弄虚作假，一切虚张声势，一切华而不实都没有必要，只要一个真实，哪怕你没大没小都不要紧。

鲁风先生曾在吉林省林业厅任领导职务，工作繁忙可想而知，却能坚持创作几十年，实在难能可贵。退休后，还积极参与中国林业文联的工作，出任了中国林业文联常务理事和中国林业作家协会副主席，他与徐福庆先生等人一起筹划文学活动、编辑图书，开展了许多有声有色的工作。同时，他创作也更加勤奋，大量诗作见于报刊。现在，他把这些作品结集为《雨丝集》，让我们感受到了诗人在这一时期的思想脉络，看到了他新的创作追求及其成果。一个锲而不舍的诗人，他的努力让我敬佩。

读鲁风先生的诗，会让你更强烈地感觉到，诗来自实实在在的生活，作者对生活的积极态度无不表现在诗句当中。当然，从生活本身过渡到诗，这里还有一个复杂的艺术创造过程，但不管怎么说，诗毕竟是诗人心灵和生活相结合的产物。在日常生活当中，诗人随时都在用诗的眼光看待一切，他直面人生，直面现实生活，他把那些有意义的并使自己感动的事物写成诗句，不但记录了当时的心况，也抒发了自己的情怀。还有，鲁风先生的诗作，既有格律诗词，也有自由体新诗，不拘一格，可谓双赢。他有《时代的骏马》《胡杨林，请听我说》那样奔放自由的新诗，也有《玉渊潭赏樱花》《秋思》那样充满生活细节情趣和借景传情的格律严谨的旧体诗。有意思的是，诗人还写了《闻"软件作诗"有感》，这是一首讽刺诗，诙谐幽默，却明白地表达了自己的主张，那就是"好诗自古出心头"，"有芯无心、机械组装难称诗"。鲁风先生还爱好摄影，这个爱好在他的作品中也会显现出来，如《向海百鸟园》《春日即景》等，画面感很强，色彩饱满，层次鲜明，几乎是瞬间抢拍的光影。《父亲百年诞辰祭》是一首心血之作，表面上看是一部家庭"史记"，是一幅感人至深的工笔人物图，而透过这些诗行，是时代的变迁，是历史的缩影，绝不仅仅是一个家庭的景象。鲁风先生的诗，涉猎广泛，时事、游历（包括心灵的游历）、人物、风光、动植物、祖国、家庭等等，整体看，他的诗都是经过苦心推敲和提炼的，但诗如其人，他朴实的诗作所透露出来最具魅力的那部分，还是他的刚健与豪放。有如一个格局，这是不可忽视的。

《雨丝集》的出版，不仅仅是作者一段创作的总结。面对鲁风先生写到的这些具体的事物，你不曾有过感想吗？你又是怎样记录或表达自己的感想的？的确，我们对一些事物已经司空见惯视若无睹了，没有了激情，没有了境界，思维迟缓。读了鲁风先生的诗，是能激发一下我们正在老化的抒情功能的。

鲁风先生的新书出版，作为朋友写上一些话，算是祝贺，并期盼诗人有更多的新作不断面世。

2009 年 10 月 5 日于长春

# 把诗写在现实的大地上

## ——序夏恩民诗集

　　夏恩民兄已出版的几部诗集我都读过，内容都与他的故乡有关，即将要出版的这一本诗集还是不能割断与故乡的情结，青山头、查干湖、哈达山、塔虎城……这些弥散着草原及其历史的光泽与现实生活味道的真实地名，因为他的诗，在我的心里更加清晰更加温暖了。恩民兄与这块土地厮守了几十年，不离不弃，这是他真正的故乡。这是一个出英雄的地方，也是一个出文人的地方，更是一个出诗人的地方。远的不说，就新诗创作看，师田手、姚奔、万忆萱、戈非等都是从这块土地走出去的。而今天，这块被松花江和嫩江用一个大大的"人"字护佑着的沃土，这个被叫作松原市的地方，仍然不断地出现诗人，他们还创办文学期刊，组建诗社，开展各种诗歌活动，形成了群体，其乐无穷，夏恩民就在其中。

　　我一直很羡慕能在一个地方长期固守的人，这种固守的人是在把自己融入一个地域的血脉当中，有自信，也有沉实的心境。我50岁以前几乎是在四处漂泊，人一旦走野了，心就会有些躁，静不下来。后来要寻找一个地方在灯下静静地思考和写作，首先想到的就是故乡。所以我说，我是 50 岁以后才从内心深处热爱故乡的。恩民兄与我不同，他生于斯，长于斯，故乡这个概念在他那里是"出生地""籍贯""祖居地""久居地"等词语的叠加，是一层又一层的守护，是一缕又一缕的生命牵扯。故乡对恩民来说，就是自己的精神灵境，无论外界有怎样的诱惑，紧收在心中不可漂移的仍是故乡。

我在松原市有许多像恩民兄这样的好友，大家亲如兄弟，来往密切。当然，更多的是因为对文学的共同追求。恩民兄对朋友热诚可靠，办事扎实认真，从不打诳语。他常到省城来，每每都会见上一面，喝几杯茶水，聊一会儿诗歌，谈一些创作感受，相互都有收获。

恩民兄的这部书稿在我的案头放了有一个多月的时间了，因为忙，总是不能拿出整块的时间来读，闲暇时断续翻阅，有些诗不知已经读过多少遍，但每读一次，都会有新的感受。特别是青山头这个地名，已深深地印在了我的脑海里。一看到青山头这三个字，就能感觉到远远的一张大网正被 18 匹骏马从冰雪中拽出来，阳光和寒冷的风同时穿过网眼，大地渐渐复苏，"温暖酥软的田埂 / 在地火的熏烤下 / 正冒着热气"。田野一大片一大片地展开，乡路边的马蹄莲正悄悄地袒露着心情。民间的烟火缓慢地升起，亲人们一个个走来，爷爷、奶奶、父亲、母亲、大伯、二伯、三叔、三婶、老叔、二侄、表哥、表嫂、小弟、女儿……特别是那首写小弟的诗，我读过之后与作者一样，心如刀绞。我的弟弟也是英年早逝，所以读这首诗的时候，产生了强烈的共鸣。他写给父亲和母亲的一些诗，我也有同感。永远的亲情，像科尔沁草原的萨日朗花，在诗歌中处处开放，每一朵花都鞠捧着一个鲜艳的故事。这是一个诗意家园，难怪诗人会写出这样的句子："六月，我顺着喇叭花的藤蔓／悄悄地爬回青山头。"一个心怀故乡的诗人，一个身在故乡的诗人，一个抒写故乡的诗人，多么幸福。

这也是诗人对待生活的一种态度。读恩民兄的诗，发现了他对生活中最细微部分的关注，不是为了写诗而关注，是日积月累，是躲都躲不过去的岁月沉淀，是一个尊重生活的人内心的生命体验。包括他写故乡之外的其他题材的诗，都是生活所给予之后的厚积薄发。我们往往熟视无睹的，也许是最值得思考的。我们不能忽视生命过程中的那些细节，这个世界千变万化，很多珍贵的东西稍纵即逝。贾平凹很多年前有一篇文章的题目我一直记着，他说："世界需要我睁大眼睛。"当然，在现实的大地上，一个诗人，绝非仅仅是挖掘记忆或观察记录信息的人。诗人更多的是通过语言对情感、意向和境界的炼取，对精神梦乡的解析。

恩民兄的诗清正自然，有些诗也包含着一些痛楚和不安，但都没有失去力气。我不喜欢没有力气的诗。恩民兄近几年写的一些诗向度没有大的变化，但内涵更加厚实起来了，更接近诗歌本质了。我知道，他是一个不断追求的人，他会有更新更好的作品不断出现。这部诗集还只是一个小小的总结，我们对他创作的期待要更多更多。

2010 年 4 月 27 日凌晨于长春

# 用诗的方式述说自己

## ——序《业文诗词》

孙业文的书稿在我这里放了很长时间，一直想找一个整块的时间坐下来认真地静静地写一些读后的感想，却又始终没有这样的机会。我们每天都浮躁地忙碌着，而对心灵的忽略越来越多，对思想不再那么苛刻，对生活诗意的感知正在减少，对人生命运的理解日渐浅薄，更谈不上对已经走过的岁月的深度反思和真实的回忆。这个时候，案头上的《业文诗词》书稿，似乎在提醒在忠告，在这纷纭的世界里，我们该如何淘洗自己的心境。

业文大兄的人生经历很不简单，起伏跌宕平平仄仄几十年，他没有被命运的难题所击倒。相反，他更加坚定了自己对生活的独特认识，使自己更加清白纯净、形端表正地向前行走。他曾长期在林业系统工作，曾带领队伍战天斗地。岁月的沙砾没有把他打磨成一个明哲保身的庸人，却把他铸造成了一个头脑清醒、信念坚定的人。他不会随波逐流，他有自己独立的风骨，无论做人还是做事，他都是不含糊的。

在几十年复杂的历程里，业文兄没有放弃对文学的敬重，他喜爱诗词并坚持创作从未间断。特别是退休以来，他的创作热情越发高涨，几乎比一个专业诗人的写作量还要大，他心中积累的东西太多了，他是在用诗的方式述说自己，也述说着时代。他没有去闲适隐逸，而是厚积薄发地进行着创作，他沉郁顿挫的诗歌作品已经做了恰到好处的表达。作为他的朋友，我知道他诗歌的韵外之致，知道他刚直骨节之中的真正诗情。他不会附庸风雅，文学之于他，是一种命运的依靠。在他几十年的风雨生涯里，该有多少无奈？只有诗能使他激情四射，只有诗能让他体会到自己主宰自己的愉悦。在诗中，他体验到了论列指陈、伤念寄怀的自由创作的痛快，犹如走进一片氧气清新的森林，呼吸一下子就顺畅自然了。

业文兄的作品，有旧体也有新诗。此前出版过一本《业文新诗选》，这本《业文诗词》算是上一本书的姊妹篇。总体上看，他很少做所谓的宏大叙事，他的诗始终粘连着众多细节，我喜欢这样的诗，这种诗是在细部充盈的环境里丰满起来的，既有骨头也有肉，是有根基的。诗的杼轴过程，也是作者对每一事件的理解和认识的过程，是产生思想和提炼诗意的过程，不是生硬强写的诗。

业文兄的诗，有自己长期亲历的点点滴滴，他行走过的一个个地方；有青灯之下对自己心路的认真整理，哪怕是对一片荷叶一只蝴蝶的感觉；有进退之间的哲思理趣，一次垂钓或一次阅读都可能激发诗思。我更珍重的是他作为一个诗人，没有回避苦难（我对一些经历了苦难之后舔着伤疤唱赞歌的诗人始终持怀疑态度），他写苦难的这些诗可能会更接近诗歌的本质。

唐以前的古诗大多是"自由体"或"半自由体"，虽有许多讲究，但表面上还是不受格律限制的。律诗后来兴起，格律开始严密，束缚了唐以后的历代诗词。今天的诗歌（旧体）如何做，已经是一个课题，口语入诗，当下词语入诗，包括韵，是否还要严格地按古代朝廷颁布的韵书来做？包括词，至现代，词的音乐性已渐渐淡了，我们是否还要用"合乐与否"来要求今天的长短句？等等。在这方面，我看业文兄有自己的理解和实践，那就是现实主义，融通古今，有规矩但绝不拘谨。他把旧体诗这个旧瓶装上了现实生活的新酒，也在新诗的自由之中注入一些传统的约束，做了诗歌写作内容与形式等方面的实践，更多的则是对自己心灵的注重，是真情的袒露。更重要的是，他没有拘泥于写实和一般化的修辞，没有无病呻吟的虚幻的东西。他不是一个用诗歌来麻痹自己灵魂的人，他也不是一个用诗歌来美化记忆的人，他对自己很公正，他捧出来的是一个正直的人内心的境界与色彩，是一个真诚诗人具体的创造力。诗，是他本人的话语权。可以说，业文兄是一个看清了自己才来用诗歌呈现心怀的人，不是那种以其昏昏使人昭昭的人。正如他自己所言："我写诗是为记录人生，抒发心语，谢天感地。"这个"谢天感地"令我心动，它使我想起饱经磨难的老诗人牛汉先生的一段话："谢天谢地，谢谢我的骨头，谢谢我的诗。"

　　亲爱的读者，当你读过这部《业文诗词》，当你在孙业文的字里行间读到了作者半生的甘苦，你也许对我上面所絮叨的这些话能给予认可。

2010 年 6 月 16 日记于端午节

# 沉静的诗与温暖的关怀

## ——序易翔诗集《世上的光》

易翔 1984 年出生于湖南岳阳，现为东北师范大学亚洲文明研究院明清史硕士研究生，具体师承哪一位教授我没有细问，只知道他忙于学业，从不松懈，有一些时间能给自己的时候又多半用于诗歌研究和文学创作了。2006 年以来，易翔在《诗刊》《星星》《诗选刊》《诗歌月刊》《文学界》《西湖》《飞天》《鸭绿江》等多家杂志上发表了许多诗作，有的诗被一些选本选用，还获得《星星》诗刊评选的"2009 中国·星星年度诗人奖"，短短的几年里，他取得了可喜的创作成绩。

我还是在 2009 年 9 月号《星星》诗刊的青年诗人作品专号上读到易翔的诗的，当期刊物有一组星星大学生诗歌夏令营专辑，易翔的诗在其中显得颇有分量，引起了我的注意。易翔和吉林大学读法律的陕西籍青年诗人破破来往密切，破破在认识我的当天，就把易翔也叫来了。那天在我家里聊了许久，因为我正在筹划《诗选刊》下半月刊的编辑工作，需要年轻人帮助，他们热爱诗又都有事业心，恰好是我要找的人。当天晚上我们到附近的小饭店吃了一顿便饭。过不久，易翔和破破就来到编辑部帮忙。他们虽然工作时间不很长，但他们扎实勤恳的工作作风是编辑部的同仁难以忘怀的。这期间有了许多的机会和他们在一起谈谈诗，谈谈文学。后来易翔的朋友从北京来，我还带三位年轻人专程到长春净月潭国家森林公园玩了一下午，那一天谈诗，谈刊物，谈人生，所谈话题像净月潭的水波，一波推着一波，没完没了，大家很开心。这几个月与易翔见面很少，各自都在忙，本来国庆节前是可以见一面的，没想到又被一桩突发的事情冲掉了。

关于易翔的诗，《星星》等一些刊物有过介绍以及评点的文字，有的论者认为，易翔的诗富有哲理，能够揭示意识的隐秘，这都不无道理。但我觉得读易翔的诗，更多的应该从生命与宗教的庄严角度去进入，只有这样，才有可能更近地走入作者真实的内心。在易翔那里，诗是上帝派遣来的弥赛亚，诚信于诗的易翔，不再是一个迷茫的少年，他的心已经得到了真实的拯救。诗之于他，是圣灵，是至高神，是赐生命的。于是，他年轻的经历和饱满的阅读，使他诗歌的资粮不断地丰富起来。他排除各种试探，那样虔诚地拜在缪斯的门下，几乎没有什么力量能把他再轻易拉走。"忍住笔尖划下的疼痛，／再忍住用橡皮擦去污秽的疼痛"，"我安静等待一阵风吹来"。这是易翔在《忍住》一诗中写下的句子，我们所听到的不正是一句句祷告吗？还有，"黑暗中，我要怎样忏悔／要怎样说出内心的羞愧不安／才能让它安静，让它消退下去"（《我是一个体内藏着影子的人》）。灵感在基督教神学里也可谓之"默感"和"神感"，这里面深藏着理智与情操，不是我们惯常所理解的小聪明小智慧。是上帝的启示在起作用吗？还是走向八福的过程中必然的醒悟？虽然，在易翔的诗里，从表面上看，是雨水、雪、大地、四季、树木、亲人、光、露珠、别与逢等等，唯一的并不是这些自然的面孔，而是它们所象征所表达的心胸和意义，是一位青年诗人对世界对生命温暖的关怀，也是他自身的浸礼和被赦免以及思想的提升。易翔的诗是沉静的，如夜晚清寂的灯火，缓缓地燃烧着，一点一点地说明着一切。

前不久，有一个校园诗歌活动。我问易翔是否也参加了这个活动，易翔说他没有参加，他觉得那些人所搞的活动不是严格意义上的诗歌活动，好像还有大于诗歌或诗歌以外的其他动机。他不想去利用某个派某种旗号张扬自己，他对那些为了名利去奔忙的种种行为不屑一顾。我感到易翔是冷静的、理性的，他知道自己该成为一个怎样的诗人，我很欣赏他的这种做法。

易翔的诗集就要出版了，他嘱我写个序言，我却一直忙着刊物的事，抽不出完整的时间写一篇像样的文章，只能是在车上或午休的时间里，把一些零碎的想法记录在手机上，现在整理成短文，算是序吧。希望有更多的人阅读易翔的诗，希望易翔会有更多的好诗给所有的人。

2010 年 10 月 3 日于长春

# 感谢石油

华北油田地处河北任丘，我在那里工作、生活了17年，在那里，我认识了石油。从1983年起，我的脑海里不断地累积着古潜山、碳酸盐岩、圈闭、油气运移以及钻井勘探、进尺、储量、产量、完井、试油、采油等一些足以让油田之外的人眩晕的词汇。而更重要的是，在那里我结识了一大批有志于石油事业的人，由华北油田乃至全国各油田，我有了众多的石油人朋友，这些人当中，有各级领导、地质专家、钻井专家、政工干部、一线工人，也有喜爱文学艺术的书画家、作家、诗人。杨利民（谷地）是其中的一位。

我认识利民的时候，他还在华北石油管理局教育处工作，后来成立局文联，我被调任局党委宣传部文化科科长兼局文联办公室主任。把利民从局教育处挖来，把瞿勇从新疆前线挖来，加上文化科老资格科员程玮东，我们几人办刊物，搞活动，上上下下，油田内外，很是热闹了一阵子。现在回忆起来，还难免激动。

利民的文学创作特别是诗歌创作，也是在那个时候开始有了质的飞跃，不但在全国各地报刊发表诗作，还先后出版了诗集《追逐火鸟》《内心》等。利民是一个勤勉的人，他能从繁杂的工作中挤出时间来写作、读书、思考问题，并养成了习惯。这些年来，特别是他担任办公室主任以来，尽管工作繁忙，他仍然不弃文学，坚持写作，他的诗歌创作不断有新成绩，接连有《真实的声音》《谷地短诗选》《坚硬的记忆》《石油的六种向度》（合集）等多部诗集出版，有的作品获得了省部级奖项，有的作品被收录《河北五十年诗歌大系》《河北诗选》等多种选本，还加入了中国作家协会。

现在，利民的新著《石油的名义》即将出版，这个书名就很耐人寻味。石油，是我们这些人血液里无法磨灭的东西。我虽然离开石油行业多年了，但石油仍是我与一些人、一些事、一段记忆的基础依据。而利民他一直工作、生活在油田，他以石油的名义奋斗，以石油的名义写作，石油对他来说，已经不是一个词、一个名称，而是生命，是血液流动的过程。这部诗集所收录的都是石油题材的作品，有两个通道可以进入这些诗，一个是石油的，一个是纯诗的。也就是说，作为石油人的读者，可以带着自己的生活经验阅读，从中感受石油里面潜藏着的诗歌的气息，对石油特别是对石油人的了解，会直接影响阅读的深度；而作为没有石油生活经验的读者，则可以从纯诗的角度感受诗歌内部蕴含的石油的力量，诗的本质的东西，会因为石油而演化出更加新鲜的色彩。而拥有石油人和诗人（或者说石油人杨利民和诗人谷地）双重身份的作者，他在其年年月月石油生涯中不间断的文学创作，实际上是对自己人生的不停勘探。他不仅发现了石油的诗意，同时也是在用诗意理解和认识石油。这个过程艰难、复杂。在利民的诗里，我能找到一个石油人一个诗人所经历过的思考、忍耐、激动和喷发，这个修炼的过程，太像石油的沉积生成和被钻取的全部历程了。

沈括在《梦溪笔谈》中曾描绘过石油，并有论述："石油至多，生于地中无穷。"这句话在中国石油发展史中，一直被尊为世界科学技术史上空前的、具有预见性的科学论断。利民在他的诗中却不容分辩地认为："在他的愿望中 / 石油很多很多 / 生于地中无穷 / 这是他判断上的错误"。的确，石油是不可再生的能源，它不可能无穷，它给我们带来了现代生活，同时也带来了危机。"伟大的发现 / 往往就是如此 / 仅仅是粗糙浅易的认识 / 还会有一些瑕疵 / 而这就够了"（《石油，在史书中沉睡千年》）。诗人的思考极具时代性。我本不想在这里列举和引读利民的诗句，之所以要把这几句诗摘出来，是因为这样的诗句很容易被忽视。同时我要说的是，利民的诗，得慢慢地细读。六人合集《石油的六种向度》出版的时候，我曾在书评中说过，利民的诗总像是有一把理性的梳子在梳理，他的描述与抒写，往往表现出来的不是原生态那种野性的冲动，他的诗有一种缓慢的温度。

我与利民有着近30年的友情，当然，这友情首先是以石油的名义。感谢石油，让我和利民成为钢铁般坚固的朋友，成为无法被人拆散的兄弟。也感谢诗，让我们在石油和石油之外，都有可能把心灵倾诉。利民的新著出版，我在这前面说上几句话，为利民无怨无悔的石油生涯，为我们的友谊，为了诗。

2012 年 3 月 3 日凌晨记于长春

# 序罗松玉诗文集《烟花正美》

罗松玉，一个用汉文写作的朝鲜族女诗人，她工作、生活在延边朝鲜族自治州首府延吉市。说起朝鲜族，人们一下子就会想到《采桑谣》《阿里郎》《道拉吉》等一些美丽动人的传统民谣，想起白裙飘飘长鼓咚咚的朝鲜族舞蹈，想起打糕、泡菜等朝鲜族小吃，想起边地的山山水水，长白山、帽儿山、布尔哈通河、图们江、海兰江、嘎牙河、美人松、金达莱、苹果梨，东北虎、梅花鹿、小松鼠，水稻之乡、林海雪原……这么美好的地方，没有诗人，没有诗歌是说不过去的，没有朝鲜族诗人更说不过去。在我的记忆当中，朝鲜族诗人李旭、金哲、任晓远、金成辉、李相珏等都是印象很深的诗人，再往前看，还有过尹东柱、申采浩、申桯、金泽荣等名声赫赫的写汉文诗的诗人，其中申采浩可能是写新诗比较早的人了，要追溯到1910年左右。这些都说明，朝鲜族是一个有诗歌传统的民族，特别是新时期以来，改革开放以后，用汉文写作的朝鲜族诗人就越来越多了，罗松玉是其中之一。虽然她亦诗亦文，但主要还是诗。即使是不分行的文章，也大多具备诗意、诗的境界和诗的感受。

看得出，罗松玉的写作，完成的不仅是写作过程的愉悦，她对生命所遇到的课题，不是简单的记录，更多的是释放，文学意义和生命学意义上的释放。过多的释放等于没有释放，扭捏的释放也等于没有释放，所以，释放的度很重要，罗松玉把握得还是很妥帖的。这并不容易。20世纪80年代以来，有许多诗人没有解决好这个问题，过度的自我，过度的生命宣泄，甚至歇斯底里，那已经离开了诗。看不到诗歌有更多的内在的东西，看不到隐秘的诗人的心灵，看不到含蓄的语言弹性，那种流水式的分行，读起来该多么乏味。罗松玉没有这样做，她利用象征、比喻，特别是暗喻，等等，调理了文学与现实，调理了激情与理性，甚至雾化了真实生活中的情节，让诗回到文学，回到想象与抒情，回到纯质的美。

上面这段话是说罗松玉的诗，或者说是读者读罗松玉诗的时候，我在旁边的一种阅读提示。她的随笔，也好看，情绪与诗有所不同，但完全可以用诗的目光去读。随笔是路，沿着路去遛弯，不知不觉走远了，回来的时候就吃力就费劲，要收着点儿。而诗是心境，不可玷污，不可编造，尤其不可模仿。一个诗人，就靠那点儿心境，没了心境，诗还能是什么？

罗松玉的诗文集要出版，在这里说几句话表示祝贺。当然，最关心的，还是她不断地进步，期望她第二本第三本第四本著作的问世，我相信，这本书里会有许多诗文，成为一些人的私爱，多好。

2013年3月21日夜记于长春

# 阅读《温泉》的提示

牛汉老师的诗集《温泉》1984年春天由上海文艺出版社出版,同年冬天我得到了作者签赠本。我格外喜欢这本诗集,有一段时间总是把它带在身边,随时翻看,可以说是爱不释手。之后,每年都会重读,30年了,不知读过多少遍了。一本除了序言只有93页33首诗的诗集,对我却有着巨大的吸引力,不单单是阅读上的期待,诗的创作年代、历史背景、作者心灵与肉体所受到的折磨、一个人(一代人)不屈的抗争,饱含在诗中,让人感慨万千。不断地阅读,不断地感受,不断地思考,有时也会写信或打电话过去向牛汉老师讨教。一本诗集,使一个晚辈渐渐了解了前辈的经历及其内心;一本诗集,会使一代又一代的晚辈成熟为能够抗击人生灾难的坚强的人。

1955年5月14日,牛汉因"胡风集团"案被捕,他是此案中的第一个遇难者,两天后胡风被关押。牛汉先是被关押在人民文学出版社北新桥新修的托儿所里,半年后被转到顶银胡同看守所。1958年2月恢复上班,"五类分子"。1960年下半年,被安排到人民文学出版社东郊平房的生产基地,干以养猪为主的体力劳动，至 1962 年麦收。在喂猪、割草、买猪食、清猪粪的劳动之余，写了 60 万字的小说《分水岭》和 12 万字的小说《赵铁柱》。牛汉自己说这段时间里没有写诗的冲动，只是默默地写小说。一部小说写了 1949 年以前西北国统区的学生运动，另一部小说写了一个地下党员的艰苦革命经历。两部小说里的情节都有作者的亲历，是心血之作，"文革"中都被北京铁道学院造反派给抄走了，再未见踪影。晚年牛汉仍为此事痛惜不已。"文革"爆发，牛汉这个已遭受沉重打击的"胡风反革命集团分子"又一次罹难，进牛棚、揪斗批判、被管制、不断地写交代材料、体力劳动……

1969 年 9 月底，包括牛汉在内的多名文化人士被下放到文化部咸宁"五七"干校劳动锻炼，这个干校地处鄂南咸宁向阳湖。干校由解放军毛泽东思想宣传队驻校军代表全面领导，一开始由北京军区设在文化部的军宣队管理，后来湖北省军区从所属单位抽调了 70 多人进驻干校接替了北京军区军宣队。干校分 5 个大队 36 个连队，人员来自中国作协、中国文联、中华书局、商务印书馆、人民文学出版社、人民出版社、农村读物出版社、人民美术出版社、文物出版社、新华书店、北京图书馆、故宫博物院、中国革命博物馆、中国历史博物馆、中国电影公司、新影厂、科影厂以及文化部的一些司局、剧团等多家单位。人民文学出版社是 4 大队 14 连。1969 年 9 月 30日—1974 年 12 月 30 日，牛汉远离家人，在这里度过了五年零三个月。

向阳湖，夏天酷热，冬天阴冷。特别是夏天，高温 40 摄氏度，还要在水田里干活儿。挑秧、送饭、拉千斤重的平板车，牛汉形容向阳湖像一口烧干了的热锅，非常难耐。牛汉是重劳力，干最重的活儿，他从不叫苦，什么活儿都能干。他说："在五七干校，干活儿我不含糊。"牛汉讲过，由于长期在烈日的暴晒下干重活儿，他的胸前和后背都被烤爆了皮。有人好事从他的脊背上撕下一片五寸见方的死皮，冲着阳光照，长期被汗水浸透的毛孔清晰可见，暗红色的拉平板车时绳索勒的印痕也能看到。他把从自己身上撕下来的这片皮夹在《洛尔迦诗钞》里，可没几天就风干折碎了。如果不是这样，他真想在那张皮上写一首诗。他说，那会是一幅真正有血有肉的命运的图像。"胡风案"，"文革"洗礼，精神和肉体连续遭到摧残，但他没有倒下，他的骨头硬，他一直都在抗争，他没有变成废墟。繁重的劳役之余，他在读《洛尔迦诗钞》，读《全唐诗》。一有时间，他就要到干校的山野里去转，到大自然中去呼吸政治空气以外的空气。这个被主流文学抛弃和遗忘的诗人，一个文学场的无言者，他在寻找自己认为是诗的诗。在一个没有诗意的年代，谁会想到，那个拉千斤重的板车，一天来回要跑6个多小时四五十公里的车夫，那个扛了一天每袋一百多斤重稻谷的劳力，竟然会经常找到诗，找到大自然细微处的那些同命运的情节，找到那些在别人那里不屑一顾的生命点滴。这就是后来所说的"潜在写作"。牛汉在一篇短文中写道："大自然的创伤与痛苦触动了我的心灵。由于圩湖造田，向阳湖从1970年起就名存实亡，成为没有水的湖。我们在过去的湖底、今天的草泽泥沼里造田。炎炎似火的阳光下，我看见一个热透了的小小的湖沼（这是方圆几十里的湖最后一点水域）吐着泡沫，蒸腾着死亡的腐烂气味，湖面漂起一层苍白的死鱼，成百的水蛇耐不住闷热，棕色的头探出水面，大张着嘴巴喘气，吸血的蚂蟥逃到芦苇秆上缩成核桃大小的球体。一片嘎嘎的鸣叫声，千百只水鸟朝这个刚刚死亡的湖沼飞来，除了人之外，已死的和垂死的生物，都成为它们争夺的食物。向阳湖最后闭上了眼睛……十几年来，我第一次感到诗在心中冲动。"纵观牛汉的所有诗作，包括他的散文，对时代、历史、人生，都是记录和思索。他的诗文，是疼痛的伤疤，是压抑下的独语，是一种发自内心的抗争的力量。他说："在大千世界中，我渺小如一粒游动的尘埃，但它是一粒蕴含着巨大痛苦的尘埃。也许从伤疤深处才能读到历史真实的隐秘的语言。我多么希望每一个人都活得完美，没有悲痛，没有灾难，没有伤疤，他们的骨头，既美丽又不疼痛。为此，我情愿消灭了我的这些伤残的诗。我和我的诗所以这么顽强地活着，绝不是为了咀嚼痛苦，更不是为了对历史进行报复。我的诗只是让历史清醒地从灾难中走出来。"读诗集《温泉》，我们会强烈地感到，人与诗的患难，人与诗的无法剥离。人尚未从"罪名"中被释放出来，诗已经在痛苦中诞生。

《温泉》诗集里的诗，绝大部分写于咸宁五七干校，这个时期的写作，是诗人非常重要的一个创作阶段。这些诗都有出处，没有一首诗是坐在屋子里空想出来的，牛汉所有的诗，都是这样。他的诗从来就不是悬在空中，而是跋涉在凸凹不平的大地上。

五连的文艺评论家侯金镜在强制性重体力劳动的折磨中，突发脑出血去世，这是一位 1938 年就到了延安的老革命，曾任《文艺报》副主编。牛汉去向他告别时，听到侯金镜的夫人在唱战争年代的歌，很惨痛。《我去的那个地方》因此而写。"我去的那个地方 / 有人在星光下正唱战争年代的歌"。

第一天还看见连队远处有三四只麂子在自由地奔跑，第二天就有农民到连队来卖麂子肉和皮。联想到自己的处境和内心积存的悲愤，后来有了《麂子》这首诗，多年后谈到这首诗的时候，牛汉说："如果知道我当年的背景，就知道绝不是简单的艺术概括。"

在雨中拉千斤重的板车，只有踩着路上的车前草，才不至于滑倒。《车前草》写了这种实感以及朴素的感激。

拉车时，常坐在树桩上休息，于是有了《根》。

晚饭后，牛汉常常一个人到湖边的山丘上去，在枫林里乘凉，同时为自己的诗打腹稿。看到身边的牛在反刍，联想到自己的诗，不想也不能发表，没有读者，自写自读，不是可以写一首《反刍》吗？

向阳湖王六嘴村的确有过实实在在的几棵大枫树，而枫树被伐倒也是真实的事件，好像是当时有一个大队小学盖教室做课桌，就把成材的大枫树砍伐了。被伐倒的枫树铺了满地枫叶，像溅起的血花，后来有人看见，树干被截成一段又一段，泡在水塘里，还渗着血水。围绕这个事件，当时干校也有人把枫树作为创作题材写过，比如，把它演绎成红区人民壮烈的革命斗争故事等。而诗人牛汉则认为，这是与自己生命相通的一棵枫树，是相依为命的。那天清晨，当听到树木被伐倒的声音，牛汉凭直觉感到是枫树遇难了，他不顾一切跑到倒掉的枫树面前，枫树果然躺在那里，他失声痛哭。牛汉老师曾经对我说过："我很少哭，从小就这样，不哭，即使哭了，擦眼泪时都是用攥紧的拳头擦。"可这次面对被砍伐的枫树，他实在是伤透心了，他无法控制自己的悲伤的情感。牛汉回忆："村里一个孩子莫名其妙地问我：'你丢了什么这么伤心，我替你去找。'我回答不上来。我丢掉的谁也无法找回来。那几天我几乎失魂落魄，生命像被连根拔起。过了好几天，我写下了《悼念一棵枫树》。"这首诗打动了许许多多的人，成为杰作。诗人林莽当年读到这首诗后，内心久久无法平静，急着约诗人一平骑自行车赶到牛汉家，谈读这首诗的感想。林莽说："我们知道那不仅仅是一首诗，那是一个时代的悲歌。"

1973年6月，干校大部分人已经返京，牛汉等少数"分子"还留在干校，但形势有些松动。他们有机会去了一次桂林。在桂林，看到铁笼子里四肢伸开沉睡的华南虎，尤其是看到虎的破碎的趾爪和墙上血迹斑斑的抓痕，诗人震惊了。他在铁笼外面站立了很长时间，他想看看虎的眼睛，看看那灵魂的窗子，没有如愿，虎始终没有转过脸来。但这个与自己命运相同的生命，已经点爆了一首杰出的诗作《华南虎》。

当年到干校来，在咸宁下火车后，牛汉问赤脚担着行李前行的冯雪峰能不能行，因为地非常泥泞。冯雪峰说："行，行。"这位在农村长大，参加过二万五千里长征的老革命，走得很稳。后来牛汉多次看到冯雪峰孤零零一个人在水塘边看水泵，像被劈了一半的半棵树。这个形象和感受，就是1972年写的《半棵树》。这首诗从写作日期和内容看，属于"温泉"系列，有的论者还误以为它是诗集《温泉》里的一首，其实《温泉》里没有收录这首诗，收录了另外写冯雪峰的两首诗：一首是1970年写的《雪峰同志和斗笠》，另一首也是写于1970年的《关于脚》。《半棵树》最初发表在1986年第6期《文汇月刊》上，后来被收录《学诗手记》，作者在诗的后面附了一段话："这首似乎永远不能定稿的诗，曾投寄几个刊物，都不提意见退了回来。我有点偏爱它，因此收录在这里，免得在默默中消亡。"《学诗手记》中这首诗的尾句是"雷电从远远的天边就望到了它"，后来被修改成现在的"雷电从远远的天边就盯住了它"，一个"望到"，一个"盯住"，隐含的意思已完全不同。以后其他多种选本都收录了这首诗。2005年上半年我在时代文艺出版社策划出版牛汉诗文选《空旷在远方》的时候，把几首未收录《温泉》诗集但属于"温泉"系列的重要诗作，按年代编了进去，如《三月的黎明》《冬天的青桐》《蝴蝶梦》等，当然也有《半棵树》。这首诗曾被许多论者评论，全诗是这样写的：

真的，我看见过半棵树
在一个荒凉的山丘上

像一个人
为了避开迎面的风暴
侧着身子挺立着

它是被二月的一次雷电
从树尖到树根
齐楂楂劈掉了半边

春天来到的时候
半棵树仍然直直地挺立着
长满了青青的枝叶

半棵树
还是一整棵树那样高
还是一整棵树那样伟岸

人们说
雷电还要来劈它
因为它还是那么直那么高
雷电从远远的天边就盯住了它

《温泉》里的诗，有的直接就在诗中交代了出处，如《毛竹的根》《蛇蛋》《温泉》《蒲公英》《伤疤》等。牛汉说，这些诗的萌生与生长，都记得。如《巨大的根块》，一到咸宁第一天就有感觉，只是后来才写得出来。他说："有些没写出来，我感到抱歉。特别是云雀、蝉、蝉的归宿（在最高处告别人间），还没有完成。"

咸宁五七干校这段时间的写作，是诗人的一次再生。牛汉说："毕竟 20 多年没有写过诗了，完全处于失语状态，所有的文字，书上的，报上的，似乎都是陌生的。写一首小诗或者一则诗话，不知如何下笔。每个字都得自己创造。像比较早的，1970 年夏天写的《鹰的诞生》，写得十分艰难，也十分幼稚，写一个词，写一行诗，比鹰下一个蛋还难。但是，每写出一个字，也有鹰下蛋时的那种预示着生命即将飞翔的喜悦，鹰与诗一起诞生。"1972 年 7 月，文化部五七干校政工组编过一本《向阳湖诗选》，前些时候的一天早晨，我打电话问中国新诗版本专家刘福春，这本诗选里有没有牛汉的诗，回答得非常坚定："那怎么可能有？"当天下午我再次打电话给福春兄核实，他干脆就把目录给我念了一遍，没有。是啊，牛汉的问题那时候还没有解决，还是"分子"，是异类，没有他的诗也是很正常的。但就诗而言，牛汉写不出别人所写的那种诗，别人也根本写不出牛汉那样的诗。牛汉也说过："臧克家说湖北向阳湖五七干校是小天堂，是圣地，我与他的感受完全不同。"2013 年秋季，在军旅诗人李松涛的书房里看到牛汉题写在李松涛藏书《温泉》扉页上面的一段话，我把它抄写下来了：

松涛诗人：

　　谢谢你一直保存着这本小书。

　　本来我不大喜欢这个书名，此刻觉得还可以。由于是一泓温泉，才没有被冻结。但它不是一般的供人洗躯体的温泉。它融有血，还有泪的盐粒，因而它永远是热的，苦的。但它可以涤荡人的魂灵。我有些兴奋,说得失去了分寸,请你谅解。这本诗集是我活得最痛苦最清醒的一段时间写的，清醒与痛苦往往孕育着诗。

牛汉

1996 年 3 月 12 日

也许今天更年轻的读者，读这些满身是伤疤的诗的时候，会有隔世的感觉，会有些不理解，甚至会有许多不惑。这让我想起牛汉曾经表达过的："我的诗离开特定的时间、地点、人和环境，就很难理解。"今天重读《温泉》，听一听一个真正的诗人，在那个特殊的地点和环境里发出的正义、悲愤、苦难、善良的声音（非虚构，但是诗的），记住那段历史，难道不是很必要吗？因此，我在这里不厌其烦地记载一些时代及其《温泉》的写作背景，借以帮助更年轻的读者准确地走入诗人的心灵。

那段历史伤害了诗人，而诗人却一生在用诗为那段历史作证。牛汉是中国少有的硬汉诗人，他一直坚守着内心的清白和自由。他也一直在发问，他有一生的困惑需要破解：

有人断言：
面孔朝向天堂，
脚步总走进地狱。
我始终不相信。
让我不解的是：
我的面孔一直朝向地狱，

而脚步为什么迈不进天堂?

　　　　　　——牛汉《一生的困惑》

　　2013 年 9 月 29 日，牛汉老师永远离开了我们，他又踏上了一条苦苦跋涉的路,我知道,从今以后我只能远望着他的背影,但他的精神在我心里。

　　　　　　　　　　2014 年 2 月 22 日夜于长春

# 《圈地运动》之后的独处

2015 年 11 月，谭广超的诗集《圈地运动》被列入 "21 世纪文学之星丛书" 由作家出版社出版，我知道，这套丛书是中国作家协会、中华文学基金会主办，由专门设立的编审委员会经过严格程序编选的青年作家作品集，是一项中国文学的 "希望工程"，它着眼于文学青年，为取得优异创作成绩的青年文学作者出版处女集。这套丛书每年度出版一套，自 1994 年至 2016 年，已经有 193 部青年作家的处女集入选并出版。谭广超的诗集《圈地运动》是由《作家》杂志社推荐上去的，经过专家的几番阅读、酝酿、评议，《圈地运动》最终在全国众多待选和入围的作品中脱颖而出。这一年，"21 世纪文学之星丛书" 全部 10 本，而诗集只有《圈地运动》一本，其他是小说、评论、散文等。这不亚于参加一次文学大奖的角逐，而这本诗集在本地诗界似乎并没有引起怎样的重视，也好，这很符合谭广超的性格，他不事张扬，不跑关系，只是默默写作。丛书编委、诗人叶延滨在给《圈地运动》写的序文中谈道："21 世纪文学之星丛书编委会通过投票，同意谭广超的诗集《圈地运动》入选本年度的丛书，也是本年度唯一的一本入选诗集。这个编委会，是个很认真的编委会，每次评审的过程，都让我感动。认真得较真的编委们会对一些作品展开激烈的争论，这部《圈地运动》也经历了一次各抒己见，甚至针锋相对地对一些作品发表各自不同的意见。这种争论，在许多称为'研讨会'的发言中，几乎绝迹。"这足以说明入选"21世纪文学之星丛书"真的是很不容易，也是要过五关斩六将的。在这里，我应该向谭广超送上一个迟到的祝贺。

谭广超，发表诗时用笔名尘轩，1988年出生，他大学主攻雕塑和绘画。毕业后在北京和长春都曾搞过自己的画展，得到了许多好评。他更热爱文学，特别热爱诗歌写作。我曾受朋友邀请主持了5年《诗选刊》下半月刊，谭广超在我那里做过几年编辑。作为同事，我们经常在一起研究选题，商讨编务；作为诗友，我们又可以经常在一起切磋诗艺，相互补充。他的积极向上和青年人的阳光以及处事低调、朴实、内敛的性格，给我留下了很好的记忆。我年轻的时候曾经长期远离家乡奔波在外，这些年才逐渐安稳下来，所以深深地知道一个游子的心情，知道那种无法言说的复杂心理以及寂寥和伤感。谭广超也算是离开家乡在异地生活工作的人，我在他《圈地运动》诗集中读到了他的乡愁，读到了他那些无法雾化的乡情。从文学创作角度来讲，一个作者的生活经验，会决定他创作的地理指向。谭广超除去大学读书的几年校园生活，那么他更多的是毕业后这几年的城市生活，而更刻骨的还是他上大学之前的全部家乡生活。东范家是他诗歌的孵化园，是他诗歌的血缘和根系。他写过《东范家的夏天》和《东范家的秋夜》，给我留下了很深的印象。他写过故乡屋顶的鸟群，故乡的风，星空，柴火，雨季，河流，坟墓，亲人，等等，这些都成为他一个时期阶段性写作的主要内容，它们集结在《圈地运动》里，成为一个不低的文学起点。

《圈地运动》是以一首同名诗作为诗集书名的，这是一首"捋着树的根须向回走去"的诗，是要固执地回到故乡吗？一切都已经很难实现。在别人的城市里，用粉笔在路上圈出一小块实际上并不属于自己的地盘，那一块圈地就是自己的故乡了。圈地的人，饿着肚子，把疼痛和冷以及悲惨写在上面，他们是会背诵《道德经》和《游子吟》的人，他们的故乡已经变得遥远发凉，可他们还是坚持要有一块哪怕是想象的圈地——那一小块可以种起粮食的地皮。这是一首悲伤的诗，又是一幅寒冷的画，画面上的远景是"大野三更的灯火"明灭不清，犹如幻觉。近处是都市的高楼大厦，车水马龙。再往近拉，是一大一小两个沾满泥土实体的人！那两个最终都"厌烦了自己"的人。一种写实，也是一种精神层面的探求。谭广超是学过美术的，他知道怎样在诗歌中利用画面表达自己的想法。

《坐在草上望故乡》是《圈地运动》诗集中的一组很重要的诗，这组写草的诗，不受世俗的规范，没有奇技淫巧，朴实的语言和机智的构思，恰到好处地挖掘出了低处的力量。他在写草的细节，把草写得和人难以分辨，他是在写命运中的自己和故乡，在写大地生命这个永恒的话题。这些诗显现出了作者的睿智与成熟，应该说，这一组以草为题的诗，使谭广超的诗歌创作走出了"学生腔"，走进了繁杂的人群。我们应该记住这些诗题：《我看见草，正坐在院子里》《坐在草上，遥望故乡》《草的进化史》《草的精神学笔记》《田野上的草》《秋草》《我心如草》《草生活》《一定会有那样的草》《城市里的草》《给草让座》《在大地上删除草是不容易的》《草场》《草的葬礼》，计 14 首，可谓一大组诗。

> 我更愿意相信，草是草籽走累后坐下来的样子
>
> 一部分草坐在原野上，遮住无人的区域
>
> 剩下的一部分，正坐在院子里聊天
>
> ——《我看见草，正坐在院子里》

　　记得有一次在吉林省梨树县的一个文学活动上，与会诗人对《我看见草，正坐在院子里》这首诗大加赞赏，有过一些很有见地的评论。诗歌，把人和草融合为一个生命体，它的意义已不可能仅仅局限于几个细微情境的描写。人是放大的草，草是浓缩的人。到处是草，到处是和草一样多的人。无论生存会出现怎样的难题，无论你疼痛悲伤还是欣喜快慰，都得不停地往前走，也只有不停地往前走，才能更真实地接近那个生命！谭广超有这样一句诗："大路朝天，道路两侧的草各走一边。"

　　《圈地运动》出版后，谭广超又写出了不少新作，陆续在一些刊物上发表。他对一些事物的体察越来越敏锐，他谦恭地面对或者说进入生命的每一个角落，他不是那种总是围绕着起点转悠的诗人（我们有许多诗人不乏才气，由于始终围着自己的起点转来转去，所以终不成大器，只能算是一个平庸的诗人）。我不知道谭广超对自己一生的写作有怎样的安排，我也没有追问过他是不是要把写作当作一生的事情来做。但我似乎已经看

出了他的走向，大抵是要和诗歌相依今生了。这个选择几乎由不得自己。回忆自己与诗歌相依为命近 40 年，没有后悔。就是因为诗歌有一种无法摆脱的魅惑力。近几年，常读一些年轻诗人的诗，包括谭广超这样的 20 世纪 80 年代末出生的诗人的诗，很羡慕他们的锐气和敏感。但是有些年轻诗人的诗并不像他们自己宣称的那样有多么深刻迷人，反而让我感到的只是表面的温度，没有更多的凝聚在内里的那种艺术品位，甚至让人失望。谭广超却不同，他每次新作出现，都会让你眼前一亮，说明他在不断探索、创新。《独处》这组诗是在《圈地运动》之后我比较集中阅读到的诗，读了很长一段时间。好。诗写得越发自在了，所有的感觉都在放松，个别诗可以看得出来还或多或少在写作之初有点仪式感，多数诗已经没有了这些问题，甚至有的诗几乎就是直接打开窗子说话。前面说过，谭广超专业学的是美术，他对当代艺术审美应该有自己独特见解的。而他更应该知道，像杜尚那样的大师，也是在自己的生活及人生经验中提取艺术营养，而不是去创造世间所不存在的东西。杜尚强调："我的作品就是我的生活。"杜尚也是提倡在艺术面前放松的，因为他深知，艺术家的状态比其艺术更重要。其实就是一种成熟，不生涩了才有可能放松。当然，这里说的放松不是那种没道理的随意，说的是心态和状态，不是不要严肃，不要认真。

　　1989 年我有过一本名叫《独旅》的诗集在天津出版，27 年后的今天，当我看到《独处》这个诗题的时候，突然有一种被年轻人拉近了的感觉，并想起了自己幼稚的当年，那种诗歌本质上的自觉性远不如今天的年轻人，很惭愧，那时是浅显的。看了《独处》，我首先感觉到了作者较好地解决了生活经验在诗歌里的恰当表达。当年我更多的是重视怎么写，而今天谭广超们更重视的是写什么，因为怎么写在他们那里已经不成问题。他们更多地关注内容，而不是具体的技术，甚至干脆就不考虑技术。

《独处》这些诗，触角较多，总的来说，还是关注现实，这个话题已经十分老旧。但我在这里要说的是，那些看似个人化的东西，难道不是现实的一种吗？那种挖掘自我内心的诗，没有一个强大的现实覆盖，又怎么会出现？这让我想到了中国的传统建筑，你不分析它局部个性化的意味，又如何理解它伟大的整体形象？

《独处》，不是简单意义上的孤独寂寞，它是一种态度，生活的，艺术的，诗歌的，社会的，自信的，独立的，不是随波逐流的。《独处》还是《圈地运动》之后的一种写作姿态，它自身诗歌语言的纯粹性也越来越凸显，以袒露一个人的心来抒一群人的情。"我"在这个现实当中有时充当多个角色，有时只是一首诗里唯一的潜伏者。正如谭广超写到的，"我恰好也在灯火里"。

看得出，《独处》试图在意向上，在对诗歌素材的处理上，在情境和语态上尽可能更个人化一些，文字也有了一些淘洗，显得更精到了，似乎在为一个更新鲜的境界做着准备。那么，《独处》很可能是一个过程中的段落。他对事物的辨识度有了提高，诗歌的视野在逐渐推远、展开。个体意识的自省，内心提示的增强，想象的丰富，都在加重诗歌的独特艺术分量。而意象的繁复也不断加强了诗歌的现代感。

　　我宁愿相信《圈地运动》之后的《独处》是一次自我量身的过程，一次真诚探索的过程，为了一个更富有魅力的境域。我的确对谭广超的诗歌充满了更多的期待。

2016 年 12 月 20 日凌晨记于长春

第三辑 / 创作通信三十三通

# 致林世洪[1]

世洪老师：

您好。来信已收阅。

值此《翠园》诗刊创刊五周年之际，请代我问候翠园诗社的各位朋友！五年来，你们一直辛勤地在诗的园地里耕耘着，并且取得了可喜的成绩，我始终在心里敬佩着你们。

我一直珍藏着《翠园》诗刊（从油印本到铅印本），因为我与"翠园"人有着特殊的感情。就是《翠园》改为铅印之前，对于开本、内容等，记得我还提出过一些建议，有的还被你们采纳了。现在，《翠园》已创办五周年了，重新翻阅它，感到是那么亲切！

您关于诗词创作的理论与实践，我是很赞同的。您在《翠园》上发表的那些诗词，我都非常喜爱。《乡魂》那组诗，我读了多遍。透过这些诗就看到了您这个质朴的人。这组诗之所以打动了我，是因为您"先动于心，后落于纸"，这个"先动于心"是值得更多的诗人学习的，它不是一般意义的"动于心"，而是生活、感

---

① 林世洪，石油大学校长办公室原主任。

情与自己思想碰撞出的那种"动"。现在一些诗人常常是铺开了稿纸才想去写什么，这样"琢磨出来"的诗又怎能感人呢？

鲁蓂先生气势恢宏的《英雄交响曲》很有些大家手笔，这首诗的第 16 节我特别喜爱，形象捕捉得好，内容也厚重，如能把这一节的最后两句删掉，就更耐人寻味了。鲁蓂先生还有一些写故乡的诗也十分精彩。（我发现翠园诗社的社员们写故乡的诗很多）李川先生的《大年初一》用平常的语言写出了不平常的诗，写了一天又不局限于一天，内涵较深，其用语之巧，造诣之新，可见功力。王纯礼先生的《谁与评说》《编辑进行曲》我有同感，这是两首袒露真情实感的好诗，作者情真才能使读者情动，因此我更加坚信作者对自己真诚才能对读者真诚。还有刘庆华的组诗《望黄河之水滔滔》，这组诗的价值恐怕不仅仅在诗艺上，还可以从其他角度找到诗所蕴含的更深的东西。庆华这几年一放难收，这与他此前生活、艺术的积累有很大关系，他的创作准备很厚实。我一直很羡慕地注视着他。王玉宝的组诗《那河、那屋、那人》，语言、形式都有自己的特点，其中的《年初一，妹妹跑了》尤为突出。王玉宝的这些诗应该向外投寄一下，是会得到公认的。玉宝还有些散文诗也写得很精美。丁连胜同志的《情系戈壁》那一组诗，是一组容量较大的诗，现在很少有人这样写自由诗了，没有很好的古典诗词修养，一般人是很难像丁连胜那样准确、干净地使用语言的。我原想为以上提到的一些诗作写篇评论文章的，因为近期右足骨折，"全副武装"地在家休养，又不能坐的时间过长，所以就无法实现最初的想法了，真是遗憾，好在来日方长，大家还有交流的机会。

我衷心地希望《翠园》越办越好，我在远方遥望着从《翠园》里不断升起的诗星。

此致

敬礼

张洪波

1990 年 2 月 19 日

# 致李宝君[①]

宝君弟：

你好。

七月中原油田一行，结识了你，我很高兴。当然，主要是读了你的诗集《黑色的梦》，我把这本诗集从中原带回来之后，就一直放在案头，因为我想给你写一封信，一是道一下我对你的谢意（这次去中原，得到了你及各位朋友的盛情款待，我不会忘记），二是想谈一点我读了你这部诗集之后的体会和想法。无奈一直忙于杂务拖至今日才得以动笔。

在繁杂的生活当中，我们渴望着艺术，祈望从中得到一种心灵的慰藉。然而，当艺术真的走到面前的时候，我们却往往视而不见，或者说根本就没有方式去接触。面对一部著作，我常常觉得对不起它，我总感到自己并没有真正地读进去，因为我对作者不了解，单靠自己的一点揣摩或所谓的悟性是无法与作者心灵相通的。我们需要掌握作者的人生经历、创作背景等等。读你的诗集时，我的眼前晃来晃去的总是你宽大短衫中的健美

---

[①] 李宝君，中原油田诗人，已故。

的肌肉，你横眉立目的军人气质，你长着小黑胡子的嘴唇里散发出来的诗人语言，一个粗犷豪爽又智慧的形象。这样，我就很容易进入你的这些分行的语言及其境界之中了。

我没有想到，在你豪放外表的包裹之中，还藏着那么多的细微之处，《黑色的梦》这部诗集中的第一辑"黑色的梦"均是写石油题材的作品。这一集"石油诗"，几乎每一首中都有一个小故事，你对石油人生活的观察和切肤的感受是细微的、深入的。你从那么多生活的切面或小场景中挖掘出了那么多的诗，有的诗的选材虽然已被别人取用过了，可在你的笔下，又流淌出了新鲜的诗的汁液，这是非常可贵的。

"死亡之门"这一辑诗显得比较厚重，这当中大多数的诗亦情亦哲使人深思。当然，较为偏重的一面还是情。以情动人是诗的优良秉性，我一直认为，诗如果没有了纯朴的情，语言也就只是人为排列的空车阵了，所谓"境"也就不存在了。我读《诗人之死》这首诗的时候就更加坚定了这种认识。这首诗的前一节我觉得完全可以删去，只留后两节就足够了，而且会更精、更能给读者一些思考的余地。（当然，这只是我的一管之见。）"我来的足迹／已被祭酒和泪水抹去"，这样深情的句子不是一般类型的诗人坐在屋子里能写出来的，也不是那种极"聪颖"的诗人可以信手拈来的，它需要感情充分溶解又严格凝聚再进一步升华才能显现出来。这种诗离我们很近，我们也容易走近它。而"百岁如流"的那种血色就感到"玄远"了些，这两首诗的对比会启迪我——诗，是要有一种鲜活的质的东西，那就是我们对生活本身（包括情感、情绪）的最为真实的感受。

　　后面的"雪的恋歌""雨的恋歌""山的恋歌"三辑，大致可以用纯真（雪的恋歌）、柔曼（雨的恋歌）、内燃（山的恋歌）来形容。但在这三辑诗中，像《鬼谷》那样写得寂静凄冷而又苍硬的诗是不多见的。我想，如果像《鬼谷》这样写下去，也许会更适合你的性格，更容易发散你的思维表达你的真情。因此，我要读这首诗的时候就有一种预感，大概你今后的诗的审美取向会从这里开始，你的诗的性格上的变化大概也会从这里开始。这是一种沉着的诗。也许有人会认为这首诗有些艰涩，我却觉得，我们在阅读的时候，恰恰是可以在那种幽深潜沉之中找到真率的。

　　宝君，我不是诗评家，只是从朋友、读者这个角度谈我的一点读书体会。当然，这一点文字并不能完全地表达出我的感想，我尽力地想把话说得朴素些，说得不那么"理论"。我想，这样才不会影响你从中触摸到我们相通的诗心。

　　希望能有机会再见面详谈，也希望常读到你的新作。

　　此致

敬礼

张洪波<br>1992 年 8 月 12 日夜于介夫村

# 致张江一①

张江一社长：

您好。您的来信及王瑢同志的三部诗稿均已收阅，我用了两天的时间把这些诗稿读完了。这几天，我把这三部诗稿置于案头，抽暇再翻阅一下，觉得对这些诗，我还是应该说些什么的。

王瑢的诗，从50年代写到90年代，风格不变，诗心不改，这种坚决的意识和持久的信心是令人敬佩的。我曾当过报纸副刊编辑，所以我知道，当你编发作者第一篇作品时，就应该想到，文学这个东西对一个人一生的影响。王瑢同志如果没有当年您的扶持，没有在石油报上发表的那些作品，他会有这么多年的坚持吗？我可以想象，这么多年来，诗，给这位老同志带来了多少个不眠之夜，多少痛苦的思考，同时也给他的生活带来了多少抚慰，至少他不会感到空落，尤其是到了晚年。因为我在这些文字中看到了王瑢同志所记录的"石油时代"，同时也看到了从过去的年代走过来的人的心境及其情感的经历。诗（包括其他文学样式），除了艺术上的追求、探索，还能够给自己记

---

① 张江一，石油工业出版社原社长。

载下来这么多生活的足印，难道不值得吗？

从艺术角度来看，在这三部诗稿中比较，第一本更好一些，这一本诗写得较为完整，每首诗都不是那种支离破碎的东西。其中，我对《歌唱朱立泰》更为有兴趣，这不仅仅因为诗中主人公对人的打动。作者能够用那么朴素的语言把事迹叙述得那么"有头有尾"是相当不容易的。看得出，这样的诗在王瑢的作品中是占着很大比重的，除去他以后的一些近于抒情的短作外，大多是这种有情节有人物的篇什。这使我想起了李季同志的一些诗作，特别是李季写三边、写石油的一些诗作，也是这种风格这种艺术倾向的。我说它们更接近民间说唱艺术。现在一说起民间说唱艺术对中国诗歌的影响，有些人就会抽鼻子，表现出"不足与高士共语"的架势，其实这没有必要。对于这类诗，我们一是要历史地去看，要从当时读者的需要、社会环境、读者的文化水准等多方面去理解，不能一概否定。二是要因人而异地去看。你能要求一个老工人去写学院派的东西吗？他没有那么深奥的"储集层"，他要开发的是"第三系"，难道"第三系"就找不到石油吗？相反，学院派的"岩性"也不能与工人们的"岩性"相比。中山装与牛仔服同走在一条马路上，总不能说哪一方违反了法律。艺术不是僵死的东西，不应该有框框，更不应用新的框框去制约旧的框框。我是利用业余时间写些新诗，甚至是一些"现代诗"的，但我一直认为民族的优秀民间艺术给予我们的营养是不可磨灭的。王瑢同志自己也有论述："这20首快板诗……"但有时候，他也力图挣脱"快板"的束缚，如《盼亲人》就用了长短句式交叠使用的手法。

　　说实在的，我对王瑢的第二本诗稿，就是 1958 年—1978 年这段时间的作品，不是很喜欢。我觉得这部分诗作空话（大而空的话）多了些，特别是 70 年代这一段的东西。当然，这里面不乏真情之作，如怀念周总理的，怀念毛主席的。这样，话就要再说回来，诗毕竟是艺术，总是那么平铺直叙也不行，也还是要注意诗的跳跃性，语言的弹性、跨度、蕴含，等等，就像中国书法中的"飞白"，给人一个琢磨的空间才好。一种内容，被你写作得详详细细淋漓尽致，读（看）完就完了，没什么可想的了，那就静止了。艺术是读者与作者共同创作的，没有读者的反复玩味（欣赏）就没了价值。这是王瑢诗作的致命弱点，也就是在艺术上，语言运用上还太固执了。你看他一直写到 90 年代了，还是那"老套子"，用时下的话说是跟不上形势了。什么形势呢？现在的读者变了，不是当年那些读者的文化水准了。一般的读者也都是高中、中专以上的毕业生，再不是快板诗的时代了。再给他们灌输这些东西，他们会从艺术上反感的。这就是时代的区别，就是我们搞创作的人应该认真对待的问题。

　　还有一个问题，即不是生活中的所有都可以用诗这种文体来表现的。比如王瑢的《杂记三则》《胃口有病》这类素材更适于写小品文而不适于写诗。再如《毛泽东思想》这么大的一个哲学理论题目，诗怎能承负得了呢？但我们不能用一个严格意义上的诗人的标准来衡量王瑢的诗作或衡量这个作者，那样就没有了上面的这些话了。一个普通的石油人，能用诗这种形式（不管是"快板诗"还是别的什么诗体）记录自己的心路历程，这是文化的进步，它的意义也就在这里。我之所以要说如上的话，是因为我不仅仅从字缝里看到了一个老工人的汗水，我更多地看到的和体会到的是一种文化精神，这是值得高扬的。

我选了《最爱石油捷报传》《生命》《油灯》三首，拟发在《石油神》文学季刊上，近期即可刊出，请转告。

身体尚未彻底恢复，坐不住，写一会儿就得走动一会儿，恕不多写。

专此布复

顺颂春安！

洪　波

1994 年 3 月 25 日

又及：此信写时没有细细推敲，有些意见仅供王瑢同志参考，转达时请说明。祝王瑢身体健康，再出佳篇。

附：张江一来信

洪波同志：

我的老朋友王瑢同志寄来自己的三本诗作，要我提意见并寻求发表的机会。我基本不懂诗，无法完成重托，只好求助于您。王瑢同志解放初期和我同在玉门油矿机电厂工作，他是翻砂工，我是三级电工，我们都爱好文学。后来我调到石油工人报当记者、编辑，他是通讯员，经常写报道，并学着写诗。到 50 年代末，他的诗已写得相当不错了，在报纸上发表了不少。我在编发他的诗时，常常受到感染，引起共鸣。那时我们都很年轻，经常为得到一首好诗而兴奋不已。王瑢同志是一个质朴的，非常执着的人。几十年来，他工作几经变动，对诗的追求一直没有放松，因此，在将近花甲之年能有这三本诗作的收获。这些诗的艺术性怎样，我无法评论，但有一点我敢说，就是从这些诗里，能看出一颗纯净的心。我想，诗人大概都应当是这样。市侩是决不会作诗的，即使硬诌几句，也会带出一股铜臭味。不知这看法对吗？请你费心看看这些诗，并提出意见，若能在《石油神》发表几首则更好。给你添了麻烦，谢谢！

张江一

1994 年 3 月 5 日

# 致李敬①

老部长李敬同志：

您好。3月10日寄赠的大著《李敬诗词选》已收到，十分感谢。因为这些天一直在拜读，迟复请谅。真没想到，作为石油工业建设领导者之一的您，在南征北战和繁忙的工作之余，竟写下了这么多的诗章(仅这部《李敬诗词选》就收有180多首，我想，一定还有很多的诗作并未收得进来)，实在令人敬慕!

我读这部诗词选，一开始是打算站在纯诗的角度从诗艺切入的。但是，读过几首之后，我的阅读角度就改变了，完全进入了一种实境，进入了一个"老石油"(一个石油工业建设的指挥者)从50年代至90年代40多年的风风雨雨之中。我仿佛面对的不是一行行诗句，而是一个个真实的场面，一件件感人的事情。诗的内容对我的打动，是难以忘怀的。

从玉门鸭儿峡"峡谷机声震破天，英雄誓将地钻穿"到四川南充"春光明媚万象新，油区会战喜讯增"。从大庆萨尔图"远望红旗随风舞，近看百米火焰飘"到江汉油田"何事诸君开颜

---

① 李敬,原石油工业部副部长。

笑？江陵迎战鼓乐喧"。从长庆马岭"油田大连片,战士齐欢唱"到南疆叶城"叶城出发编队行,西瓜解渴馕充饥"。从柴达木"精兵强将装备好,会战记录日日新"到克拉玛依"汗流沙碛润红柳,血洒戈壁献石油"。从黄河三角洲"历尽沧桑比贡献,勤劳建设三角洲"到内蒙古二连"探索石油风险大,战天斗地苦中甜"……在这里,我看到的不仅仅是您的履迹,更多的是石油战线广大职工艰苦拼搏的光辉业绩。作为晚辈石油人,我读这些诗词的时候,更多的是从其间获取一种力量,得到一份"老石油"给予我们年轻人的精神滋补。我想,从这个角度来说,这部著作出版的意义就远远超出了诗词本身。

但这并不是说这些诗词就无艺术技法可言,恰恰相反,它还是相当有特点及风格的。我觉得,比较突出的有以下几点:

一、积胸中雄强之大气,抒激情于豪迈诗章。这是诗人品格、气质、内在修养、生活阅历所铸成。您的诗词,大多无斧凿痕迹,不拘于诗词格律的限制,自然浑成,毫无勉强。这也许与您曾是一位领导者有关。如《快摆硬上》《硬骨头》《送捕鱼队》《战新野》《会战塔里木》《月下行车》等诗篇,无不道出了一个指挥员在紧张而又艰苦的环境中所张扬的革命乐观主义与现实主义的精神。因而,这些诗章才显得劲健有力,气概非凡。让人受到一种鼓舞,体会到一种精神在充溢着肺腑。读这样骨力如铸、气魄恢宏的诗作,的确令人振奋。

二、入生活实境,道直率胸臆。您的这部诗选中绝少有游戏文字、生憋硬挤之作。紧张而又繁忙的生产建设工作,没有给予您太多的时间去坐在屋子里寻章造句,即便偶或有这样一点时间，我想您也不会那样去"作"您的诗。我从您的诗作当中，已经看得出来您是有感而发、不道闲情的。正因为如此，明眼人才会从您的诗作当中看得出许多真实的故事，才会看得出作者的胸襟。

三、取民歌精气，活语言生机。也许有的读者会以为您的诗作中，有一部分近于民间口语，不太精于对诗句的雕琢了。其实，这恰恰是您诗歌写作的一个特点。这不是恭维，可举出一些诗句为证："水晶晶行注目礼，草绿绿点头招呼。"（《青草湾》）"工人戴上硕士帽，气得蚊子嗡嗡叫。"（《抢开钻》）"每天要吞二两土，白天不够晚上补。"（《一天要吃二两土》）"谈情说爱比吃穿，嘻嘻哈哈油不粘。"（《韶华莫虚度》）这些，都可以说是一种民歌或民谣的注入。这种语言的准确使用，使诗充满了诙谐情趣，读来会感到格外的亲切自然。这种语言大都是从群众中来的，那么，写入诗的里面，再回到群众中去，这将是多么有意味的事情啊。因此，我很赞同马萧萧先生在这部选集的序言中所说的话："我读李敬同志的诗，正是从中看到了民歌和古典诗的痕迹和它们自然结合的成果，而这也正是李敬同志诗歌艺术的特色。"

应该说，这是一部"石油文学"著作，它的行业特性是非常突出的，甚至有一些石油工业生产用语也被用在了诗中（我想，这倒是可以修整的。因为，有些专业用语，我们石油人可以读得懂，石油以外的人就难以读得懂了，如"快摆硬上""猛压裂"等），但这并不妨碍更多的人对它的阅读。甚至还可以说，这是一部叙事性很强的"石油文学"著作。内中有许多诗是有情节的，如《寻车》，就是记载了 1960 年 6 月 21 日寻找为龙虎泡送设备的车，在雷阵雨后泥泞的路上，在草滩蚊子的包围中，扬鞭策马寻车的经过。类似这样的诗作，在这部选集中是随处可寻的。

我认为，这部选集诉说了为中国石油工业建设做出了贡献的人们的优秀品德和光辉业绩，表现出了一个为石油事业奋斗了多年的老石油人的一腔赤情。我想，您在写作这些诗的时候，一首又一首的就很像诗体的日记。而在结集出版的今天，当我们晚辈石油人再捧起它来阅读的时候，就更像在读着一部诗体回忆录。它一定会激发起更多的人为石油事业而工作的热情，同时，也会给石油文学工作者提供更好的营养。尽管您无意成为一个诗人，但我相信，诗却会永远地伴随着您。

再一次感谢您寄赠《李敬诗词选》！

张洪波

1995 年 3 月 27 日

# 致牟心海<sup>①</sup>（1）

心海同志：

您好。惠赠诗集已收到，谢谢！

我更喜爱《空旷也是宇宙》，从这一本诗集中您所关注的东西，可看出一种博大的胸襟。现在有许多诗人的诗写得越来越小气，越来越没有胸怀，气脉不通，又如何让人接近？有的人虽然选材很大，乃至大得哲学、大得政治、大得呼号，但诗的气脉不通，无艺术探索和追求的劲头，最终还是苍白、空泛。

"感觉蝙蝠的感觉"，这个意向是新鲜的，而"雾中伸过一只手"，没有经历的人难以想象出来，空旷宇宙中身心的追求是多么强烈，在含蓄中呈现真率，它要求要有相当的写作技巧，这不是那么容易。读您《寒风把河流的体温挥霍殆尽》（这个题目就很吸引我），《放牧幼小的生命  变幻着蜕眠》等诗时，我想象着您的心境，这种写作心境让人羡慕，它不杂乱，无功利性，诗的生出又带有纯美的味道，当然它并不单是纯美的，它还有人生羽翼苍硬的影子，那是另一种叫人心动的东西。

———————————

① 牟心海，辽宁省文联原主席。

　　我不同意有的同志说，有些句子不免显得抽象，而缺乏鲜活的灵动性。相反，我倒以为您的诗是灵动的，鲜活的。句子有些抽象也没什么，别忘了，我们还有许多读者不会抽象阅读，等他们学会了这样的阅读，还愁没有共鸣者吗？您在"后记"中有一节谈感觉的话，我觉得这段话十分重要，在我们身边，有太多的没有感觉的人在写诗，这真是荒唐，可以想象，没有感觉的诗人会是个什么样的诗人？而研究一个诗人的时候，也是离不开对诗人感觉品级的研究的。我说的感觉品级已把感觉分出不同级差了，不知这样是否对？

　　读了您的诗，我更多地在想，验证一个诗人，并不能只是看他年轻时的写作。一个优秀的诗人是到了年纪大一些的时候，仍能写出新鲜的诗来，仍能"进入燃烧的宇宙"，有"心灵的艺火"那样的感觉，那是最为珍贵的属于诗的东西。

　　最近忙着一套丛书的出版，案头极乱，容我忙过这段，更细地品味您的诗，相信会有大的收获。再次感谢您和您的诗。谢谢！多多联系。

　　此致
敬礼

张洪波匆匆<br>2000 年 10 月 22 日

# 致郁葱<sup>①</sup>（1）

郁葱你好：

　　春节期间，我收到了四川诗人雨田寄来的 2000 年第六期《草地》，这是一期诗歌专号。《草地》杂志是四川阿坝州文化局主办并在全国公开发行的文学双月刊，他们这样大气地拿出一整期来发表诗歌作品，在今天，已是一件让人十分敬佩的事情了。《草地》诗歌专号让我一下子想起了当年《草原》的"北中国诗卷"，内蒙古草原和马尔康草地与诗有着多么深的缘分啊。

　　翻阅这一期《草地》，我看到了一些熟悉的名字，而更多看到的是我陌生的名字。这一本诗歌专号质量不低，看得出，作者与编者都是下了功夫的。我想，这也是四川的部分诗人于世纪末在马尔康的一次大型集结，之后，他们将带着草香和梦想走入一个崭新的世纪。

　　所选的诗荐上，请审定。

张洪波<br>2001 年 2 月 15 日

---

① 郁葱，《诗选刊》原主编。

# 致王如[1]

王如兄：

你好。感谢永翔、壮国、长春、占山你们众多朋友的悉心招待，特别是你，还专程把孙发和我送到哈尔滨，见了范震飙、李琦、潘虹莉、丹妮等朋友。可能耽误了你许多事情吧？见到小屈，请代我表示谢意，这个小伙子真好，车也开得好。

这次到大庆，虽然时间短，但对大庆诗人们的印象，比前几次更加清晰了。还有，你那天谈起你们网站那伙小青年的工作，也非常让我感动。现在，有那样工作热情的人不多了，太可贵了。

承蒙省出版局副局长、诗人陈景文的安排，我们在哈尔滨游览了冰雪大世界。以前只是听说哈尔滨搞了两届冰雪大世界，却总也没有机会去观光，这一次，我终于看到了冰雪大世界，看到了洁白的冰雪被雕琢成的各种各样的形象，气势和场面都够宏大的了。总的感觉是，冰雪大世界基本上是一个大型冰雕展览，而这些冰雕又由于游园的需要，多是现实生活中实际景观的再现，可供联想的东西不太多。

---

[1] 王如，黑龙江大庆油田诗人。

当我看到被染了色彩的冰，特别是那一片冰的园林，有点脏的绿色的冰树，看了心里就不是滋味。我是东北人，从小就看冰雪，玩冰雪。记得小时候做冰灯，我准备冻冰灯的水里被小朋友掺进了几滴红墨水，我和那家伙狠狠地吵了一架。我喜欢的是冰的那种透明的白，感觉冰，就是感觉那种透明、那种纯纯的白。一旦有别的颜色的介入，就会显得人工气了。后来我为什么不想再看冰灯了呢？我觉得自己能想象得到那个冰灯世界是个什么样子。如果冰雪大世界让我来进行色彩设计，我会搞一个纯自然色的冰雪天堂，那种纯净要让游人不敢轻易地触摸，洁白洁白的一个耀眼的世界。所有的冰雪作品都少些雕琢，多一些随意和自由。让所有的人感受的是冰雪本身，而不是艺术家们的技巧或是一些宣传口号。试想，一个纯白的冰雪世界和一个五颜六色的雕塑世界，哪一个更接近自然更像个冰雪的样子呢？

在哈尔滨游览冰雪大世界的时候，我竟然看到了两只雪狐狸，这也是我有生以来第一次看到雪狐狸。两只雪狐狸，被摆在柜台上，它们蜷缩在寒风里，等待着人们抱着它们照相，可怜的小家伙，它们连头都不敢抬一抬，好像不好意思的不是出卖它们的人类，而是雪狐狸自己。你还记得吗？我过去轻轻地抚摩了它们，透过那雪白色的毛，感到了它们的躯体在颤抖，不知那颤抖是冻的还是吓的？反正不会是因为被人抚摩而激动的。后来，它们猛地抬起了头，那一瞬间我看清了它们的面容，看到了它们眼睛里流露出来的无奈的目光。我还以为它们要报复，要狠狠地咬我一口，我把手赶紧收了回来。它们没有报复，没有咬我的手，只是看我一眼就又把头深深地埋进颤抖的怀中。我真的还想再抚摩它们一次，但是我不敢再一次去抚摩了，为什么不敢，连我自己都说不清楚。后来的一路上我都在想着这两只雪狐狸，我几乎没有心思再看任何风景。那两只雪狐狸，没有给冰雪大世界带来什么生气，它们也没有义务为愉快的人类再增添什么乐趣。它们无罪，但这个冬天它们必须得像罪人一样在这个冰冷的柜台上度过。

那天，不知怎么，我的耳边总是响起庞壮国诗集《望月的狐》里面的诗句："这也是过错么／就必得被剥夺生存的欢乐和尊严／剩下一片惨痛的无法哀叫的美。"面前总是浮现着这首诗中写到的，那些颈上裹着温暖而美丽的狐皮的女郎们，她们"还唱着妈妈的吻"呢。

王如，本想写给你一些感谢的话，却一下子写了这样一番话，多了，就此打住。多多联系。

祝好。

张洪波

2002 年 1 月 20 日于长春

# 致谢宜兴①

宜兴：

　　你好！

　　惠寄诗报已收阅，谢谢。

　　我去哈尔滨刚回来，迟复请谅。

　　今年我编《诗选刊》"组诗营盘"栏目，你如在国内正式期刊上发表组诗时可荐来。当然，民间报刊也可以，只是我不太愿意选，因为民间报刊的诗会重复地多家报刊使用，再重复就不好了。我一直不理解民间诗刊的东西为什么那么积极地甚至是急于拿到公办刊物上来发表？"民间"的时间性究竟能有多长？为什么非得要公办的刊物认可呢？就不能有真正的民间吗？我曾办过四期《新诗季刊》，不让公办刊物选载，后来停办了，只出了四期，有合订本，寄你一阅。

　　我在诗刊社工作的时候，编过一期民间诗报刊作品选，由于方方面面的原因，选得并不理想，公办的所谓正式刊物永远也无法展示民间诗报刊的真实面貌，这很遗憾。

---

　　① 谢宜兴，福建诗人，评论家。

你的诗写得干净，不是那种很"闹哄"的诗，我挺喜欢的。一个好的诗人、成熟的诗人，最终还是看其一生的作品，至于什么代、什么派，我一直不怎么看上。弱的物种总会纠集成群，而强的物种往往是独立行走，比如黄羊成群，比如美洲狮的独行。我一直期望着从这么多的代、派、群中淡出真正的、成熟的、能独自行动的特色诗人，我也相信会有这样的诗人，在宁静中写作的诗人，那种具有朴素气质的诗人。

刚回来，案头挺乱的，不多写。

此致

敬礼

张洪波匆匆

2002 年 1 月 21 日

# 致金肽频①

肽频你好：

惠寄诗集《花瓣上的触觉》已经收到，祝贺你有新著出版。

这本诗集中的诗歌作品，自然、干净，没有妖冶之气，让人感到作者的写作状态的良好，没有浮躁的情绪。诗作所显现出来的也不是当下部分诗人间所流行的那种"相互重复"，它是有自己特色的。写父亲的几首诗，让人感动。"父亲坐在一片秋叶上回家了"，这是一个叫人落泪的情境，而《父亲的背》这首诗，虽然不是叙事诗，可它却凝练地陈述了一个时代的景况，以及那个时代的人的基本精神形态，我觉得这首诗后边的场面是宏大的，这样的诗是有厚度的。也是在这首诗里我读到了一个植物的名字——石碱花，我不知道这种"红红的"花是什么样子，但我仿佛已经感觉到了它的苦涩的味道。我甚至想到这本诗集要是命名为《石碱花》或《石碱花的触觉》该有多好！

我一直认为，诗歌写作应该有一定的难度。首先，诗歌写作这门"技艺"不是任何一个人都可以摆弄的，因为它在知识、

---

① 金肽频，安徽诗人。

思想、审美、语言等多方面给作者提出了更高的要求；其次，由于诗歌写作更多的是关注人的心灵，或者说诗歌是一个诗人精神世界的缩版，所以，它首先遇到的就应该是来自灵魂深处的呈现的难度，这种呈现不是简单意义上的再现，它的孕育和审美过程应该是一个复杂而无法言说的过程。我在你的诗中看到了对这种难度的实践。我反对诗歌写作的"信手拈来"，我觉得，再有才华的诗人，只要他是真诚的诗人，就无法也不可能"信手拈来"。诗歌对于诗人来说，绝不是游戏，而应该是人生命运的一部分。

读你的诗，能看得出你对诗本质上的理解，你所找到的感觉是对路的。因为你没有把自己的生活、心灵经历美化成诗，而是把生活、心灵经历中的诗还原给了自己，这是需要一段艰辛的磨炼的，不太容易。在这个商潮四溢、人心浮躁的年月里，能读到你这么宁静的诗，也不太容易。我相信还会读到你更多更好的这样的诗。

我不知你是否把这本诗集寄给了《诗选刊》的其他编辑，如果寄了，他们会很好阅读的，从诗集中选诗，似乎专门有编辑。我今年主要是编选"组诗营盘"栏目，选报刊近期发表的大型且有一定分量的组诗，如有此类作品亦盼荐举。

春节已至，谨祝你新春愉快。

专此布复

顺颂春祺

张洪波

2002 年 2 月 9 日于长春

# 致刘德远①

德远你好：

你寄来的诗集《心驿流痕》刚刚读完，这一阵子实在是太忙，几乎没有时间坐下来好好读读诗，但我一直惦记着抽空把你的这本诗集读一遍。

这本诗集第三、第四辑中的一些诗是我比较喜欢的，它们很适合我的阅读口味。你的诗越写越纯熟了，我想，在走向纯熟的过程中，你一定是经历了一段痛苦磨炼的时间，没有这个磨炼经历，就不会锻造出有生命力的诗。现在有太多的诗歌作者，仿佛一夜间就成了诗人，他们的诗写得很油，却很少有打动人和耐人思考的东西，在他们的诗中根本看不到什么磨炼，也看不到必要的艺术积累。也许你会注意到，即便是写了许多年的诗人，也有缺少磨炼者。就我个人来说，也是磨炼不够，我们恐怕要终生接受磨炼，这是我们永远都要面对的课题。好的诗是要有一个孕育过程的，这个孕育不是语言甚至具体句子的琢磨，而是一个人，一个诗人在自己灵魂深处的打捞，写每一首

---

① 刘德远，吉林延边诗人。

诗都是一次重新打捞，都是一次再生。

你在诗中写了那么多的"绿"，从内容上讲，绿，在我们这个地球上，是一个最让人难受的字眼了。近几年来，我一看到"绿"这个字，心里就一阵阵地酸楚。在我们生活的这个世界里，到底还有多少绿？我们所拥有的绿到底还能维持多久？由于人类极具破坏性的生存方式，自人类成为地球的主宰以来，大自然已经遍体鳞伤，绿，对所有的生命来说，已经是一种奢求了。我真的希望有更多的诗人能像你那样："透过叶脉／我凝视绿色的心情"（《问询绿色》），都能知道自己是"吸吮绿色长大的鸟"（《土地的风景》），都能够真诚地"接受树的语言"（《树的语言》）。你的这些充满绿色的诗，不是一般意义的风景诗，也不是即景抒情的感怀诗。这里面有你对大自然、对生命、对环境深层的认识和思考，有你对生态更充满深情的关照。这些诗歌也可以证明你是一个有责任感的诗人，是一个充满爱心的诗人。因此，你的这一部分诗是有分量的，更能打动人。当然，我不是说这些诗已经写得十全十美了，它还可以更开阔些，语言上还可以更富有张力和弹性，选材上也可以更宽泛些。一个成熟的诗人他不应该只为某一个题材而写作，但某一个题材却可能成为某一个诗人某一个阶段的主体创作。你生活在林区，我想，那会是你的一个巨大的创作宝库。

在你的诗集中我还读到了许多很精致的短诗，这些短诗大多写得灵动、秀美又很自然、清新。我一直认为，一个优秀的诗人，不可能没有优秀的短诗。短诗是一个诗人的创作中不可缺少的重要部分。艾青、牛汉等许多重量级诗人都写过许多非常优秀的短诗。艾青 22 岁在异国他乡写过一首《阳光在远处》，今天读来，仍然被诗中的象征意义所震动。牛汉先生是我写诗以来一直非常敬重的一位老诗人，他的诗，他的人格对我有过巨大的影响。牛汉先生在 1947 年写过一首只有 11 行的短诗《春天》，每当我想起《春天》中"没有火吗？／火在冰冻的岩石里"这句诗的时候，心里就有一股力量在上升，短诗要写得有思想的力量又有艺术的魅力那是不太容易的。我不太喜欢徐志摩的那些柔情短诗，太软。我看到在你的短诗中也有一些写春天的，有的诗句也很有意思，如："春是一名医生／手术刀　把冬／切割得支离破碎"。这使我一下子想起了陈敬容写于 1947 年的《逻辑病者的春天》，她也是把春天比作医生，她的诗中有这样一段："自然是一座大病院，／春天是医生，阳光是药，／叫疲敝的灵魂苏醒，／叫枯死的草木复活。"春天是医生，阳光是药，写得多好！相比之下，你写春天的诗句，似乎还可以更干练些，还可以更多一些让人思考的东西，这里面恐怕还要有一个不断地在艺术上修炼和提升自己的过程，不要急，慢慢地参悟。北宋末年有个叫吴可的人写过一首论诗的绝句："学诗浑似学参禅，竹榻蒲团不计年。直待自家都了得，等闲拈出便超然。"这里讲出了一个诗歌修炼的过程，一个感悟的过程。

　　德远，你写诗也有些年头了，在一个物欲横流的年代里，你这样坚守着自己的一块精神家园，执着地体验着诗歌给你带来的酸楚和快慰，我相信，有你这样的努力，我们的诗歌就不会衰败。我期待着读到你更多的佳作，读到你的心灵更深处的亮色，读到你血脉当中最浓重的一股跃动。

写完这封信，已经是年根儿的深夜了，明天将迎来大年三十，马年就要开始了，而你收到我的这封信，就该是初八上班以后了，那就拜个晚年吧，祝你在新的一年里诗思如泉涌，创作大丰收。

此致
敬礼

张洪波
2002 年 2 月 10 日夜于长春

# 致林柏松[①]

柏松兄：

你好。寄赠的诗集《长夜无眠》已经收到，祝贺你有新的诗集出版！我去北京参加《婴儿画报》的一个笔会和国际书展刚刚回来，迟复请谅。

也不知你这次去沈阳怎么样？希望能有一个好的疗效。我曾经在甘南桑科草原坠马受伤，造成腰椎粉碎性骨折，险些瘫痪，在病床上躺了近一年的时间，前后两次大手术，吃了很多的苦，但总算挺过来了。人生就是这样，总会有苦难的课题，让我们经受打击和磨炼。我这些年一直是走在路上，不停地走着。行走着，对一个人是多么重要啊！所以，我能想象得出你内心中的巨大疼痛。这次在京期间，我和林莽一起去看望牛汉先生，牛汉先生讲，曾卓先生去世的前一个月曾给他打过一个电话，谈到了病情，曾卓先生说，疼痛难忍，实在是无法忍受！牛汉先生对曾卓先生说："能感觉到疼痛，就说明生命还在，一个人如果连疼痛都感觉不到，那可就完了。"是啊，疼痛是无法摆脱

---

[①] 林柏松，黑龙江牡丹江军旅诗人。

的，但是，疼痛也能把一个人打磨成一块石头、一块铁、一块钢。正像你《痛苦》一诗中写的那样："痛苦有一种特异功能／能把一个人煮成汤／也能把一个人淬成钢"。

这本厚厚的《长夜无眠》，是你在苦难中打捞出来的真实的境界，你没有回避苦难。你在《快乐》一诗中说"这个世界没有我撒欢儿的地方了"，这是一句很苦的诗，它包含着太多的向往和最简单的要求（也是在这首诗中，你有这样一句："一首诗很难被肉眼读懂"，这是一句朴实的诗论，我很喜欢它）。我还注意到，你不说"让焰火来点燃我们的生活"，而说"让焰火来指点我们的生活"，这个"指点"不一般，耐人寻味。读《精神方舟》的时候，我不仅读到了孤独、寂寞和伤痛，也读到了更具坚硬本质的东西，这些东西不是任何一个人都可以有的。《幻想》是一首更具个性的长篇诗作，这种长调式的咏叹是不太好驾驭的，你却写得自由飘逸，有一种很值得品味的声音在里边，既心事重重又浩浩荡荡。这样，我在你的诗中，看到了一个在苦难中站立着的身影。

一直太忙，匆匆浏览了一遍你的诗集，还没有资格说更多的话。容我找时间细读。衷心地希望你的环境和病情能有改观。

此致
敬礼

张洪波
2002 年 5 月 28 日夜

# 致牟心海（2）

心海先生：

您好。

寄赠的新著《身影》已经收到，祝贺您不断有新的诗集出版。

收到书的那天，我正好要去北京参加国际书展，就把《身影》带上了，我习惯在路上阅读朋友们赠送的书。回来后本想写封信给您，可是又忙着参加吉版图书展，直到今天才能坐下来给您写这封信。

这本诗集里的诗，都很合我的口味。您的诗总有新的变化，这次在京期间和宗鄂在一起时，还谈到了您的诗，他对您的变化和追求也是赞赏的。

这部诗集很厚重，它对神秘的带生命状态的感觉是相当独特的，比如《高原：神秘与神奇的浇注》，几乎是一次神性的对话，而那种情境又是极其感化心灵的，正如诗中写的"燃着牛粪的炉火 淡淡的火焰／照清每一个心灵角落""生命的气息结构高原的幻象"。这是诗人在灵魂洗礼和净化的过程中找到的感觉，它并不是简单的生活场景的描绘，或者说，一个看上去简单普通的生活场景，那些自然平静的日子，却是蕴含着特殊的带生命的特殊性，也蕴含着这种"特殊"所能提升的神秘的东西。

80年代末期，马合省曾寄我一本他写的长诗《老墙》（上海文艺出版社出版），也是写长城的，我至今还记着其中的一句："你相信长城依在／城墙它遥远地站着"。今天，当我读到您的《老墙身影》，又被震撼，这可是个大的选题，它是对民族精神和历史的再度思考，有意义的思考。我们这个民族是一个非常会修墙的民族，从家庭的院墙到村落的寨墙，从城池的护墙到现如今单位的围墙，还有深不可测的宫墙，等等，从这一点上看，所有的墙都是历史的遗迹，都是历史顽固的再现。人们好像离开了墙就无法生存，就心里没底似的。长城是最具中华民族特色的代表性老墙，这座赫赫有名的大围墙，既有它威武、庄严、雄傲的一面，也有它砖缝里隐含着的封闭、无奈、自缚的一面。您写出了它的伟大与遗憾，写出了渴求开放的真实思想。"长城把记忆拉成曲线／社会用曲线缝补自然"这里面有哲理，也有诗意。

我认为，《高原：神秘与神奇的浇注》和《老墙身影》这两首诗，是这部诗集的重头作品。当然，《莽原涛声》《水潮吟》《沙尘之魔》诸篇，也是有着相当分量的。生态环境的确是我们人类面临的一个大课题，这几年，我也一直在关注着这方面的问题，写了一些有关兄弟物种的诗和文章，《鸭绿江》发过我的《最后的泪水：质问我们自己》，可惜的是因为版面所限，删去了不少。我在文章中呼唤人与兄弟物种的和平相处，呼唤平等，而事实上这是很难的。我曾质问："人与动物的利益发生冲突时，让步的总是动物，就因为人是高级的、是人吗？"现在提出环保等问题，也是人类自身的利益受到了损害，所谓的保护生态、保护动物，还是首先从人类的自身利益出发的，人类太霸气！这是除人类外其他所有生灵的无奈。我从内心里希望有更多《莽原涛声》《水潮吟》《沙尘之魔》这样的诗作出现。《身影》不是具体的谁的身影，它具有大的覆盖和指向，它有着更多的善良的东西在里面，因此它是高尚的，深刻的。

有机会来长春时，一定好好聊聊。多多联系。

此致

敬礼

张洪波

# 致李广义①

广义兄你好：

　　《四友诗选》一书的工作已经进行了一大部分，繁华的文章写来了，福贵也把你、志坚和我的那部分诗看过了，只是张伟他太忙了，一直还没有把稿子整理出来，估计这几天如无别的事情干扰，就会交稿了。

　　这几天，我在校阅由我责编的《跋涉的梦游者——牛汉诗歌研究》一书，这是一本学术著作，作者是首都师范大学中国新诗研究中心孙晓娅博士，有二十五六万字。通过这本书的校阅工作，我又有机会把牛汉先生的主要诗文重温了一遍，厘清了一些我多年来尚未理解的问题，对先生的一些诗作又有了新一层的认识，这对我来说是十分重要的。你知道，牛汉一直是我为人、为诗的导师，我在先生那里汲取了许多营养，知道了怎样做一个真实的诗人，知道了怎样和命运抗争。4 月 19 日在廊坊召开牛汉诗歌研讨会，这本书要在此前赶出来。这本书出版后，你一定要读一读。

---

　　① 李广义，吉林延边诗人。

　　在刚刚寄来的今年第一期《诗林》杂志上读到了你的两首诗，我非常高兴！《湿雪》这个选题好，诗歌写得也自然朴素，能看出你的性格。对你来说，这两首诗都是你创作中不断更新自我的变化中的产物，在这个变化的过程中，看不出你的焦躁，但又不是你早年那种很火热很规整的东西。它们给人的感觉是很平静的，眼睛里面不是十分浑浊的，诗句也很纯净，不是毛草的。在编辑《四友诗选》的这些日子里，我认真地阅读了你新近创作的一些诗作，有一些诗，渗入了许多人生的感悟，我说的人生感悟不是那种简单的，而是真正人生经历中的，是真实的，不是编造的虚假的人生的所谓"感悟"。你的《拉雪兹神父墓地》一诗，一开始就让我感到苍硬："血做颜料　肉／挤进坚硬冰冷的石头"。还有《滑铁卢畅想》中的"孤魂野鬼何年能回法兰西家园？""死不透的魂灵赤足在夕阳古道狂跑"，这个"死不透"多有厚度！总之，让我感到欣慰的是，你没有老化，不像一些诗人，到了一定的年龄就老化了，就没有了当年的"野性"，没有了"野性"，也就失去自然，成了一个圆滑的鹅卵石。我和很多人谈过，一个优秀的诗人不能只看他"青春期"的创作，还要看他渐老之后的创作，看他在别人都认为不会再写出诗甚至是写出好诗的年龄，是否还是激情蓬勃？当然，你虽然退休了，但年龄并未进入衰老，《诗林》不就是把你的诗编入了"青年希望之星"栏目里面了吗？从年龄上看他们这是一个误会，但从诗歌本体看，他们没有误会，这至少说明他们（编者）在你的诗中读出了蓬勃和朝气，没有读出暮气和陈腐的东西。你看牛汉，越到老年，诗、散文写得越好，这才是真正的诗人。我还是希望你多写一些，用自己的人生经历，用自己的心路历程，甚至不要回避曾经幸福的、痛苦的，哪怕是伤痕，用真实的本真的色彩写出来。你是能做到的。

寄去的拙集《诗歌练习册上的手记》看了没有？这本书出版后，有一些来信，还有一些评论，我把牛汉先生的来信整理并打印出来，寄你一份看看。

此致
敬礼

愚弟洪波
2003 年 3 月 8 日夜于长春

# 致孟天雄[①]

孟天雄先生：

您好。您今年一月份寄到《诗选刊》的新著《逝去的岁月》刚刚从石家庄转来，迟复请谅。我在《诗选刊》只是兼职，原因是我曾在河北工作过，《诗选刊》的前身是《诗神》，《诗神》创刊时我曾参与工作，对这本刊物很有感情，加上现任主编郁葱的邀请，所以帮助做些工作，算是客串吧。我前几年调回东北老家，现在北方妇女儿童出版社做少儿图书出版工作，业余关注诗坛并也写点长短句，都不很像样子，也没有什么锐气，比不得现在更富朝气的 70 年代 80 年代了。好在心灵还是诗的，还要挖掘并展示它，诗还是相依为命的。

收到您的著作我很高兴！因为我不是今天才知道您。记得还是 1979 年的 12 月，我曾在边城图们市新华书店花一角四分钱买过您的科学长诗单行本《火》，这本书随我从东北到华北，又从华北回到东北，如今还排在我的书架上。现如今这样严肃认真的科学文艺作品不多见了，人们似乎也不太愿意关注这样的作品了。但是，在我的心里，至少有两部写火的作品给我留

---

① 孟天雄，原湖南《科学诗刊》主编。

下了极为深刻的印象，一部是您的《火》，一部是郭沫若的《凤凰涅槃》。当然，艾青的《光的赞歌》《野火》等也是赫赫有名的珍品。还有，法国诗人、著名科学哲学家加东斯·巴什拉的《火的精神分析》也曾深深地打动过我。我看您的这本新著中仍有写火的诗，这是不是一种火的情结呀。

您的这部诗集，我从内容里感觉到了是您诗化人生经历的一段总结，里面能看出许多岁月留下的痕迹，对于一个诗人来说，这些岁月的痕迹是非常珍贵的，它很可能是一个诗人一生一世的精神支撑。在《磨难》一诗中，我能看到您命运中遭遇的艰难的课题，而在《风筝》中我又能看到您当年的遗憾和今天的希冀。不管怎么说，您都无愧于人生以及与您相伴的诗。正像您的《老马》中写的那样："一匹负重的老马，/艰难地走向天涯，/只要一息尚存，/就不会中途倒下。"我相信您一直是在行进着的，这本诗集的出版就证明了一切。

记得1984—1985年间，您曾主编过一本《科学诗刊》，还曾发表过我的诗，不知这本刊物还有没有了？很少见到。

我这些年还是在默默地写，不为什么流派什么主义，只为了自己心灵，有感而写，没有什么锐气，不成气候，偶尔编成诗集供朋友们检阅。随信寄上一册，如有暇，请批评。

欢迎有机会到北国走走，有好的图书特别是少儿图书的出版想法也盼沟通。

专此布复

顺颂撰祺

张洪波

2003年3月12日于长春

# 致方文竹①

文竹你好：

从电子邮箱寄来的信已经看到。这样联系还是比较快捷方便的。

你的诗集我已经读完，有些诗以前在刊物上读到过。我在《诗刊》工作的时候，因为编刊中刊"中国新诗选刊"的需要，每月都要大量地阅读各地刊物，有些诗有印象也许就是那时候留下的。这些诗虽然大多写于20世纪90年代，但今天再读起来，仍觉得有新鲜感，这说明这些诗还是有生命力的。好的诗就应该是这样的，放多久都没有问题。我个人认为，现在有些人的诗是经不起存放的，主要是没有真实的诗歌的生命。

你有许多诗是在写具体的一个人，这不太容易。惠特曼很重视对具体的一个人的描写，甚至就是写自己，不虚假，不回避什么地写一个单一的人，或者自己。《周末，去了一趟北京图书馆》《一位青年诗人去了一趟省城》《一个人在大街上运送青草》等诗，似乎与他者无关，事实上在这些叙述中，每个读

---

① 方文竹，安徽诗人。

者都是可以找到相知的自己的。单一的人，在有个性的诗歌中，才有可能成为独特的、不是可以面面俱到的。牛汉先生大量的诗歌中都有他自己，作为历史的牛汉、真实的牛汉，他无法也不可能摆脱自己。我们有些诗人往往把诗歌鼓捣得花里胡哨，唯独没有诗人自己，你说这诗歌还能不毁掉吗？

你的《鸟和树》很有意思，它充满了诗意和哲理。"无数只鸟在树上歌唱时／不是鸟在歌唱／是树在歌唱"，它让我一下子想起了六祖大师时的风动、旗动还是心动的禅理。只有诗人才能理解并感受到无数只鸟歌唱在树上的时候，那就是树在歌唱了！这首诗虽然短小，看上去是很简单的，但很值得品味。简单的诗，要写简单了很容易，而要在简单中写出不简单来，甚至写出大哲理大境界来，那不是谁都可以做得到的。加拿大的丹尼斯·李写过一首《进城怎么个走法》，也很短："进城怎么个走法？／左脚提起，／右脚放下。／右脚提起，／左脚放下。／进城就是这么个走法。"你看，这可是简单到家了，可简单的后面有很不简单的东西呀！

当然，在你的实验室里，你对抒情、语言、叙事等多方面的实验，都是应该引起重视的，作为个体的一个独立的诗人来说，你的实验是有效果的。而对于所有的诗人来说，你又是更具有借鉴意义的。因为你不是那种为了张扬自己而不择手段地"肇事"的诗人，踏踏实实地实验，不是每一个诗人都应该做到的吗？

在你的诗中，我还看到了在沸沸扬扬的社会生活中，一个很宁静的思考者，这很让我敬佩。我这几年也在宁静地思考着一些东西，但是力量不足，写的大多是没有什么锋利感的诗或文章，人近中年了，但我也想找一个"实验室"，再把自己锻造一回。谢谢你的诗，它让我想了许多。

你们报纸如有好诗发出，盼荐来，以便《诗选刊》及时选用。

多多联系。

致礼

张洪波

2003 年 3 月 16 日于长春

# 致林莽①

林莽兄：

你说要把牛汉先生的来信转给朝阳区文化馆的刊物《芳草地》发表，我想牛汉先生也会同意的。《诗歌练习册上的手记》出版后，牛汉先生写来了这样一封既有鼓励又谈了批评意见的信，并转达了你和福春兄的看法。我觉得，先生这封信对我个人来说是珍贵的，对于更多的朋友来说也是值得一读的。所以，也就有必要把它公开。

还是那句话，我的这些短文，都是习诗过程中芝麻一样的点滴东西，没有什么锐气，也没有什么分量，但它们是真实的，具体的。我不懂理论，这么做也不过是为了"留档查看"。现在的诗歌理论家们大多忙于宏论，无暇顾及诗歌本身的更细微处，那么，只好由我们写诗的人自己来做。当然，我更希望理论家们有信心来面对具体的诗，乃至具体的诗句；关注诗人灵魂与胸怀中更具体细微的那一部分，关注一首诗（甚至一行诗句）原始的，孕育的过程。由此而成为文章的那些文字也许就会更

---

① 林莽,《诗探索》作品卷主编。

可靠了。

牛汉先生年事已高，视力又不好，在这种情况下，能把一本普通的书读过并有认真的书信，这是对我们晚辈诗人的真实关注，让人感动、敬佩。当然，也要感谢你为我这本小书撰写序文。你的文章既有朋友情谊，也有为诗为人的见地，也是珍贵的。我看《工人日报》已选载了序文的一部分，大概是胡健安排的。

《芳草地》我见过一期，办得相当不错。在那上面读到了你《这雪是为什么而下的》一文，让我又想起了2000年那个所有的朋友都与你共同悲痛的一月。一个善良正直的老人走了，他在我们的心中留下了一片洁净的雪地；一个坚强的、从不流泪的前辈走了，他把泪水留给了我们这些注定也要经受捶打和磨炼的晚辈。读着这篇文章，我一下子就想起了自己的父亲，想起了太多的、总也无法消逝的事情。

好了，见面再说。

洪　波

2003 年 4 月 17 日下午于北京团结湖

# 致丛小桦①

小桦贤弟近好：

五一前收到山东岩鹰寄来的民间诗刊《影响》，在上面读到了你的一些诗。这些诗我比较喜欢，反复读了几遍，感觉到了你骨子里的力量。有的诗尽管短小，但不是那种轻飘的、媚俗的东西，诗写得刚硬，有骨气、有深度，不小气。

这几年，我看有许多诗人的诗写得越来越油了，油滑，让人感到一首首诗不是从人生经历和命运中挖掘出来的，而是从诗人案头的诗歌生产流水线上滚动下来的，没有血色，没有个性，甚至诗人间相互模仿。于是诗人把自己的血脉割断了，找不到北了。但你的这些诗是从你自己的命运中抽出来的血、泪水、悲伤和愤怒。特别是第一首《多年以前被迁往乡下的狗》，第一眼看到第一节诗句就把我的心牢牢地抓住了："母亲是只母狗 / 带着我们这些崽 / 从城市迁往乡下"。因为我知道一些你的人生经历，所以我能想象出你写下这些诗句时内心的疼痛。"我们都不会咬人 / 就是急红了眼睛 / 也无力跳过高高的墙头"，这不是

---

① 丛小桦，河南诗人。

时下一些诗人们玩的那种语言幽默，这里面藏着太多的泪水！
读这首诗，让我想起了自己上小学的时候，父亲挨整，母亲患病，
弟弟妹妹需要照料，我去街上抄写那些批判父亲的大字报，常
常还要被造反派的孩子们打一顿，自己知道自己是狗崽子，眼
睛也急红了，可是不会咬人。对于我们来说，那真是一个黑白
颠倒的世界，真是一个让人屈辱的年代啊！

　　读到你这首诗结尾的三行，我几乎感到这就是我心里一直
没有说出来的话——

　　　有一个问题我至今也不明白
　　　把忠诚的狗都逼得走投无路
　　　不知那是一群什么恶兽

　　这个质问有分量，刚硬，不含糊。我之所以喜欢这样的诗，
不仅仅因为我们这一代人都有过类似的经历。重要的是，一个
诗人他不应该回避曾经的困惑和痛苦，不应该回避一个时代给
予人的伤痛，更不能压抑内心的愤怒。这样看来，现在一些要
语言技巧、坐在房间里想象出一点一己的所谓苦难的诗、伤痛
的诗、忧郁的诗，就太无血色，太苍白了。

　　《一个阴险凶狠的人在睡觉》也写得好，这样的人睡着了的
时候，竟然面部还泛起浅浅的微笑，真是太可怕了！《惊奇》《秘
密的名字》等虽然短小，但锋利，有锐气，毫不客气，读了痛快。

　　这几天在家中休息，有整块的时间来宁静地读读诗，思考
一些东西，感觉内心又宽阔了许多。你的这些诗是这几天的阅

读中最让我动心的，它们有一种大义的光亮在我的面前闪动，有一种正义的有尊严的声音响在我的胸腔里。这样的诗是不会被岁月抹掉的，因为它们站立着，始终昂着头，即便被人拧了脖子甚至被毁灭，但灵魂里仍然挺着脊梁不肯屈服。

天气日渐暖和，北国的冰雪已融化，已经有大片绿色出现，你可来走一走，看一看，谈一谈。顺请代我问候中原的朋友们。没有你的电子邮箱，只好用钢笔写封信。

此致
敬礼

洪　波
2003 年 5 月 3 日于长春寓所

# 致雪松①

雪松你好：

《前方　就是前面的一个地方》已经收到。在这宁静夜晚的台灯下我读它，寻找你的思想，感觉你的诗歌，你完整清晰地站在了我的面前。

大概是 1996 年的时候吧，我读过你和长征寄来的诗歌合集《伤》，你的《玉米林》，真正靠近每一棵玉米的心脏；长征的《暴雨》，让暴雨新生的鞭子把自己抽得死去活来，给我的印象是非常深刻的。这次你把自己新的诗集寄来，我忽然有要找到《伤》并想对照着阅读的想法。这些年我总是漂泊不定，丢掉了许多东西，但是朋友们的诗集都还带在身边，一下子就找到了。这样，我就看到了你两次写到的黄河，两次写到的祖母，等等。我就能很顺利地触摸到了你多年写作中的脉动，找到了你诗歌当中的主题词，或者说是关键词。而这本新出版的诗集，让人看到了你越来越坚定的审美追求，越来越纯净的诗。像《蝴蝶》《被伐光了树的林地》这样的诗，干净利落，没有写作中不注意而

---

① 雪松，山东诗人。

掉在纸上的非诗的墨滴。有些人的诗，好像是故意铺排出来的，仿佛不那么拉杂就会使诗显得小气、不够气派。我不喜欢那样的诗，我还是喜欢扎实的、不是硬撑着的、有个人性格的诗。

这几年我一直关注着生态，关注着包括我们自己在内的所有生命的生存状态，一些兄弟物种特别是动植物，总是无法从我的视野中剥离。所以，我在接到你的这本诗集的时候，重点地把《蝴蝶》《马匹》《蚂蚁》《蟋蟀之歌》《平原上空的鹰》这些诗先读过了，当然，感触还是颇深的。关于《蝴蝶》这首诗，张清华在谈你诗歌写作的那篇文章中只谈到了它的纯粹和纤细，也谈到了由此所看到的诗人的内心生活，我觉得，这个"内心生活"很重要，没有这个"内心生活"，诗人还会写出什么？在《蝴蝶》这首诗中，你强调了"最后一只蝴蝶"，强调了那是"一年最后的小小火焰"，这就是诗人内心燃烧着的东西，它以一种意象出现，它已经不再是表面的一只蝴蝶。于是，蝴蝶的生息，就有了一个大的境界。再如《蚂蚁》，我曾经多次写过蚂蚁，但我还从来没有像你那样让蚂蚁停在摩天大楼的下面，那蚂蚁竟然还能"抬头望望"。还有，"一小片阳光——／像生长在我身上的，／一片疤痕。"（《一小片阳光》）这些都让我感到新鲜，都让我再一次看到了你的才智。《平原上空的鹰》似乎反倒可以展开一些来写，有点儿过于点到为止了。但是，"我突然被辛酸的自由穿痛全身"，这却是极有深度的句子。最具有悲剧色彩的是《1970 年的火焰》，我不知道有多少评论者注意到了这首诗，我真希望像你诗中所写到的那样——形成火灾。让那只身披火焰的小小麻雀形成火灾，让黯然失色的星群燃烧起来，形成火灾，让战栗的心形成火灾。

其实你的诗，并不仅仅是纤细，你往往会在细致中透出一种力量，一种倔强，不屈服，敢于较劲。我们今天的诗歌，力量型的太少了，更多的诗是飘忽着的，仿佛缺少来自脉搏深处的血液的力量，跳动不起来。当然，我说的力量型并不是指那些大喊大叫的、没有诗歌本质的所谓的诗。写这种诗还要取决于诗人，诗人自身的人生经历、诗人被命运历练的程度、诗人的性格、诗人的一贯气质，等等。牛汉先生的人和诗都是有血气有力量的，前不久在廊坊召开了牛汉先生的诗歌创作研讨会，我在会上有一个非常简短的发言，我说他是他们那一代人的代表性诗人，是一个活得清白、没有媚骨的诗人，他不是那种重见阳光之后就舔着自己身上的伤疤去唱赞歌的诗人，在他同代诗人中，有的已经成为废墟，而牛汉先生没有，他曾对我说过，他还要重铸自己。他不回避苦难和伤痛，他的世界是真实可靠的。他还曾告诉我，他一生都很少哭，不哭，即使哭了，擦眼泪的时候都是用拳头，这样的硬汉诗人值得我们敬重。

雪松，我的年纪比你大七八岁，我们一样，都过了玩把戏的年龄，所以，我们有必要把自己的诗写得可靠、坚实些，读了你的这一本新著，我更加坚定了信念，我知道有更多的人在不懈地努力着。我在遥远的北方时刻关注着你，关注着你的诗歌。

顺请代我向长英、长征、维生等友人问好。

祝创作丰收。

张洪波

2003 年 5 月 12 日于长春寓所

# 致苗雨时<sup>①</sup>

雨时老师：

您好。

今天上午收到了您的来信，并认真阅读了您评论我《诗歌练习册上的手记》的文章，不知怎么，一下子想起了许多往事。您对我的创作一直是很关注的，正像您在文章中写到的："洪波是我熟悉的一个诗人，也是我的朋友。我几乎见证了他几十年的诗歌创作。"早在我到河北工作的第二年，也就是 1985 年，您曾写过一篇几千字的评论我的"幼林抒情诗"的文章——《新时代的风景线》，并发表在黑龙江《林苑》杂志当年的第六期上。后来，我和逢阳在河北省作家协会帮助工作时，参与了《诗神》的创刊工作，还和河北省的其他 9 位诗友成立了"冲浪诗社"，您和尧山壁热情地支持着我们，记得我们曾称您为"冲浪诗社"的"保健医生"。那是河北省诗歌创作和诗歌活动的一个高潮期，包括在涿州召开的"芒种诗会"等，至今都难以忘怀。我的诗集《沉剑》在花山文艺出版社出版后，您又和您的学生一起写出评论文章《民族灵魂的打捞》，发表在《河北日报》上。最近，在

---

① 苗雨时，评论家、河北廊坊学院教授。

您新出版的《河北当代诗歌史》一书中，您还专门论述了我的诗歌创作，这一切都让我十分感动，到什么时候我也会记着"保健医生"的鼓励。我是一个无大成就也没有什么朝气的诗人，您的鼓励无疑是在不停地推动我的创作。在寄来的这篇新写的文章中，您说我是在"秉持着现实关怀和终极关怀的写作方向，追求真善美的具体统一"。我同意您的看法，尤其是"具体的统一"，我觉得这是一件很难的事情，不那么简单，也许我一生都无法真正达到这个高度。但是，还是要不断地磨砺自己，努力地去追求，实实在在地追求。这些年来，我一直不敢松懈，默默地不间断地在生活中打磨自己，在这个深度地感悟人生的过程中，诗歌是与我相依为命无法分割的，甚至诗歌是锤炼我精神生活的最大的一部分，它使我有了真实可靠的骨质和气脉，有了可以伸展灵魂的道路，有了属于自己的血肉。我珍惜自己在这方面的切实努力，同时也深知这是一个长程，要一步一步地走下去。

这次在牛汉先生的诗歌创作讨论会上，本想和您叙叙旧，多谈谈诗，可是总也没有机会和时间，好在我经常回河北，我们再详谈。我看到您还是那么精气神十足，那么有酒量，那么幽默自由，心里十分高兴！还有姚振函兄，不减当年，不一般！希望您注意身体，多多保重。

常联系

祝好

洪　波
2003 年 6 月 4 日深夜于长春寓所

# 致熊鹰①

熊鹰你好：

《举手》在我的案头放了好多天了，这一阵子实在是事情太多，搞出版已经让我感到十分的累，我特别羡慕那些能无忧无虑安安静静地写作的人。读朋友的诗，常常会有意外的收获，在自己思想没有触到的地方，找到更新鲜、更打动人的境域，或者是共同感觉到了的，都会让我心动。

《举手》这本书与一般的诗集不同（它还有大部分随笔），但它的主体是诗的，即便那些随笔，也是诗思的结果。因此，阅读这样的书，当然还是从诗歌进入。应该说，你这些年的努力是独特的（或者说是独立的），没有随流行的、一时的潮流走。这也应该是你一贯的诗歌作风。记得20世纪90年代初，你曾寄给我一本你的诗集，大概就是那本《这边的风景是画片》吧，你在那本诗集的后面写过一段话，大意是要"杀伤诗歌"，你对诗歌泛滥和滥用诗歌提出了尖锐的批评，给我留下了很深的印象。

①熊鹰，山东诗人。

我读了你这本书中有关雪的诗文，还有有关树木的，我喜欢这样的作品。《森林不再递交斧头砍树的把柄》《我敬爱的一棵老树》等等，当然，它们不仅仅是在写场景中的雪和植物，这里有很深入的心灵感受，也有人生的经历，是一种境界。这样，诗就不是单纯的了，有了力度和厚重感。我是在林区长大的，对森林有我自己的理解和认识；也可以说，我是一个雪国之人，我家乡的大雪，是中原或更南方的人无法体会和想象的。我在华北生活工作了17年，没有见过我家乡这样的大雪和茂密的森林，回到故乡后，最大的感觉就是回到了森林和大雪的怀抱。我希望你能有机会来北方看看，你一定会惊奇并会有很大的收获。

还有一部分涉及动物题材的诗文，在这当中，我注意到了，你曾多次写到了鹰，记得你的《这边的风景是画片》诗集中，也有不少写鹰的诗。"鹰在天空无拘无束多么壮丽，天空是它一辈子的方向啊。"（《嫩翅膀》）这后一句让我想了许久许久。牛汉先生也有许多写鹰的诗，在他的笔下，赞美过鹰的诞生，寻觅过鹰的归宿，鹰在霹雳中焚化成一朵火云，变成一抹绚丽的朝霞和风雨中凄厉而悲壮的啸声。你看，牛汉先生的鹰，它一辈子的方向不也是天空吗？两代诗人的笔下，鹰没有坠落，一直向上，朝着无垠的天空。这个取向是硬朗刚毅的，比起那些软绵绵的诗，更能给人以力量。对于你来说，也许，鹰，是一辈子都无法写完的。最后，它将是你诗歌中的一种骨质，一种精神。我似乎从你的诗文中看到了这一点，不知是否准确？

等我忙过这段时间，再慢慢地细细地读你的这本书，我相信，一个真诚的诗人，他的心灵世界是博大的，不是每一个读者能在一朝一夕就理解的，读诗，也需要时间，需要去诗歌的深处感悟。

你有电子邮箱吗？那样就方便多了。我的邮箱是：zhb103@mail.jl.cn。可用它来联系，比较快捷。

专此布复

顺颂撰祺

张洪波

2003 年 6 月 16 日于长春寓所

# 致戴砚田<sup>①</sup>

砚田老师：

您好。欣然收到大著《戴砚田诗文选》，我在遥远的北国向您这棵不老松表示衷心的祝贺！

我这些年四处漂泊，但您以前送我的《春的儿女》《渴慕》等诗集一直跟着我，并堂堂正正硬汉般地挺立在我的书架上，它们不但散发着诗歌的醇香，也常常引起我许多的回忆。今天，读这部《戴砚田诗文选》，可以说，就是又一次对诗歌和人生走过的路程的重温。在这里，您一下子又站在了我的面前，仍然是那样善良地微笑着，让我想起《诗神》创刊的时候。记得最初时只有您这个主编和我，我住在省文联刘小放的办公室，您经常会在晨练的时候从石岗大街跑进文联大楼，突然出现在我的住处，然后就是交代刊物的编辑事宜，那种认真的工作作风一直影响着我。回忆起来，那是一段艰难而又愉快的日子，是一段难以忘怀的日子。

我在华北油田工作的时候，经常搞一些文学活动，每次请

---

① 戴砚田，河北诗人、原《诗神》主编。

您来油田，您都是有求必应，而且每次和油田的文学爱好者座谈，您都是认真准备，生怕误人子弟。1985 年 8 月下旬，华北油田文协成立，您专程到会并做了一个热情洋溢的发言，在发言的最后，您还即兴赋诗一首，您说："走进友谊 / 走进希望 / 走进朋友中间 / 我多么喜欢"。您的发言给了油田的业余作者们很大的鼓舞。同时，您对油田也格外情深，写了许多有关油田的诗歌和散文。1986 年第 2 期的《石油神》出了一个厚近 140 页的《石油诗会》，在这个专辑里发表了您四行一段的 12 段式的诗歌《寻觅》，您还指出，油田的诗，写了不少了，今天看来，都过于实，太局限了，诗应是生活和人的感情的更广泛的反射，具有普遍意义的内涵才会满足更多的读者。您要用自己的尝试，与油田的作者们交流和探索，我想经历过那一段创作的油田的作者，都不会忘记您的引导吧。也是在那辑《石油诗会》上，我请您对油田一位青年作者的诗做了个评点，您却一下子写了将近两千字的文章，您希望青年作者快快地成长，不惜牺牲自己的宝贵时间来评论他们、扶持他们、鼓励他们。现在，当我再一次读您的组诗《油田诗抄》和散文《油田拾美》，就不能不想起这些往事。

您的这部诗文选，可以说，汇集了您 50 年文学创作历程中的精品，它的厚重及其研究价值是不言而喻的。所以，它不仅是您的一个创作小结，也是新诗研究者的一份重要的资料。但是，它还只是一个阶段性的总结，正如您在来信中所说的："我由此已返回文苑，近日写了不少……" 我相信，您还会不断地有新的诗文面世。从昌黎汇文中学开始，到东北野战军、解放天津

战役、中国医科大学四分校、热河省卫生局，一直到您后来的
大半辈子的编辑生涯，人生的苦辣酸甜您都尝遍了，它们成了
您生命的一部分，成了您创作生活的一部分，它们都是您有血
有肉的财富，它们在您的胸腔里生下了根，而且会不断地生长
出新鲜的枝叶来。

　　在燕赵大地的诗坛上，有谁会忘记《诗神》？一提起《诗
神》，谁都会想到老中青诗人的好朋友——老戴，这个称呼已有
几十年了，可老戴不老！从您主持的《现代中西医结合》杂志能
看出来，从您新近创作的一些文学作品能看出来，从您这部《戴
砚田诗文选》能看出来。在我的心里，您从来就没有老过，您
给我的印象是，总是精力旺盛地在那里辛勤地为别人做嫁衣裳，
一个永远也不知疲倦的耕耘者，一个站在文学大桥下默默地扛
着桥梁的人，肩头上一个个青年作者正走向远方。

　　这封信写长了，许多话也是这么多年一直想对您说的。

　　附寄一册拙作，请一哂。

　　专此布复

　　顺颂夏安

张洪波

2003 年 6 月 23 日下午于长春寓所

# 致余兆荣[①]

兆荣你好：

久未联系了，我离开石油系统已经有几个年头了，突然收到你的新著《铁人词典》，仿佛又回到了油田，回到了蓬勃、火热的生活。

这本书够厚重的了，是你这些年辛勤劳作的成果，也是对石油工业尤其是对铁人精神的诗化理解。这个选题不是太好碰的，它涉及中国石油工业发展史，涉及石油上许多专业技术上的东西，更多的是对一个名声赫赫的石油人物的近距离描写，这个描写不能是简单的、概念化的，而是充满了诗意和人性的。另外，这样架构的诗作，也需要一定的知识、胸怀以及对一段历史的认真的梳理，我能想象出你写作过程中所遇到的种种艰难，因为它是有相当的难度的。

从我的角度看，词典这种形式是不是可取都无关紧要，重要的还是内容，是一个诗人从心灵深处亮出来的那些真实的光华。从另一个角度来说，大庆是中国石油工业的大战区，对于

---

① 余兆荣，黑龙江大庆诗人。

中国的国民经济，它的分量无疑是举足轻重的。那么，相应的，它也应该孕育出有相当分量的文学作品特别是诗歌作品，应该有能与张天民、杨利民等作家更接近甚至并驾齐驱的文人，他们已经是一个高度，但这个高度也是其他作家可以考虑的。一般性的抒情诗人找几个并不难，而心中有大场面、有史诗意识的诗人还是凤毛麟角的。所以，你的努力是有价值的，是值得钦佩的。

太忙乱，不多写。附寄拙集一册，亦请一哂。多多联系。

顺祝撰祺

张洪波匆匆

2003 年 8 月 7 日于长春寓所

# 致刘乐艺①

乐艺兄：

您好。我昨天晚上才从济南的全国少儿读物订货会上回到长春，回来的途中去了华北油田，看了油田的一些朋友。回来后又收到了您寄来的诗集《一只笨鸟》，我们似乎有很长时间没有联系了，但我一直没有忘记您。印象中，那年您得病，我和武斌去东营河口看望您，之后似乎再没有见面，大家都太忙，但相互还是持久地惦记着的，朋友就是个挂念。我经常在夜深人静的时候，坐在灯下想着工作生活在油田的文友们，一个一个地想，仔细地想，许多许多细节地想，当然，您是其中的一位。想起你们，就会感到这世界真是不算大，我们这些人怎么就天南地北地走到了一起，还不是因为石油和文学。虽然我离开了油田，但我的心里面还是充满了石油的力量和光色，毕竟我的一生中有17年是用石油浸泡出来的。今天整整一个上午我就坐不住，就想赶紧回家来静静地读您的《一只笨鸟》，现在读完了，就想着该给您写一封信。

————————————

① 刘乐艺，山东胜利油田小说家、诗人。

我还是第一次这样集中地读您的诗，这里面写于 20 世纪 80 年代的少量的诗我曾读过，而大部分诗作还是第一次读，所以我是通过诗歌对您有了新的认识。总的来说，您的这些诗无论其形式还是内容，都可以用四个字来概括，那就是——不拘一格。我能看得出，您的思想没有被什么东西捆绑住，仍然是自由的、敞亮的。我觉得，第一辑中许多诗的选材都不简单，虽然它们大多写的是社会生活中的小场景，却揭示出了人心的真伪，我喜欢这样的诗，也喜欢这样有责任感的诗人。电话亭中那一句中国式的恐吓，一个亲自买菜的官员，不曾注视自己的捡垃圾的老人，蹲在名人铜像的头上拉屎的鸟，等等。读到后面，我在您的"诗歌态度"中找到了它们的出处，才知道这些看似"没有苦心经营的构思与提炼"的诗，实际上却是诗人内心"一触即发的震颤"。而这个"震颤"也许一般人都会有过，但不会都成为诗。

您的这些诗，大多都有叙事的成分，这种精致的叙事，跳出了今天的"滥叙事"，比如《路过电话亭》，就那么几句，读者几乎就可以想象出一篇小说了。这种写得自在又有节制的诗，是对所有诗人的提示。乐艺兄，尽管您把诗鼓捣成这样了，尽管您还能很好地发挥您的诗才去自在地写下去，但我还是希望读到您更多的如当年那样的富有诗意的小说，您不写小说，那是小说界的一大损失，当然，您不写诗，也会是诗歌界的一个缺憾，这个世界对一个有才气的人就是这样。

很高兴读到您的新著，我想还会不断地读到您的新作的。

您寄到《诗选刊》的信我一直没有收到，我在那里只是兼职，附上我的详细联系方式，盼多多联系，想念您并希望多多见面。

专此布复并祝好。


张洪波

2003 年 9 月 19 日夜于长春寓所

# 致王夫刚[1]

夫刚你好：

我已回到长春，在济南时，和大家一起喝酒，我感到非常痛快。

回来后就看到了你寄来的诗集，《第二本诗集》，这个书名挺有意思，第二本，那就意味着第三本、第四本、第五本地写下去，我相信你会不停地探索下去的。

你的诗就像你这个人一样，静静的，但它不是没有激情，那些激情放在一个个不同的地方，你默默地，一点一点地把它们收拢起来，形成了你自己的力量和色彩。写于 1989 年的《无雪的冬日》，让我看到了一个寂寞的人心灵深处的暴动，"在无雪的山中砍树 / 制造一种崩溃的声音"，这里面有许多无奈和酸楚。写五莲、写户部乡的青枝绿叶，写高粱和父亲，写养活性命的麦子，写弥留之际的老牛，甚至写一阵大风，写夏天蝉鸣中的一个人，都让它们是家乡的，这是一个漂泊的人无法躲让的，我也是一直在漂泊着，有同样的感受。但我没有像你那样

---

[1] 王夫刚，山东诗人。

写出那么多关于故乡的诗来，特别是《清贫生涯》一辑诗中的人物，很感人。这些诗，似乎没有受过什么土地以外的干扰，它们就像静静站立着的高粱和静静站立着的王夫刚，很有骨气地站立着，不用说更多的多余的话。

在严冬给我的第三期《极光》上，读了你的那组新作，比起《第二本诗集》中的诗，有很明显的变化，但那种叙述的冷静仍然保持着。一个诗人对待世界对待事物的态度有时候会产生变化，但他最初与这个世界沟通的诗心是不会有大的变化的，也就是说，你还没有为了功利性的赶时髦而在这个命名的时代中为自己的名分而写诗，这是难能可贵的。

你现在是一个自由职业者，我相信你会对得住这"自由"二字，真正地让自己的人生和诗都自由起来，也许命运就是这样为你安排的。

刚刚回来，很乱，不多写。多多联系。

顺祝好并请代我问各位诗人好。

张洪波

2003 年 9 月 20 日凌晨于长春寓所

# 致李秀文①

秀文兄你好：

2 月 10 日惠寄大著《真情流露》已经收到，祝贺你的第三本诗集出版。你在繁忙的工作之余写下了这么多的诗歌作品，让人钦佩。我也曾在企业工作过，在华北油田生活、工作了 17 个年头，也曾做过你那样的工会副主席，所以我知道在那种情况下写作的艰难，甚至不被人理解。如果没有对诗歌对艺术的强烈追求，没有对人生孜孜不倦的探索，是很难坚持下来的。最近读《贾平凹语画》一书，平凹在这本书的自序中写了这样一段："我有个熟人，官做到了副厅级，却热衷起写文章，曾一时在同僚中算是文人，到了文学圈里又被以官者敬着，颇觉风光。曾几何时，他便沦为另类，两头都嫉妒他，同僚们嫌他酸味，文人圈也不爱他的官气，结果，文章还是三流，官职再未得到晋升。"我想，你可以贾平凹的这位朋友为戒，不要弄得两头都不是，从我内心来说，当然还是希望你不断地写出一流的诗来。我不反对朋友做官，但我更希望朋友作文，如果二者兼备，花

---

① 李秀文，辽宁诗人。

开并蒂，那可就不一般了。

你的诗，有大处着笔的，如第一辑中的那些诗；也有小处用心的，如第二辑中的诗，很细腻；还有一部分哲理诗（第三辑、第六辑中的部分诗）和挖掘自己心灵的诗（第四辑中的一些诗）。这都说明，你在广阔的生活当中，没有迷离，没有被吞没，反而赢得了诗情。在写情感的诗歌作品中，还很少看到像你的《就在这一棵树上吊死》这样坚定不移的。你恰到好处地使用了"在一棵树上吊死"的民间话语，却给了它新的境界，给了它那么浓的感情色彩，使这句民间话语有了诗的升华。还有《我看见我的骨头》，让人警醒，我们不能失去坚硬的骨头，没有了这样的骨头，一个人还靠什么在人间挺立？你的这首诗，让我想起了牛汉先生的一段话："是我的骨头怜悯我，保护我。它跟我受够了罪，默默地无怨无恨，坚贞地支撑着我这副高大的（牛汉先生近2米的个头）摇摇晃晃的身躯，使我在跋涉中从未倾倒过一回。我的骨头负担着压在我身上的全部苦难的重量，当我艰难地跋涉时，能听到我的几千根大大小小的骨头在咯吱咯吱地咬着牙关，为我承受着厄运。"牛汉先生还说："谢天谢地，谢谢我的骨头，谢谢我的诗。现在，我仍正直地立在人世上。"有人愿意说"骨气"，我倒更喜欢"骨头"二字，实在，比"骨气"更真实，更接近人的自身，是身体不可分割的一部分。如果每个人都能"看见自己的骨头"，那这个世界就是一个坚强的世界了。而"看见自己的骨头"，则是诗人独特的生命体验，或者说，是一个有人格魅力的诗人的独特体验，不是那些"软骨症"的人所能感受得到的。

　　我还注意到，你的诗处处都会显现出东北人的豪爽之气，不装模作样，有劲，即便是很柔情的诗，里面也潜藏着许多力量。有的时候甚至是大大咧咧（这个词可能不太准确），没有拘束，仿佛很难束缚，这样的诗读来畅快，是真情流露的自然的东西。

　　这一阵子实在太忙，匆匆写点自己的感受，有机会再谈。

专此布复

祝创作丰收

张洪波

2004 年 2 月 28 日凌晨

# 致刘馨泉①

馨泉你好：

　　一月寄来的诗集《含在嘴里的生活》早已收到，一直忙，没有时间坐下来看，现在出版工作不好做，心总是静不下来。这两天事情少，把朋友们新出版的诗集浏览一下，粗糙地一看，还没有发言权。所以，无法给你写评论式的文章。再说，我也不是什么评论家，即便是写，也谈不到点子上。

　　你的这本诗集，编辑得很干净，没有太多的杂七杂八的东西。现在有好多诗集都编得厚厚的，有的作者一共就写了那么百十多首诗，全编上了，几乎就是一本"全集"了，似乎急了一点儿。而你的诗集不是那样的大杂烩，能看得出来，是认真挑选过的。

　　你的诗写到了那么多的动物和植物，这让我很感兴趣。你的笔下有羊、蝴蝶、蜜蜂、乌鸦、喜鹊、麻雀、猫头鹰、鹦鹉、狗、牛、猴子等动物，还有花朵、菊、兰、竹、椿、草、杜鹃花、故乡的树等植物。我觉得，在这些诗中，《麻雀》是比较突出的一首，麻雀的飞翔，麻雀在空中的姿态，直至麻雀最后的

---

　　① 刘馨泉，贵州诗人。

落入"陷阱",整个过程让人深思,它不仅仅是在写一只普通的麻雀,它把前途和命运都写进去了。诗虽然有些"散漫",但它的境界是让人心动的。还有一首《草》,写得感人。说实在的,草,已经被众多的诗人反复地写了不知有多少遍了,从古至今,草,仿佛已没有什么新意了。但你还是写了它,而且写得相当成功。"草,草 / 我们用你做什么 // 琴说,盖间房吧 // 我说,我们在房里居住 / 每夜每夜 / 梦回故乡"。对故乡的思念之情,用一个想象中的草房来表达,用对草的一种表面诉求来呈现。诗句看上去很平淡,内里的含义却不简单,这样的诗,是有生命力的。

你对生活细微素材的挖掘也是很到位的,有时一个很惯常的生活细节,你也能把它写成诗,而且有情趣、有艺术升华。比如《我成了披着羊皮的狼》,本来是买一件皮装穿的一般生活情景,在你的笔下却充满了诗意,或者说幽默的诗意,读来非常有意思,并且能引发许多哲理性的思考。这里面除去诗人对事件诗意的理解外,还有一个恰到好处的想象和语言使用的纯熟。更重要的是,达到了一种"无理而妙"的审美效果。

你的诗不艰涩,也不怪诞,可读性比较强。但它是现代的,不是很传统的,可它又仿佛是每首诗都有背景可谈的,是一些有来路的诗,尽管有那么多的奇趣,但又不乏真实可信的诗的情境(不是靠一些词语生硬堆积的,也不是靠直接描摹现实的),能感觉到它是自然生成的。如今,追求"形体"的诗歌作品太多,过去说空泛,现在不那么说了,但不管怎样,诗不能只是一个空壳,最后消逝的肯定是形体,真实的血肉会留在人们的心里。我这几年也在慢慢地感悟,每写一首诗都像在创造一个崭新的生命，不那么轻松，有时候要考虑这首诗它是不是有心脏在跳动？是不是有真实的脉搏在跳动？洛夫说过："诗太落实，便成了散文，庸俗无趣，太空灵又显得虚幻缥缈，流于晦涩；好诗都能在这两者之间取得恰到妙处的平衡。"新诗的确有一个把握"平衡"的问题。我近几年写得少，但一直在读各种写法的"各类"诗人的作品，也在不停地思考着。当然，还是要写自己非写不可的东西，但绝不去硬写，还是自然地去写。

这封信迟复了，希望你能谅解。这些想法也不知对你有没有参考的价值？

专此布复

并祝好

张洪波

2004 年 2 月 29 日夜于长春

# 致沙戈<sup>①</sup>

沙戈你好：

寄来的《沙戈诗选》已经收到。

没想到你是河北人，我曾在冀中平原工作 17 年，对河北比较熟悉。

我前不久读完了蓝蓝寄来的《苏金伞诗文集》，这些天一直沉浸在苏金伞的诗中，他的诗，让我敬重。虽然以前经常听牛汉先生谈起苏金伞，也读过他的一些诗作，但没有这么全面、集中。苏金伞在 86 岁高龄的时候，能写出《埋葬了的爱情》（包括诗后面的小注），真是了不起。这时，收到了《沙戈诗选》，再读一个年轻诗人的情感世界，我欣喜地看到了又一种表达。

你的诗，不张扬，自言自语；也没有看上去让人感觉夸大了的情感色彩，有节制又朴素。这样的诗容易被那些肩膀上插着显眼的旗帜的诗给湮没了，但它是艺术的有生命力的，它可以自己发着光，而这种光是别的东西遮挡不住的，正如你在一首诗中写的那样："而剩下的，才是唯一的。"（中国新诗不知最

---

① 沙戈，甘肃诗人。

后能剩下多少？如果我们能提前把那些会在诗歌进程中留下来的诗读过，将是有福气的。）你的诗集第一辑中有一首《由腊月十四这天想到的》，它含隐了生命的经历和心路中的一些境遇，不是纯纪实的，但也不是捏造的，这样的情境，不能把它仅仅视为个人生活的或者说个人心灵的描述，因为它是具体的，也是普遍的，至少在一个范围里，它是普遍的。这样的诗在你的诗集中并不少见。古马说你的诗可能受到了普拉斯的影响，我也有同感。希尔维娅·普拉斯，她谈话般的诗歌魅力是值得称道的，虽然她的心里有紊乱的东西，但她笔下的诗却是清晰的，是坦白的，是感人的。

还有，你的《甘南的星星》，让我想起了一件与这首诗无关的事——我曾经在甘南的桑科草原坠马跌伤，险些截瘫。甘南是我终生难忘的地方。

不记得我的诗集《旱季》是否给你寄过？不多谈。谢谢你的诗集。

此致
敬礼

张洪波
2004 年 3 月 6 日凌晨于长春

# 致第广龙①

广龙你好：

上个星期就收到了你寄来的诗集和散文集，一直忙着，迟复请谅。

诗集《祖国的高处》我粗粗看过了，我对里面的许多诗还是有很深印象的。记得《祖国的高处》和《悬天壶口》最初就是发表在《诗刊》上的，应该是 1998 年的 10 月号，那一期你的诗被编为头条，版式是我设计的，那一辑诗好像还请了一些老诗人做了点评，你的诗是李瑛评的吧。

"祖国的高处 / 长者慈祥 / 一个是我的父亲 / 一个是我的亲娘"，"把银子装满睡梦 / 把生铁顶在头上"，这样的句子让人心动。你的诗都写得很质朴，有的时候甚至有点"土"劲儿。这个"质朴"和"土"是你的生活，你的阅历，你生命深处的积累，你的根，也是别一个诗人无法模仿和换取的财富。这样的诗，没有扎实的生活基础，没有对土地的深层理解，是很难写得出来的。

---

① 第广龙，陕西诗人、散文家。

　　整部诗集耐人寻味的诗作很多，如一粒米就做了大河的源头的《小米》，你把它写成了"岁月的舍利子"。再如《沙坡头》，"在宁夏的天空下／我曾向往当一回黄河上的羊皮筏子（你的书里是'筷子'，是不是印错了？）／当一回民歌里的镰刀"。我去年参加中国作协组织的西气东输采风活动的时候到过沙坡头，也沿着黄河坐了短短一段水路的羊皮筏子，但是我没有想到你诗中那样的句子，因为我还不能一下子就明白了羊皮筏子之于黄河的意义、镰刀之于民歌的意义。你的另一首《羊皮筏子》（书中把"筏子"又印成了"筷子"），也写得有味道。"把羊赶下水／在黄河里漂流／此岸到彼岸／是羊的一生"，这是痛苦而又悲壮的形容，只有长期在那里生活的人才能理解这样的诗句，才能说："梦见了羊，原是我的前生。"《日头》一诗以前在刊物上读到过，记不得是哪家刊物了，印象中比现在书中的这一首要长一些。记得你原来有一段写剪窗花的，大意是剪个小媳妇，并让那小媳妇在纽扣里等着被娶走，写得很奇妙，现在这一段删掉了，不过还好，关键的，最硬实的句子还在："日头，日头／我挖你两镢头／日头，日头／我邀你上炕头"。这里面的"邀"字有点儿文气，"挖你两镢头"写得好，有劲，幸福、欢乐、悲伤、苦楚、追求、向往等等都在里面了。还有如《指甲花》《回家》等，都是好诗。

　　最让我感动的是《白发母亲》《大病》《守灵》等几首诗，深情，我们现在太缺少这样情真意切的诗了。我是一个多年流荡在外的人，漂泊的人是最能体会家和亲人的，特别是对父母的思念和挂记。我的老父亲去世以后，我曾几次动笔要写写父亲，可是都没有写成，一种巨大的悲痛一直压在我的心里。你的诗，也说出了我的一些心里话，让我想了许多许多。

广龙，我们有多年未见面了，前些时候，中国石油作家协会在大庆开会，我专程到大庆去看一下石油上的老朋友，但没有见到你。这几年读到你的诗也少了，我想，无论工作多么紧张，生活多么疲惫，还是要坚持写，你是一个能写好诗的好诗人，不能停。

谢谢你寄新著来，散文集容我抽空再看。

专此布复

顺颂撰祺

张洪波

2005 年 8 月 7 日于长春寓所

# 致张炜①

张炜兄：

你好。

诗集已进入二校，寄去的是一校的样子，疏漏之处颇多，你再细细审阅一遍，之后将样子特快专递回来。

我觉得其他文字没有必要放了，这是我读过整部诗集后的第一个感受。眼下诗集出版，序言、后记甚至配上若干评论文章，弄得一部诗集像一块肥肉爬满了苍蝇，很不舒服。再说，在诗歌作品没有标准，诗歌批评缺失真实声音的今天，阅读怎样的作品和怎样阅读作品，只能靠每个人自己心灵深处的尺寸了（这可能是最后的"标准"）。《家住万松浦》也是一样，不应有其他文字进来，甚至误导阅读。它应该是干干净净利利索索的、生态的、自信的、纯诗人的。

你虽是小说家，但这本《家住万松浦》还不能完全当作小说家的诗来读，我认为应该当作诗人的诗来读。无论从诗的感觉还是写作技巧，都显露出了这是一部真正的诗人的作品。起码，

---

① 张炜，小说家、山东省作家协会原主席。

我在阅读的时候，并没有想着你还是一个小说家。但是，有的读者或者说大多数读者还是要从"小说家的诗"这个角度进入的。从这部诗集中的确能看到一个小说家生命状态中鲜为人知的那部分，我想，对于你来说，这部分是你难以割舍的神圣空间。

《家住万松浦》不但是真正的汉语诗人手笔，这些诗作，也充分表现了一个汉语诗人的创造力。我之所以强调"汉语"，是因为你的这些诗既完成了自己的艺术追求，又恰到好处地保护了语言；既遵守了汉语纪律，又使那些普通的词语有了新意，有了新鲜的光芒。当然，这也是因为你所表达的内容，也是因为你对生活的高度敏感，灵感因此而有意义。

你写小说、写诗、写散文、写其他，你的生态是平衡的。

祝写作愉快！

洪波匆匆

2005 年 8 月 18 日凌晨

读完《家住万松浦》诗集校样之后

# 致谭旭东①

旭东你好：

　　你约我给《文艺报》少儿文艺版写有关儿童诗的文章，我想了想，还是不写为好，我毕竟不是专门写儿童诗的，偶尔写那么几首，也都不像样子，也就是说创作实践还远远不够，说不到点子上。即便是有些想法，私下里谈谈倒还可以。

　　让孩子亲近诗歌，给孩子一份诗教，这是一件多么美好而又现实的事情。在今天，我们的家长往往忽略了孩子的这一重要成长环节。亲近诗歌，甚至是走入诗歌，那可不简单，它绝不是背诵几首古诗就可以了事的。诗，它所展开的想象，它的联想，它的境界，它的形象和色彩，它美妙的语言和精神世界，它所带来的情感的冲动，它的情趣以及隐含的思想，等等，诗给孩子的是一份创造力，一个自由的想象的空间，一个成长中必备的元素。忽略了诗歌在孩子成长过程中的这个地位，也就等于忽略了孩子的趣味和精神，忽略了我们常说的"童心"。

　　当然，给孩子选择一首好诗也不是一件容易的事情，家长

---

　　① 谭旭东，儿童文学作家、诗人、教授。

和老师也要有一定的欣赏水平，要是好的选家。否则，给孩子的就很可能是一堆垃圾，就会对孩子的心灵造成伤害或玷污，这很可怕。

一方面，我们提倡让孩子亲近诗歌；另一方面，是不是也应该提倡让诗人亲近孩子？亲近当下的孩子，属于这个时代的孩子。看一看，那些成人坐在老屋里"制造"出来的伪情感、伪想象、伪生活、伪童心，肤浅的所谓的儿童诗还少吗？孩子们在嘲笑诗人：哇！都什么时代了，还拿那些传统玩具糊弄我们呀，太破坏我们的想象力啦！

《文艺报》少儿文艺版如果读者定位是小读者，是孩子们，那可就要实实在在地给孩子们遴选一些精品，特别是诗歌，虽然仅仅几行，不占很显眼的地方，如果应付，也会很对不起小读者；如果读者定位是儿童文学作者，是一个交流创作成品的地方，那就另当别论了。就我看到的几期《文艺报》少儿文艺版，感觉还是有读者定位的问题。读者定位准确了，服务对象也就明晰了，给谁看的问题解决了，报纸也就有了一个活的取向。

不多写，祝报纸越办越好。

张洪波

2005 年 10 月 19 日

# 致姜英文①

英文贤弟近好：

这几天我在挪动办公室，才坐下来拆邮件，看到了你寄来的《姜英文俳句诗集》，谢谢你对我的信任。

我对俳句一知半解，没有发言权。

20世纪70年代末80年代初曾接触过翻译过来的日本俳句，感到这种短句很新颖。无论是日本古俳句还是现代俳句，对于中国诗人的创作都会有所启迪。松尾芭蕉的、夏目漱石的、高滨虚子的，是我阅读过的，虽然读得很少，但印象比较深。汉俳看得就更少了，甚至都不知哪些是汉俳写作的高手大家，实在是孤陋寡闻。

你的这些俳句，有大雅脱俗的，也有平明轻淡的，但都不艰涩，都是自然形成的。起码，让人看到了作者的一部分生活真相，一部分历程，一部分艺术追求和探索以及深度的人生思考。把它们容在短短的俳句之中，再由这短短的三行的形态累积成一本厚厚的书，人世相态尽在其中，已经不简单了。记得当年

---

① 姜英文，吉林延边诗人，已故。

你们办《萤》诗刊时，你的一些诗还是写大起伏的，甚至有些铺排，如《崛起吧，青年林》那样的诗。而今天你却写这样精致的俳句，这中间的修炼打磨过程，一定会有许多甘苦，下了很多气力。

也感谢你还给我写了几句，"酒醉入诗肠，化作剑气与月光，秀口吐华章"，后一句有点过奖了。这里边的"剑气"我很喜欢，当下许多诗人已无剑气，那点酒自然喝得也就绵软了。我的剑气也不够，但我是一个渴望自己有剑气的人。随着年龄的增长，越来越觉得自己胸腔内有股剑气的必要。一个好的诗人，一生都得益于自己胸腔中的剑气。谢谢你提醒了我。

《诗探索》还期待你认真支持。

专此布复

敬礼

张洪波

2006 年 2 月 16 日

# 致冯晏<sup>①</sup>

冯晏你好：

2 月签赠的诗集《看不见的真》刚刚收到，不知是邮路的原因还是你寄出的时间晚了些？

这几年我虽被裹在出版业中，但还是坚持读一些诗，感觉当中，读你的诗少了些。去年底偶在《长江文艺》上读到你的长诗《今天是星期五》，看出了你的一些变化，也给我留下了很深的印象——从容的叙事。此前，我曾在《诗歌与人》上读过木朵对你的访谈（忘了是哪年了，这次《看不见的真》收录了这篇访谈，但没有注明访谈时间）。你在那个访谈中谈到了自己在一个阶段里对生活细节的注重，我当时预感到了你会有一批新的诗作出现。20 世纪 30 年代，东北作家群中萧红和白朗之后，有吴瑛和梅娘，而吴瑛恰恰也是一个很注重生活细节的作家，不管人们怎样评价吴瑛的宁静与粗野，她那些来自平淡得和水一样的故事，来自生活细节的小说，还是持久地打动着我。我无意把你和吴瑛进行比较，只是一下子想起，甚至想起东北作家

---

① 冯晏，黑龙江诗人。

群中的许多女作家。

　　还没有来得及细读这部装帧优美的诗集，先匆匆回复几字，待我再认真地读。谢谢你对我的信任。

　　专此布复并祝好

张洪波

2006 年 8 月 19 日

# 致郁葱（2）

郁葱兄：

　　一周前就收到了《郁葱抒情诗》，因宗仁发那里有个 20 世纪 70 年代作家的聚会，活动要我协助一下，去了长白山，所以迟复了。

　　你还是很有激情的，这几年写了很多诗作，有大的影响，是咱们冲浪诗社里最勤奋的。香久也是很勤奋的，在另一些领域创造业绩。老边不久前来长春，我们聊起当年许多事情，也难免感叹岁月无情。我们还给白德成打了电话，希望浪兄浪弟们能在承德一聚。但我觉得是很难的事情了。你上次去黑龙江，从我居住的城市经过，竟没有下车看看，很遗憾。

　　《郁葱抒情诗》中的绝大多数作品我都曾读过。我觉得这里面更多的是"情感"诗，在这些诗中，写得最好的是那些具有象征意味的诗，从个人出发，抵达更大面积的深层。人生某一阶段的刻骨经历，会喷发出巨大的诗情，因此，写起来就会涌动不停。你也有过这样的诗句："我的内心有无限的呼声。"

　　你对鲁迅文学奖很重视，认为这个奖是一个写作者毕生的期待，并且终于得到了这个奖，应该祝贺，这是你不懈努力所获得的成果。

　　我和你不一样，这几年写得少，与朋友来往也少，加上搞公司，又得不断学习和体验新的东西，时间很零碎。但写得少毕竟还是在写，没有掉队的感觉，每年都能写一些诗，只是写得慢。人过半百，锐气不足，思维也缓慢了。对年轻人的诗还很关注，很羡慕他们的状态，没有拘束，自自在在的。

　　自 1984 年我们冲浪诗社成立迄今，再加上此前的时间，我们的友情已近 30 年了，每每想起，会有太多的感慨，这里面有许多别人无法理解的东西，也就是我们这一拨人最珍贵的东西了。

　　你这部诗集印制得很气派，还有获鲁奖的腰封，一下就看出你对这部诗集的在意。这是一部精装书，从出版角度讲，它够豪华的了，但里面的诗还是朴素的。

　　能否以《诗选刊》的名义搞个活动，使冲浪诗社重聚？

　　祝好。

洪波匆匆

2008 年 8 月 11 日早晨